黑匣子

爱与往事

[以色列] 阿摩司·奥兹 — 著

钟志清 — 译

译林出版社

鸣谢

感谢威廉·约瓦诺维奇和克拉罗多
学院社区给了我安静的一年，
让我能够写出这部小说的主干。

而你知道夜色静谧没有声息，
只有我的灵魂在谛听在悲戚，
只有我无法抗拒你的哭泣，
只有我给野兽选中作为羹炙。

我会突然颤抖战栗，
我徘徊，失落，在恐慌中陷入迷狂，
只听得你在四面八方呼唤我，
仿佛一个盲人让孩子捉弄。

而你将面孔藏起并不将我阻拦，
泪水中含着黑暗与信鸽的血，
在黑暗中沉浸于遥远的幽咽，
直待到失却记忆、意识与理解。

选自纳坦·阿尔特曼的《哭泣》

目　录

黑匣子：爱与往事　　　1

译后记　　　290

美国芝加哥伊利诺中西大学政治学系

亚历山大·阿·吉代恩

亲爱的阿里克：

如果你在认出信封上我笔迹的那一刻不把这封信毁掉的话，则表明好奇胜过了仇恨。或者说你的仇恨需要添加新的燃料。

现在你的脸色苍白了，用你自己特有的方式咬住你如狼的下巴，嘴唇都看不见了，你忙不迭地在字里行间寻找，看看在我们断绝了七年音信之后，我会向你索要什么，我敢向你索要什么。

我想要你知道布阿兹的状况很糟糕。你应该赶紧帮帮他。我和丈夫无能为力，因为他和我们断绝了所有联系。像你一样。

现在你可以不看信了，直接将它付之一炬吧。（由于某种原因我总是想象你待在排满书籍的狭长房间，独自坐在漆黑的书桌旁，面对着窗外白雪覆盖的绵延平原。平原上没有山丘，没有树木，白雪耀眼，没有生气。你左侧的壁炉火光闪闪，你眼前的空桌子上是一只空玻璃杯和一只空瓶子。整幅画面是黑白色调的。还有你：苦行僧，苦修者，桀骜不驯，整个的你也是黑白的。）

现在你把信揉成一团，用英国人惯有的方式哼了一声，不偏不倚地将它投入火中：你管布阿兹干吗？无论如何，你不会相信我的话。眼下你那双灰眼睛凝视着闪烁的火光，自言自语：她又来捣鬼了，这个女子从来不会罢手，也不会消停的。

我干吗要给你写信呢？

没辙了，阿里克。当然，在绝望的时候，你就是我世界的主宰。（是啊，我当然——像大家一样——读你写的书《绝望的暴力：狂热主义比较研究》。）但我现在不打算谈你的书，而是谈铸造你灵魂的物质：没有感情的绝望，冷冰冰的绝望。

你还在接着读信吗？还在仇恨我们吗？像小口抿着上品威士忌酒那样在品尝幸灾乐祸吗？如果这样的话，我最好别再取笑你，最好集中谈谈布阿兹吧。

事实是我现在不知道你究竟了解他多少。如果知道你了解一切实情，让律师扎克海姆每月向你汇报我们的生活情况，这么多年一直用你的雷达屏幕在监视我们，我也一点都不会吃惊。另一方面，如果你对一切均无所知，不知道我和一个叫米海尔（米晒勒-亨利）·索莫的人结婚，也不知道我有了个女儿，不知道布阿兹的情况怎么样了，我也不足为奇。就像你当初掉头而去，永远将我们隔绝在你的新生活之外。

你把我们扫地出门后，我带布阿兹住到了姐姐和她丈夫的基布兹①。（在这个世界上我们无处可去，也没有钱。）我在那里住了六个月后回到了耶路撒冷。我在书店工作。而布阿兹在基布兹住了五年，直到年满十三岁。和米晒勒结婚前，我基本上每三个星期去看他一次。从再次结婚起，孩子管我叫婊子。像

---

① 基布兹（Kibbutz），其希伯来语词根有"聚集""团体"之意，指以色列所特有的一种集体农庄，人们在那里一起劳动，财产公有。基布兹成立于二十世纪初期，在以色列国家建设中起了重要作用，而今逐渐衰微。

你一样。他甚至一次也没有来耶路撒冷看过我们。听到我们女儿（玛德琳·伊法特）出生的消息时，他啪的一声把电话给挂了。

两年前的冬天，他突然在凌晨一点钟闯到我们这里，告诉我说他再也不在基布兹住了：要么是我把他送到农业学校，要么是他"露宿街头，我休想再得到他的消息"。

我丈夫被吵醒了，让他把湿衣服脱下来，吃点东西，洗个澡，好好睡上一觉，明天早晨再说。孩子（即使那时只有十三岁半，长得已经比米晒勒还高还壮了）像是把只虫子踩在脚下，回答说："你算老几呀？谁搭理你了？"米晒勒笑了一下，建议说："我说朋友，你出去冷静一下，换副模样，再敲敲门重新走进来，那样便像个人，而不是像大猩猩。"

布阿兹转身朝向门口。但我自己站到了他和出口之间。我知道他不会碰我的。小姑娘醒了，大哭起来，米晒勒去给她翻身，到厨房给她热奶。我说："好吧，布阿兹，要是你真想上农业学校的话就上吧。"米晒勒穿着内衣，抱着已不再哭闹的孩子站在那里加了一句："但有个条件，这之前得向妈妈说对不起，好好提要求，而后说谢谢。怎么，你是匹小马驹儿吗？"布阿兹一下子变了脸，带着极度的憎恶和从你那里继承下来的蔑视低声对我说："你就让那玩意儿每天夜里糟蹋你吗？"随后立即伸出手来，抚摸我的头发，换了种口气说："可你们的孩子挺可爱的。"每想起此话都令我心如刀割。

后来（因米晒勒的哥哥起了作用）我们把布阿兹送进泰拉

米姆农业中学。那是两年前的1974年初，战争①刚刚结束不久，我听说你从美国回来当了西奈坦克兵团的指挥官，而后又跑了回去。我们甚至屈从了他的要求不去看他。我们付了学费并且一声不吭。这就是说，学费是米晒勒付的。也不完全是米晒勒付的。

我们那两年连一张明信片也没从布阿兹那里收到。只收到来自女校长的警报。孩子有暴力倾向。孩子吵架，把学校守夜人的脑袋打开了瓢。孩子当夜失踪。警察局将孩子记录在案。孩子被狱外监管。孩子得离开学校。孩子是个怪物。

阿里克，你想起了什么？你最后一次看见的是一个八岁的小东西，头发棕黄，又高又瘦，像根玉米秆，连续几个小时默默地坐在凳子上，倚靠在你的写字台旁，按照你给他买的《自己动手》那本小册子，专心致志地用印度轻木制作飞机模型，那是个认真仔细、听话讲理、几乎是胆小怕事的孩子，即使那时只有八岁，他已经能够用某种安静与执着的克制战胜屈辱。与此同时，现在在十六岁的布阿兹六英尺三英寸了，还在长，是个痛苦野蛮的孩子，恨与孤单使他拥有了惊人的体能，像颗定时炸弹。今天早晨，很长时间以来在我意料之中的事情终于发生了：那是个紧急电话。他们决定把他从寄宿学校开除，因为他侵犯了一位女老师。至于详细情况，他们不告诉我。

就这样，我立即赶了过去，可布阿兹拒绝见我。只让人带话说"他不想和那个婊子有任何瓜葛"。他是在说那个老师，

---

① 指1973年阿拉伯人和以色列人之间发生的赎罪日战争。

还是在说我？我不知道。事实证明他并非真的"侵犯"她：他只是开了些冒傻气的玩笑，她扇了他一个耳光，他立即回了两个。我乞求他们将决定开除他的事情缓一缓，让我能够安排一下。他们看我可怜，给了我两个星期的时间。

米晒勒说，要是我愿意，布阿兹可以和我们一起住（尽管我俩和孩子只住一间半房子，还得为此偿还抵押贷款）。可你和我一样清楚，布阿兹不会同意的。这个孩子讨厌我。也讨厌你。所以我们，你和我，毕竟还有相似之处。对不起。

让警察局备了两次案，又被狱外监管，没有机会再进职业学校。我之所以写信给你，是因为我不知道该怎么办才好。即便你不看信，即便你看了信也不会回复，我也会写信给你。大不了你可以让你的律师扎克海姆给我发封律师函，体面地提醒我说他的委托人还没有承认父子关系，血缘鉴定结果模棱两可，我本人那时又反对做细胞亲子鉴定。将死。

离婚解除了你对布阿兹应尽的所有责任和对我应尽的所有义务。阿里克，这些我铭心刻骨。我不抱任何希望。我写信给你就像站在窗前对大山讲话。或者是对星辰之间的黑暗讲话。你是研究绝望的。倘若你愿意，你就把我当成标本吧。

你还在渴望复仇吗？如果是这样，我就把另半张脸给你。我的，还有布阿兹的。请吧，使劲打。

我肯定会把这封信寄给你，尽管刚才我放下笔，打定主意不去打搅你；毕竟我没有什么可失去的。前面的路都堵死了。你得意识到这一点：即使监管人员与社会工作者设法劝说布阿兹前去接受某种治疗、康复、救助、转学（我相信他们不会成

5

功的），我也出不起钱。

可你有许多钱，阿里克。

我没有什么路子，可是你打几个电话就可以把什么事都解决了。你很强，人又聪明。至少七年前你是这个样子。听人说你做过两次手术。他们没说是什么手术。我希望你现在一切均好。这里我不多写了，不然你该指责我虚伪、逢迎、拍马屁。阿里克，我不否认，我还是准备对你俯首帖耳。一切按照你的意愿行事。我是说一切都按照你的意愿，只要你能挽救你的儿子。

如果我是个聪明人，我现在会删去"你的儿子"等字眼，写上"布阿兹"，为的是不惹你生气。可是我怎能删去整个事实？你是他的父亲。至于我聪明与否，你不是早就下了结论，说我是个十足的笨蛋吗？

我在这里向你许诺。如果你愿意，我准备用书面形式，当着公证人的面承认布阿兹是随便什么人的儿子，你说是谁的儿子都行。我的自尊很久以前就被摧毁了。只要你同意给布阿兹提供紧急救助，作为回报，我会签你律师摆在我面前的任何协议。咱们管它叫人道主义救助，管它叫拯救一个完全陌生孩子的善举吧。

真的，当我停下笔，仔细琢磨他时，我坚持这样说：布阿兹是个陌生孩子。不，不是孩子。是个陌生人。他叫我婊子。管你叫狗。管米晒勒叫"小老鸹"。他自己呢（即使在正式文件中）姓我未出嫁时在娘家的姓，布阿兹·布兰德斯泰塔。把我们应他要求找人牵线送他上的学校叫恶魔岛。

现在我可以告诉你一些让你用来打击我的事。我在巴黎的公公婆婆每月给我们寄些钱供他上这所寄宿学校，即使他们从没有见过布阿兹，布阿兹甚至似乎从来就没听说过他们的存在。他们绝对不是富人（阿尔及利亚移民），不算米晒勒，他们在以色列和法国还有其他五个儿女和八个孙儿孙女。

阿里克，你听着。我对过去只字不写。但只有一件事例外，那是一件让我无法忘怀的事，即使你不知道我是怎么听说的。我们离婚前两个月，布阿兹因患肾炎住进沙阿里蔡代克医院。出现了并发症。你在我不知情的情况下去找布鲁门达尔医生，询问若有必要能否将大人的肾捐给一个八岁的孩子。你打算把自己的一个肾捐献给他。你警告医生要满足你一个条件：永远不能让我（和孩子）知道。直到和阿多诺·布鲁门达尔的助手——那个被你指控在医治布阿兹时犯有渎职罪的医生——成了好朋友之后，我才得知此事。

如果你还在看信，你现在的脸色大概会更加苍白，你带有某种加以抑制的暴力姿势猛然点着打火机，让火苗凑近嘴唇——那里并没有烟斗，又一次对自己说：当然。阿多诺医生。那又怎么样？如果你还没有毁掉这封信的话，现在则是毁掉它的时候了。还有布阿兹和我。

后来布阿兹病情有了好转，你便把我们从你的住宅、你的名号和你的生活中逐出。你从来没有捐过肾。但我坚信你是认真打算做的。因为你的一切都是认真的，阿里克。我是这么看的——你是认真的。

又在恭维你了？如果你愿意，我请求谢罪：恭维，奉承，在你面前双膝下跪磕头，像过去的好时光。

因为我没有什么可失去的，所以不在乎乞求。我会照你的吩咐去做，但不要拖太久，因为两个星期之后，他们会把他赶到大街上。大街就在那里等候着他。

毕竟，这个世界上没有你办不到的事。发动你那个律师喽啰。也许牵线搭桥送他进海军学校。（大海对布阿兹有种奇特的吸引力，从他小时候就有。阿里克，你记不记得"六日战争"①那年夏天的阿什克隆②？那漩涡？那些渔民？还有木筏？）

在把信装进信封之前我再说一件事：如果你愿意我甚至可以和你睡觉。在你愿意的时候。以你所想要的方式。（我丈夫知道这封信，甚至同意让我写——但最后一句话除外。所以现在你如果想毁了我，只要把这封信复印一份，用红笔在最后一个句子下画道杠，寄送给我丈夫，它会像符咒般运作起来。我承认：前面所写的我没有什么可失去的是在撒谎。）

就这样吧，阿里克，我们现在完全受你支配了。就连我的小女儿也一样。你可以随意处置我们。

伊兰娜（索莫）

1976 年 2 月 5 日于耶路撒冷

---

① "六日战争"，指 1967 年阿拉伯人和以色列人之间爆发的战争，即第三次中东战争。

② 阿什克隆，以色列南部地区一海滨城市，靠近加沙地带。

（特快专递）

以色列耶路撒冷塔纳兹大街 7 号

哈里娜·布兰德斯泰塔–索莫夫人

亲爱的夫人：

你 5 日寄到大学的信昨天才从美国转来。对你经过精心选择在信中所提到的事情我只想谈及一小部分。

今天上午我和以色列的一个熟人通了电话。这次谈话之后，你儿子所在学校的女校长主动打来了电话，说同意撤销开除决定，只在他的记录中注明警告。然而，要是你儿子愿意——如你信中模模糊糊所暗示的——转到军校，我有相当充分的理由认为这是可以安排的（通过我的律师扎克海姆先生）。扎克海姆先生也会转给你一张两千美元的支票（用以色列货币形式转到你丈夫名下）。要求你丈夫用书面形式确认收到了这笔钱，作为你们多年辛苦劳顿的礼物，这并非意味着开先例，也非承认我们这方面有什么义务。也要求你丈夫保证你们今后不再进一步求助（希望他巴黎那个穷困的大家庭别打算仿效你向我索取金钱帮助）。至于你信中所述其他方面内容，包括粗俗的谎言、粗俗的矛盾和俗不可耐的琐事，我置之不理。

（署名）亚·阿·吉代恩

1976 年 2 月 18 日于伦敦

又及：我保留你的来信。

英国伦敦

伦敦政治经济学院

亚历山大·阿·吉代恩博士

亲爱的阿里克：

你知道，上星期我们正式签了字，从你律师那里收到了钱。可是现在布阿兹离开了学校，在特拉维夫中心市场和一个搞蔬菜水果批发的人一起干了几天活，那个人娶了米晒勒的一个堂姐。是米晒勒应布阿兹的要求给他找了这份工作。

事情是这样的：女校长告诉布阿兹说学校不开除他了，只给他个警告，可孩子竟收拾起旅行包失踪了。米晒勒和警察局取得了联系（他在那里有些关系），警察通知我们，他们把孩子拘禁在阿布卡比尔，因为他携带着偷来的东西。米晒勒哥哥的朋友在特拉维夫警察局是个头头，代表我们同布阿兹的监护官通了个电话。我们经过一番周折后将他保释出来。

我们为此用了一部分你的钱。我知道你给我们钱时没想把它花在这上面，只是我们没有别的钱：米晒勒只是一家国立宗教学校里一个没取得教职资格的法文老师，他的工资在扣除了抵押贷款后只够我们吃饭的。我们还有个小女孩（玛德琳·伊法特三岁半了）。

我想告诉你，布阿兹一点也不知道保释他的钱是怎么来的。要是跟他说了，我想他会往钱上啐唾沫，也会啐监护官和米晒勒的。即便如此，他从一开始干脆就拒绝保释，叫大家不要管他。

米晒勒一个人去了阿布卡比尔，我没跟着。他哥哥的朋友

（警察官）给他和布阿兹在警察局办公室安排了一次单独会面，所以他们可以私下谈一谈。米晒勒对他说，你瞧，你恐怕忘记我是谁了。我是米海尔·索莫，听说你在背地里骂我是你妈妈的"小老鸹"。如果可以让你出口气的话，你可以当着我的面骂。我呢可以反驳你，说你发疯了。我们可以站在这里对骂一整天，你赢不了，因为我可以用法语和阿拉伯语骂你，而你呢勉强只会希伯来语。所以你骂完了那些脏话又怎么样呢？也许较好的方式是喘口气，冷静一下，开个单子给我，告诉我你在生活中缺什么。我呢再告诉你我和你妈妈能够给你什么。然后我们再看——没准儿我们可以达成协议。

布阿兹说他不想从生活中索要任何东西，他最不愿意各种各样的人来问他想向生活索要什么。

在这点上，从未得到过生活垂青的米晒勒做得对。他只是起身要走，并对布阿兹说，要是那样的话，朋友，祝你好运吧。我看，他们会说你精神有问题，或者说你无法教育，把你送到社会公共机构，就这样。我走了。

布阿兹还试图争论：他对米晒勒说，那怎么了？我要把人杀了之后就跑。可米晒勒转身冲着门口平静地说：好孩子，你听着，我不是你妈，不是你爸，和你没有任何关系，所以别跟我装模作样。你以为我关心你吗？你在六十秒钟内决定是否接受保释离开这里，想还是不想。我看，你想杀谁就杀谁好了，不过尽量别这么做。再见吧。

等布阿兹说等一下时，米晒勒立刻就知道孩子开始动心了。米晒勒比我们大家更了解这场游戏，因为他大多数时间看到的是生活底层，苦难使他成了一颗人间宝石——坚硬而迷人（是的，要是你想打听的话，告诉你，他在床上也是这样）。布阿兹对他说：要是你真的不关心我，你干吗从耶路撒冷跑来保释我呢？米晒勒在门口哈哈大笑说，那好，给你两分。事实上，我来是想从近旁看看你妈妈有多大本事；没准儿在她给我生的女儿身上也有这种潜能呢。你来还是不来？

米晒勒就是这样用你的钱把他弄了出来，请他到特拉维夫最近新开的一家守合礼①的中国餐馆吃了一顿，他们一起看了场电影（坐在他们身后的人可能都以为布阿兹是爹，米晒勒是儿子呢）。那天夜里，米晒勒回耶路撒冷后把事情原原本本地讲给我听，同时，布阿兹的事已和那个在卡来巴赫街市场开蔬菜水果批发店的人谈妥，那个人娶了米晒勒的一个堂姐。因为布阿兹跟米晒勒说：想要干活挣钱不依靠任何人。所以米晒勒没有征求我的意见便当场答应了："是啊，这点我赞成，我今天晚上在特拉维夫就把这事给你办了。"于是他做了。

如今布阿兹夜里住在拉马特拉维夫②的天文馆里，天文馆的一个负责人与五十年代米晒勒在巴黎时的一个女同学结了婚。布阿兹让天文馆给吸引住了。吸引他的不是星辰，而是望远镜和光学。

我是经米晒勒同意写信把布阿兹的详细情况告诉给你的。他说自从你给钱后，我们有义务告诉你我们在用钱做些什么。

---

① 合礼，按照犹太教教规制成的洁净食品。
② 拉马特拉维夫，特拉维夫北部的一个区。

我想你会把这封信从头至尾看上几遍的。我想米晒勒和布阿兹的成功交往对你是个打击。我想你把我的第一封信也看了好几遍。想到这两封信惹你动怒，我很开心。发怒既让你更加男性化，更富有魅力，也让你显得孩子气，近乎动人：你开始在钢笔、烟斗、眼镜等易碎物品上浪费大量的体力。别把它们压碎了，把它们移到右边两英寸或左边一英寸远的地方。这种浪费是我所珍视的，想到它发生在你读我信的时候，发生在你的黑白房间，发生在火与雪之间，我就很开心。要是有女人和你睡在一起，我承认此刻我嫉妒她。甚至嫉妒你对烟斗、钢笔、眼镜和捏在你强有力手指间的信笺所做的一切。

回过头来谈布阿兹。履行对米晒勒的承诺我写信给你。保释金还回来后，你给我们的整笔钱会存到你儿子的名下。如果他决定读书，我们就用这笔钱来资助他。如果他想自己在特拉维夫或耶路撒冷租间房子，尽管他年龄还小，我们会用你的钱给他租。为我们自己我什么都不会要你的。

如果这一切你同意，用不着回信给我。如果不同意，尽快在我们用钱之前告知我们，我们将把钱还给你的律师，对付着过（尽管我们的经济状况很糟糕）。

还有一个请求：

把这封信和前一封信都毁了吧，不然——要是你决定使用它们——现在就用，快点，别再犹豫了。每个白天都在逝去，每个夜晚都是死亡从我们这里掠走的另一座山丘，另一个幽谷。岁月在流逝，阿里克，我们两个都在衰老。

还有一件事：你给我写信说，对我上封信中的谎言与矛盾报以沉默的蔑视。你的沉默，阿里克，还有你的蔑视，令我突然间胆怯起来。这么多年在你走过的所有地方，你真的没有发现有人能给你一丝温柔吗？对不起，阿里克。真是可怕：是我的过错，你和"你的儿子"在遭受整个惩罚。要是你愿意，抹去"你的儿子"，写上布阿兹；如果你愿意，把所有的一切都擦去。我只是想要你不要犹豫，做一切令你摆脱痛苦的事。

伊兰娜

1976 年 2 月 27 日于耶路撒冷

（挂号）

以色列耶路撒冷塔纳兹大街 7 号

米晒勒-亨利·索莫

亲爱的先生：

如你知晓——如她所称，并在你的鼓励下——尊夫人近来给我写了两封令人费解且对她没有好处的长信。如果我能够成功地看穿她含混不清的语言的话，那么有迹象表明，她在第二封信中有意暗示我你们物质生活拮据。我肯定，你，这位先生，是潜伏在她要求背后的傀儡主人。

我的状况能够（不算是特殊牺牲）再帮助你们一回。我通知律师扎克海姆先生给你银行账户上另外再转去五千美元（用以色列货币形式转到你的名下）。如果还不够，先生，我必须要求你不要再通过尊夫人用模棱两可的语言通知我，而是告诉我（通过律师扎克海姆先生）最后的确切数字，需要多少钱才能解决你们的所有问题。如果你能提供一个合理的数字，我就可能准备用某种方式同你会面。所有这些需要满足一个条件，就是不要来打听我给钱的动机，或者说，用黎凡特风格唠唠叨叨地表达感谢。我这方面，自然会控制自己，不去评判允许你向我索要并接受金融资助的价值与原则。

亚·阿·吉代恩敬上

1976 年 3 月 7 日于日内瓦

（本地）

乔治王街 36 号

扎克海姆和迪·莫迪那律师事务所

曼弗雷德·扎克海姆先生

尊敬的先生：

接续昨天电话的交谈，我告诉您我们支付抵押贷款、造一间半房子需要六万美元，另需要一笔钱安顿儿子也同样安顿小姑娘的前程，总共十八万美元。还进一步需要九万五千美元购买与翻修老希伯伦犹太居住区阿尔克来公寓的房子（1929 年阿拉伯闹事者用暴力抢走的犹太人财产，我们现在想不通过暴力而是按照市场价格重新将它买到手）。

提前感谢给您带来的麻烦，先生，向吉代恩博士表示深切的敬意，他的学术成就深受我们国人钦佩，增加了犹太人在各个民族的荣耀，衷心祝您度过一个愉快的普珥节。

您忠诚的

伊兰娜和米晒勒（米晒勒-亨利）·索莫

5736年亚达月十三（1976年3月14日）

于耶路撒冷

承蒙天恩

（电报）

西柏林爱克斯勒塞尔饭店阿·吉尔登

阿里克斯请立即告知我是不是黑信。该拖延时间还是该插手此事。赞德盼望指示。曼弗雷德。

（电报）

以色列耶路撒冷扎克海姆本人

卖掉宰克龙雅考夫房产若有必要也卖掉宾亚米纳橘园付他们十万美元支票分文不少。迅速查明丈夫背景查明孩子状况送离婚书复印件周末返回伦敦。阿里克斯。

耶路撒冷塔纳兹大街7号

伊兰娜·索莫

伊兰娜：

你让我想一两天再写信把我的想法告诉你。我二人都知道你向人家讨主意或建议时，实际上想要别人肯定你所做的事或者是决定要做的事。尽管这样，我还是决定要写，自己澄清我们的分歧是什么。

上星期我在耶路撒冷和你们一起度过的那个夜晚让我想起了以前那些不幸的日子。到家后还诚惶诚恐。尽管表面看来一切和平常一样，除了那个夜晚耶路撒冷的雨下个不停，除了米晒勒显得疲惫忧伤。他花了一个半小时装书架，伊法特给他拿工具，当有一次我站起身帮他扶两根支柱时，你带着嘲笑的口吻从厨房建议把他带到基布兹去，因为他的才能在这里浪费了。后来他穿着法兰绒睡衣，外套一件晨衣，用红墨水笔在那里批改学生作业。整个一晚上都在改作业。煤油加热器在墙角闪着光，好久好久，伊法特在草垫子上玩我在中心汽车站给她买的玩具熊，收音机中播放着长笛音乐会，你我二人坐在厨房里说着悄悄话，表面看来我们在一起度过一个安静的家庭之夜。米晒勒自己退了出去，你整个晚上跟他说的话没超过二十个字。实际上，跟我和伊法特也没有说二十个字。你独自想着心事，我跟你说孩子生病了，说尤阿什在基布兹塑料厂里的新工作，说执委决定派我去学专门为节食办的烹饪课，你似听非听，连一个问题也不问。我像平时一样，很快便意识到你在期望我结束琐碎的汇报，将话题转到你的重大事件上去。你在等着我问你。于是我问了。但没有得到回复。米晒勒来到厨房，往面包上涂人造黄油与奶酪，给他自己冲了杯速溶咖啡，说保证不打搅我们，他很快便会带伊法特去睡觉，我们两个人可以不受任何干扰继续我们的谈话。他走后，你向我讲了布阿兹，讲了你给阿里克斯写的两封信，讲了他给你们的两笔钱，讲了米晒勒断定"某某人也许开始意识到自己的罪孽了"，决定"这一次把他要得囊空如洗"。雨摧打着窗棂。伊法特在席子上睡着了，米晒勒设法给她穿上睡衣，把她放到床上去，还不能把她吵醒。接着他轻轻地打开电视机，避免打搅我们，看晚间九点新闻，而后悄悄地去批改他的作业。你在择明天中饭时要吃的蔬菜，我稍微帮了你一下。你对我说："拉亥尔，你听着，不要对我们妄加评论，你们生活在基布兹，所以对钱没有概念。"你说："七年了，我一直在努力忘掉他。"你还说："你无论如何都不会理解。"透过厨房的门，我可以看见米晒勒的驼背，看见他耸起的肩膀，看见他整个晚上都拿着烟，强迫自己不去把它点着，因为窗子是关着的，我暗自私忖："她又在说谎了。她甚至对她自己说谎，像平时一样，没有什么新鲜的。"但当你问我的想法时，我只是说："伊兰娜，不要玩火。小心点吧，你已经够受的了。"

你听了这话勃然大怒，"我知道你该数落我了。"

我说："伊兰娜，如果你不介意的话，我说这事不是我先提起的。"你说："可是是你让我说的。"于是我建议打住。我们不说了，因为米晒勒回到了厨房，开玩笑地道歉说侵入"女儿国"了，洗涤并烘干晚饭用的餐具，用干巴巴的声音给我们讲他在新闻里所看到的一些东西。接着同我们坐在了一起，开"波兰茶"的玩笑，打呵欠，询问尤阿什和孩子们的情况，心不在焉地摸摸我们的脑袋，说声对不起，去收拾伊法特丢在地席上的玩具，到阳台上抽烟，向我们说晚安后去睡觉了。你说："毕竟，我没有阻止他去见阿里克斯的律师。"你说："是为了确保布阿兹的将来。"你又不着边际地加了一句："不管怎么样，他时刻出现在我们的生活里。"

我没有说话。你强忍着恨，叫我："聪明而正常的拉亥尔。"又补了一句："不过你的正常是对生活的逃避。"

我再也控制不住自己。我说："伊兰娜，每次你用'生活'一词都让我觉得是在演戏。"

你生气了。缩短了谈话。你替我铺好床，给了我一条毛巾，说好六点钟叫醒我，这样我便可以赶上去太巴列①的汽车。你安顿我睡了觉，便又回到厨房，为自己伤心。半夜我起来上厕所，米晒勒轻轻打鼾，我看见你坐在厨房里流眼泪。我建议你去睡觉，要和你一起坐在那里，可你用第二人称复数说："你们别管我，我决定去睡觉了。"雨下了一夜。第二天，出门前我们一起喝咖啡时，你低声对我说静下心想上一两天后把想法告诉你。所以我努力思考你对我说过的话。如果你不是我妹妹，这对我会容易些。即使这样，我还是决定写信给你，我看阿里克斯是你的灾星，米晒勒和伊法特是你所拥有的一切。至于布阿兹，现在最好别去管他，因为任何"向他伸出母亲之手"的努力只会增加他的孤独感，增加他和你的距离。别管他，伊兰娜。如果有任何再次介入的必要，让米晒勒去处理吧。至于阿里克斯的钱，与同他有关的一切一样，那钱上是有灾的。不要冒险用你现有的一切去赌。我是这么觉得。你让我

---

① 太巴列，以色列北方一城市名。

写，我就写了。别生我气。

拉亥尔

3 月 20 日

尤阿什和孩子们问你好。亲吻米晒勒和伊法特。好好待他们。我不知什么时候再去耶路撒冷。我们这里也一直下雨，经常停电。

（挂号）

英国伦敦 3NW

汉普斯特德希思巷 16 号

亚·阿·吉代恩博士

我亲爱的阿里克斯：

要是你觉得我该下地狱了，干脆就用几个字给我发封电报，"曼弗雷德下地狱去"，我立即就去。可是，另一方面，若是你想到精神病院瞧瞧，就请便吧，不要捎上我。我不会有怨言。

遵你指示，我昨天违背自己意愿将我们宾亚米纳附近的橘园解冻（但不包括宰克龙雅考夫房产：我还没有完全发疯）。不管怎样，我可以在二十四小时内随时恭候将它变成十万美元转给你可爱前妻的丈夫，只要我有你的最终指示。

然而，我还没有允许自己做最后的成交，留给你一个机会改变想法，取消你整个圣诞老人般的行动，不受到任何损害

（给我的手续费除外）。

至少请你尽快提供一些令人信服的证据以证明你心智健全，原谅我用词刻薄，我的阿里克。你将我置于这样的处境中，我只能写一封漂亮的辞职信给你。麻烦的是我有点舍不得你。

正如你所知，有那么三十年，你那位卓尔不凡的父亲在患硬化症之前与期间，甚至忘记了他和我的名字、忘记怎样拼写阿里克斯之后，让我折了寿。你比任何人都了解，我艰难地工作了五六年，让你成为他全部财产的唯一继承人，不用交上四分之三的遗产税和年老糊涂税。整个活动，我不想瞒你，这是对专业成就的评估，让我得到了耶路撒冷一套漂亮的住房，更有意思的是，我为此得了溃疡。但是如果那时我想到十年后沃罗迪亚·古顿斯基唯一的儿子突然开始把财富施舍给穷人，我就不会付出那些巨大的努力把那些该死的嫁妆原封不动地从一个疯子手里转给另一个疯子——为什么？

允许我告诉你，阿里克斯，粗略算一下，你打算给那个小狂人的钱占你全部财产的百分之七到八。我又怎能相信明天你不会一阵心血来潮决定把其他财产分给"单身父亲之家"和"受虐丈夫避难所"呢？要是那样的话，你为什么把钱给了他呢？只是因为他策划娶了你那二手前妻吗？要么就是对第三世界的紧急救援？要么就是对歧视东方人所做出的补偿？要是你完全疯了，或许你不介意再出把小力：把发疯的角度变一变，把财产留给我两个外孙。我不收手续费就把它替你办了。我们德国人在这里的确至少和摩洛哥人一样受苦受难。你们这些来自北宾亚米纳的法国化的俄国贵族不是瞧不起我们、贬低我们吗？考虑一下，阿里克斯，我两个外孙会把你的钱投到国家发展、电力、激光等事业上去。至少，他们不会把钱浪费到重建希伯伦废墟、把阿拉伯人的厕所变成犹太会堂等事上！我得告诉你，我亲爱的阿里克斯，你钟爱的米晒勒-亨利·索莫先生虽然是个小老百姓，但却是个大狂人。不是吵吵嚷嚷发狂，而是具有潜能：说话轻柔，礼貌而残忍。（若有时间，请见大作《在狂热主义者与狂热之间》。）

我昨天稍稍调查了索莫先生，是在我的办公室里。他每月只挣两千六百里拉，四分之一捐献给一个分裂出来的小宗教派别，它基本上比大以色列运动 ① 还要右一些。顺便提一句，你可能会想到你那位光彩照人的妻子，品尝了耶路撒冷五分之一的男人，最后挑了个格利高里·派克 ②。但事实是，这位索莫先生像我们大家一样始于地面，可到了五尺三寸左右就突然终止了。换句话说，他比她矮整整一头。也许经过没完没了讲价，她把他买了下来。

于是这位非洲波拿巴来到我的办公室，他身穿耐久定型的长裤和稍大一点的制服夹克，头发拳曲，胡子剃得光光的，脸刮过之后用过放射性物质，戴着惹人注目的金边眼镜和镶金链的金表，领带上别着金色领带夹，头上——仿佛为驱逐所有可

---

① 大以色列运动，以色列极端主义者持有的一种理念。笃信以色列应到"六日战争"期间占领的土地，包括加沙地带和约旦河西岸上的土地上定居，勿以土地换和平。

② 格利高里·派克，美国影星，奥斯卡影帝，曾被誉为"一生都值得爱的男人"。

能发生的误会——戴着无边小帽。

显然这位绅士并不蠢，尤其是在谈到钱，操纵负疚情感，或者是夹枪带棒地暗示他战略性地安插在市政当局、警察局、他的党派，乃至税收部门的诸多强有力的关系时。我亲爱的阿里克斯，我可以给你打包票，有朝一日你会看见这个索莫坐在议会席上，以你我这样空想社会改良家的身份发表带有毁灭性的长篇爱国主义攻击性言论。因此你可否留心观察他而不是资助他？

阿里克斯，你究竟欠了他们什么？你，在离婚时逼得我发疯，最恰如其分地因袭了你精神错乱的父亲，让我如猛虎般拼斗，确保她从你那里没拿走一文钱，没拿走耶非诺夫别墅里的一片房瓦，甚至连她最后在纸上签字用的笔也没拿走！只是勉强同意她可以保存贴身内衣和一些锅碗瓢盆，算是特殊的恩惠，那时你甚至固执地坚持要写下那是"一种作为补偿的让步"。

你突然一下子怎么了？告诉我，是不是有人在用什么事情威胁你？如果有，立即都告诉我，把我当成家庭医生，不要有丝毫隐瞒。速发紧急信号给我——而后你可以坐下来看我为你各个击破。我乐意这么做。

听我说，阿里克斯：实际上，我没有理由干预你的疯狂计划。我现在有个关于起飞坪的案子，油水十足（与俄国东正教堂的遗产有关），即使官司打输了，赚头也大约比你决定当作逾越节①礼物捐给北非犹太人或者是老年慕男狂协会那少而可

---

① 逾越节，犹太教三大主节之一，纪念摩西率领以色列人出埃及。

贵的钱多一倍。见你的鬼去吧，阿里克斯。只是给我个最后指示，我会按你所说的时间与人选把一切都给出去，满足每个人的贪欲。

碰巧的是，索莫并不贪婪地哭穷。相反，他话说得很漂亮，声音柔和圆润，面带微笑，循循善诱，像天主教知识分子。这些人显然从非洲来到以色列，途经巴黎休整。从表面上，他比你我似乎更加欧化。简言之，他可以举止文雅地给人上几课。

比如说，我问他是否知道为何吉代恩教授会突然间对他们慷慨解囊。他温和地冲我微笑，那是某种说"那是自然的啦"的微笑，好像我真的是在问他一个幼稚的问题，有失他的身份，也有失我的身份，他拒绝接受我的肯特牌香烟，让我抽他欧罗巴牌的，可是又屈尊——可能是表示犹太人团结一致——从我手里拿了一支。他向我表示感谢，用锐利的目光看着我，经过金边眼镜的扩张，这目光像是午夜猫头鹰的："相信吉代恩先生能比我更好地回答这个问题，扎克海姆先生。"

我控制住自己的情感问他，十万美元规模的礼物一点不会引起他的兴趣吗？他回答说："确实会的，先生。"接着便闭上嘴巴。我等了大约有二十秒钟，等听他再多说些点什么，一看不行，便问他对这件事碰巧有何高论。对此，他冷静地回答说是，确实有，可是要是我允许，他更愿意听我发表高论。

嗯，在这种情况下，我决定采取近距离内射程攻击；我摆出在反诘时所使用的令人生畏的扎克海姆面孔，发起攻击，我略带停顿，以加重语词的分量："索莫先生。要是你不介意的话，我的高论是有人给我的客户施加了莫大压力。是你和你的朋友们要的'封口费'。我很想尽快找出此人，他采取的是什么办法，又为什么要这么做。"那个类人猿脸皮真厚，朝我露出装作神圣的甜美微笑说："是他的愧疚感，扎克海姆先生。那是唯一对他施加压力的东西。""愧疚？为什么愧疚？"我问，答案早已在他那甜蜜的舌尖上备好了，我话还没说完，他便答道："为他的罪孽，先生。""什么罪孽，比如说？""比如说，让他人蒙受耻辱。让人蒙受耻辱在犹太教中等于让他人流血。"

"你是什么，先生？你是收税的？是执行官？"

"我？"他眼睛眨都不眨地回答说，"我纯粹是个象征性的角色。我们的吉代恩教授是个学者，拥有国际声誉，受到极大的尊重，可以说是钦佩。不过，在他改过自新之前，所有他做的好事一文不值。因为它们建筑在罪孽的基础上。而今他受到良心的强烈谴责，他似乎终于走上了幡然悔悟的道路。"

"你是给幡然悔悟看门的，索莫先生？你站在那里卖票？"

"我娶了他太太，"他说，目光像投影仪似的聚在我身上，镜片下的眼睛扩大了三倍，"我医治她的耻辱，而且照料他的儿子。"

"报酬是每天一百美元，乘以三十年，先交现金，索莫先生？"

这样，我终于乱了他的方寸。巴黎人的神态被打碎，非洲人的愤怒脓汁般迸发出来。

"尊敬的扎克海姆先生，您在半小时里用嬉笑嘲弄挣来的钱我见都没见过。请仁慈地予以注意，扎克海姆先生，我没有向吉代恩教授要过一分钱。是他自己给的。不是我要跟你进行现在这个会谈的，先生。你让我来的。现在，"——小个子老师突然站起身，那一刻我觉得他会抄起我写字台上的尺子敲打我的指节；他没有伸手，只是忍住恨，进出几个字——"现在，经过您仁慈的许可，我可以终止这次谈话，因为您的影射既恶毒又不堪入耳。"

于是我急急忙忙地哄他，使出了你可能称之为"种族退缩"的招数。我谴责自己无法让人接受的德国人的幽默感。祈求他原谅我蹩脚的玩笑，那些话就当我没说。我立刻表现出对他向你要钱到希伯伦去狂热胡闹的兴趣。此时他选择了一副激昂的教训人的架势，两条小短腿仍然站在那里，像陆军将军那样对着我办公室墙上的地图，就我们对土地的所有权问题他给我做了一个免费的布道（我的时间除外，因为无论如何你会代表他付的），等等。我不再用这些令人恶心的事情来烦你了。整个事情被用《圣经》引语与暗喻来加以美化并使之简单明了，仿佛在他看来我理解迟钝。

我盘问这个缩小了的麦蒙尼德①是否意识到这与你所持的政治见解恰巧有点对立，所有关于希伯伦的这些疯狂设想与你公开表现的立场截然相反。

他这一次还是很克制。（我跟你说，阿里克斯，我们得多听听这个疯疯癫癫的弥赛亚的！）他用悦耳的声音耐心地回答，依

---

① 麦蒙尼德（1135—1204），犹太教法学家、哲学家、科学家，出生于西班牙，定居埃及，著有《迷途指津》等融合宗教、哲学和科学思想的名著。

他之愚见，"像其他许多犹太人一样，吉代恩博士目前正经历一种走向悔悟的心灵净化过程，这很快将导致他心灵的根本变化"。

在这方面——我不向你做任何隐瞒，我亲爱的阿里克斯——这次轮到我失去我的欧洲人风度冲他发作：究竟是什么使他认为知道你心里在想些什么？他怎么有这种勇气，见都没见过你就为你做决定——或者甚至是为我们大家做决定——决定我们现在想些什么将来会想些什么，甚至比我们自己知道得还早？

"确实吉代恩教授现正试图驱逐人与人之间的罪恶。所以你才请我到你的办公室进行这次会谈，扎克海姆先生。那么我们为什么不该利用这一时机，通过这次捐助，开辟一条通道，扫除人与全能者分离的罪恶？"

他不甘心就这样走开，而是费劲地向我讲起希伯来文中"血缘"一词的本义。它也可以指钱。你瞧这个人。

我亲爱的阿里克斯，希望这些描述能够充分激起你的愤怒。或者会更好，你会开怀大笑，改变你对整个事件的决定。这是我费劲巴拉向你重述整个事件的原因，重述这个小布道者是怎么说的。"幡然悔悟的大门永远不会关闭。"所以立即悔悟，改变你的怪念头让那两个家伙下地狱去吧。

老年人的知觉悄悄告诉我，除非是有人不知怎么听到风声，得知些令人难堪的细节，这个魔鬼——或者他幕后的指使者——正借此来威胁你，恐吓你，以便用你的钱买来他的沉默（以及那希伯伦废墟）。如果那样的话，我恳求你再次给我一个微小的暗示，你会看到我怎样温文尔雅地给你拆除他们的爆炸设计。

与此同时，遵照电报中指示，我派了个小小的私人侦探

（咱们的老朋友施罗莫·赞德）调查索莫，兹将报告附上。如果有劳你留心阅读的话，你无疑会意识到说得有些吓人。我们还有一些事情得做，我们可以轻而易举地向那个先生证明这场游戏可由两个人来玩。只需告诉我同意，我就派赞德找他做次惬意的谈话。担保不出十分钟，东方战线将会寂静无声。你再也听不到他们叽叽喳喳了。

信中附上三份文件：一、赞德做的索莫报告；二、赞德助手做的布阿兹报告；三、拉比法院关于终止你婚姻关系的判决复印件，区法院就你的美人向你索赔一事所做的决定。我把重要部分均用红笔画了线。但勿要忘记整个事件在七年前即已经了结，现在只是考古历史而已。

这是你在电报中要求我所做的一切。希望至少你要对我表示满意，因为我一点不被赏识。谦卑地等待进一步的指示。看在上帝的分上，不要发疯。

焦虑的曼弗雷德
1976 年 3 月 28 日于耶路撒冷

（电报）

以色列耶路撒冷扎克海姆本人

　　你已超越权限。即刻如数付钱不要再烦我。阿里克斯。

（电报）

伦敦尼可佛阿·吉代恩

　　已付。辞去管理你事务一职。等候指示将你的文件转送他人。

你不正常。曼弗雷德·扎克海姆。

（电报）

以色列耶路撒冷扎克海姆本人

辞职不予接受。洗个冷水澡。要冷静，做听话的孩子。阿里克斯。

（电报）

伦敦尼可佛阿·吉代恩

辞职意决。见你的鬼。扎克海姆。

（电报）

以色列耶路撒冷扎克海姆本人

别抛弃我。我很可怜。阿里克斯。

（电报）

伦敦尼可佛阿·吉代恩

我今晚离开。凌晨抵达尼科尔森。其间勿再做蠢事。你的曼弗雷德。

耶路撒冷塔纳兹大街 7 号

米海尔·索莫

你好米晒勒。我直截了当地跟你说事吧——我要借钱。我给你姐夫阿弗拉姆干活特卖劲，我整天都在搬菜筐。你可以跟他问我怎么样。我也挺高兴因为他对我公平每天发钱还管两顿饭。谢谢你的安排。借钱是想买材料做"自己动手"望远镜。你的朋友詹尼（弗克司太太）给我在天文馆找了个巡夜的差使，没有钱（包住）。也就是说他们不给我钱我也不给他们钱。但是要是我光学器材学得好，能搞个小发明什么的，要是他们有什么要我做的，他们甚至可以付我钱呢。结果是我不用花钱，只是挣钱。但我想立刻就有望远镜，要花四千块钱，所以我问你借三千块钱（我已经存了一千块钱）。我每月从薪水中还你三百块，想必你不会收利息。如果你不能借，或者说有难处，就算了。同时，我谁都没杀。我只有一个要求，这事别告诉那个女的。向你本人和你的小姑娘问好。谢谢。

布阿兹·布

特拉维夫卡来巴赫大街
批发市场
阿弗拉姆·阿布达拉姆转
布阿兹·布兰德斯泰塔

亲爱的布阿兹：

来信收到，我非常难过你没有应我们的邀请来参加逾越节家宴。但我尊重我们之间的协定，按照协定，你可以按照自己的意愿行事，只要你做人正直，一切靠辛劳获得。没来就没来吧，没关系。你什么时候想来，尽管来。阿弗拉姆来电话说你很棒。我们也通过詹尼·弗克司夫人收到了你的良好问候。干得好，布阿兹！我跟父母从阿尔及利亚移居巴黎时也是你这个年龄，我努力跟一个拍 X 光片的技师（他是我叔叔）当学徒，所以能挣一点点钱。而且，我不像你，我只能在晚上工作，因为白天我在国立中学读书。比较一下很有意思，我有一次同这个叔叔借钱买一本非常需要的拉鲁斯词典（可是他拒绝了）。

现在来让我处理你的请求。我附上一张三千元的邮政汇票。如果你再需要钱，如果具体说出一个积极的目的，我们只会高兴地满足你。至于你所提到的利息，实际上，我不该反对你连本带息一起还，但不是现在，布阿兹，而是许多年以后，当你遵守戒律、行善积德并在物质上富有的时候再还（在这之前我希望你学会不要出拼写错误！！），同时，你最好再存些钱。听我的，布阿兹。

有一点我没有遵守你的请求：你妈妈知道我在这里付钱的事。这是因为我们之间没有秘密，尽管我非常尊重你，但我不打算和你有什么秘密交易，然而这是值得的。如果你不同意，就不要接受钱了。就写到这里，致以温暖的问候，祝在快乐的节期一切顺利。

米海尔（米晒勒）谨上

逾越节第一天（1976 年 4 月 16 日）

于耶路撒冷

承蒙天恩

耶路撒冷塔纳兹大街7号

米晒勒·索莫

　　你好米晒勒，谢谢你借钱给我。我买了器材，开始慢慢地往一起攒了。天文馆的布鲁诺·弗克司（詹尼的丈夫）稍稍帮了我一点。他是好人。他懂光学，但不布道。我看，请别笑话，人人都应该精通一件事，把它做得相当好，不要告诉别人做什么、怎么做，那么这个国家满意的就多了，个人问题就少了。我不太介意你妻子知道借钱的事，我只是不想和她搞得太复杂。和你就不一样了。告诉我你在巴黎怎么买的那本你需要的词典？再次感谢，向那个可爱的小姑娘送上我布阿兹的吻。

　　又及：无论如何我从下月就开始慢慢还你的钱。那钱是你的，对吗？①

布阿兹·布

特拉维夫卡来巴赫大街

批发市场

阿·阿布达拉姆转

布阿兹·布兰德斯泰塔

---

① 布阿兹在写信时不太讲究断句与用词。

亲爱的布阿兹：

　　既然你问，我就有责任回答。钱不是我的，是你父亲的。如果你来耶路撒冷过这个安息日或者另一个安息日，我们会高兴地把我们知道的一切都告诉你（有些事情我们显然也不知道）。你母亲和妹妹同我一起邀请你。别再执拗了，只管来。我们计划尽快把房子拓出一块，包括另两个房间（前面一间后面一间），其中一间是给你的，你什么时候需要都行。但即使在这之前，我们也总会有你一个房间。别再孩子气了，下个安息日就来吧。依我看，你的骄傲总是将你往错误的方向引。布阿兹，我相信，孩子和男人的区别在于男人不会浪费他的种子与骄傲，而是将其保存至合适的时候，正像《圣经》所说"等他自己情愿"①。你已经不是小孩子了，布阿兹。我做这一类比，一是与你拒绝回家（到目前为止）有关，二是与你总体上对你母亲的固执态度有关，也是在暗示你，对我刚刚告诉你的钱的来源信息不要做出孩子气的反应。我是可以不告诉你的，对不对？

　　现在我来回答你信中的第二个问题：我像你这么大时叔叔拒绝借钱给我，我怎么买的词典？答案是直到一年以后我才买，但是那个叔叔立即失去了一个廉价而心甘情愿的帮手，因为我感觉受到伤害而离开了他，找了个扫楼梯的工作（放学后！）。那是 1955 年，你可以说我过于执拗，无论如何当时我

---

① 《圣经·雅歌》第 2 章 7 节。注释中的《圣经》指犹太人的《希伯来圣经》，即合和本中的《旧约》，后同。

还是个孩子。就写到这里，致以友好的祝福。

米晒勒谨上

5736 年尼散月二十三（1976 年 4 月 23 日）

于耶路撒冷

承蒙天恩

又及：如果你真的坚持马上按月还钱，我不反对。我确实钦佩！但不管怎样，咱们讲清楚利息不成问题。

律师扎克海姆在 1976 年 3 月 28 日于耶路撒冷写给阿·吉代恩博士的信中附有三份文件：

附件一：特拉维夫施·赞德私人侦探所施罗莫·赞德（私人侦探）提供的米晒勒-亨利（米海尔）·索莫情况报告。该报告根据耶路撒冷扎克海姆和迪·莫迪那律师事务所曼·扎克海姆先生的指示写就，于 1976 年 3 月 26 日转给客户本人。

亲爱的先生：

3 月 22 日得到指示，要奉命展开迅速调查，不日将结果汇报给您，目前材料尚不全面，仅是一些匆匆收集的初步材料。然而我们指出，这些材料可为各种调查线索，包括一些有潜在追究价值的东西提供依据。如果要求我继续搞这个案子，我预计能在大约一个月的时间里提供一份详尽的报告。

你的指示包括搜集米晒勒-亨利·索莫的背景材料，了解其目前生活状况，包括职业、经济状况和家庭方面的信息。我们的部分发现如下。

一般背景：

米晒勒-亨利·索莫1940年生于阿尔及利亚的奥兰。父母是雅可大和萨尔维。父亲在奥兰做收税员，1954年举家迁往巴黎郊区。（他有三个哥哥和一个姐姐，姐姐以前居住在法国并在那里成家。大哥住在以色列。）

米晒勒-亨利·索莫在法国伏尔泰国立中学读书至1958年，后在法国巴黎大学学习了两年法国文学。他未能完成学业，没有得到学位。在这期间，他同在巴黎的贝塔运动组织①有了联系（在他大哥的影响下），并且成了一名遵守教义的犹太人（显然是受另一个哥哥的影响，这个哥哥回归了宗教，至今仍然在巴黎宗教犹太复国主义教育中十分活跃）。

米晒勒-亨利·索莫逐渐放弃了在巴黎大学的学业，专注攻读希伯来语言与犹太研究专业。他移民来到以色列时，已经掌握了希伯来语。他于1960年年末移居以色列，先是在佩塔提克瓦②给一笃信宗教的承包商干了几个月的建筑工人，而后申请警察学院并被录取（显然是在亲戚的帮助下），但他中途就离开了（我们无法获知这件事情的背景），去耶路撒冷"神灯"塔木德学院学习，但也没有坚持读下来。1962年到1964年，他在奥里昂电影院做引导员，靠半日制打工谋生，与此同

---

① 贝塔运动组织，青年犹太人复国主义组织，1923年由右翼犹太复国主义运动雅伯汀斯基创建。

② 佩塔提克瓦，以色列一城市名，在特拉维夫附近。

时，他努力在希伯来大学法国文化系完成学业，但没有成功。这期间，他住在姐夫的哥哥居住的特拉皮由特楼房顶层的洗衣房里。1964 年，他因为一个肾有毛病，加上并发症，被永远免除服兵役（是城里一个主要部门的预备役队员）。

自 1964 年以来，他在耶路撒冷以撒帐篷宗教国立高中男校任职，先做助理老师，后来做正式法文老师（没有文凭）。自 1970 年同伊兰娜（哈里娜）·吉代恩·尼·布兰德斯泰塔结婚以来，一直居住在耶路撒冷塔纳兹街 7 号一套一间半的房子里。这套房子是他在以色列和法国亲戚们的帮助下采取十年按月付款形式购买的，现在款项大约付了一半。

经济状况：

米晒勒-亨利·索莫每月挣两千五百五十里拉。妻子不工作。额外收入：教私人课（每月约四百里拉），加上巴黎父母按时给的补贴（每月约五百里拉）。主要开销：一千二百里拉付房子的分期贷款；五百里拉支付他妻子的儿子布阿兹·布兰德斯泰塔在泰拉米姆农业高中所需费用（直至三周前）；六百里拉通过委托国家银行特拉皮由特分行按月捐献给犹太团体运动。他经常拖欠付账单（电费、水费、税费），但总是准时付分期贷款、学校费用和捐款。

家庭事务：

已婚（自 1971 年），有一女，约三岁（玛德琳·伊法特）。妻子曾嫁给现居美国的著名学者阿·吉代恩教授（已离婚）。

根据拉比法院决定及1968年对双方的诉讼判决，双方之间互不承担金钱义务。米晒勒-亨利·索莫和妻子过着值得敬重的婚姻生活。他们家守合礼，过安息日，等等，他们的生活方式可被描绘成传统的或者是温和的宗教生活（比如，他们并不约束自己去看电影）。

我们没有发现米晒勒-亨利·索莫和他的妻子在婚姻生活之外有何浪漫关系。然而，获知伊兰娜·吉代恩-索莫方面在第一次婚姻中有明显纠纷（尽管这超出了你让我们所做的诉讼摘要范围）。还获知她的儿子布阿兹自1975年5月（参见我们的代理人阿·麦曼报告，应你的要求与本份报告一起提交）一直被狱外监管。布阿兹与米晒勒-亨利·索莫及其妻子关系不好（几年来他一直拒绝到耶路撒冷看望他们）。另一方面，米晒勒-亨利·索莫与他的大家庭（表亲、姻亲等）的关系非常密切。

政治生活：

在这方面我们轻而易举地得到了许多信息。米晒勒-亨利·索莫的观点偏向于右翼。他的大哥和家里其他一些成员在自由党[①]中是著名的活跃分子（其中有些人加入了民族宗教党）。米晒勒-亨利·索莫是前面提到的两个党派的交费成员，尽管断断续续。1964年，他是耶路撒冷北非知识分子与学生组织的成员——祖国的领导人之一。由于财政紧缺和信仰的分歧，这一组织在1965年不复存在。在"六日战争"前夕，米

---

① 自由党，以色列的一个右翼组织。

晒勒–亨利·索莫在宣传鼓动，集体签名反对艾希科尔^①政府的等待观望政策，愿意采取主动的军事进攻打击埃及和其他阿拉伯国家等方面非常活跃。

"六日战争"刚刚结束，米晒勒–亨利·索莫立即主动成为后来被称作"大以色列运动"的活跃分子，主管宣传与示威活动。1971年他突然不再参加运动。之后不久，他将自己的会员卡还给民族宗教党。1972年，他又成为犹太团体的奠基者之一，团体中的大多数成员是从美国或俄国移民来的青年人。米晒勒–亨利·索莫一直是这个组织中的一个理事。"赎罪日战争"后，这一组织举行示威，反对从西奈和格兰高地撤军，而且试图在伯利恒周围从阿拉伯人手中非法购买土地。米晒勒–亨利·索莫因与这一组织有牵连，曾两次被警察叫去问话（一次是1974年10月，一次是1975年4月），但他没有受到指控。就目前我们所了解的情况，米晒勒–亨利·索莫没有任何个人违法的暴力行为。他在两家晚报上发表了十几封书信，信中竭力主张采取一项政策，通过金钱诱导，鼓励阿拉伯人以和平方式离开该国与被占领土。

在结论中，我们将列举看来绝对重要的详细情况，以及那些明显暗示着我们尚未搜寻到的有关重要信息：去年12月（四个月之前）米晒勒–亨利·索莫到法国驻特拉维夫的使馆申请恢复法国国籍（他是在1963年主动放弃法国国籍的），想同时拥有以色列和法国双重国籍。这一申请遭到拒绝。随即，他

---

① 艾希科尔（1895—1969），以色列总理（1963—1969）。

于去年12月10日去了一趟巴黎，只在那里待了四天（！）这次旅行的目的何在，谁出的钱，均不得而知。回来不久，他的法国国籍果真得到了恢复，其速度之快表明肯定不是通过正常手续办理。至于这件事的背后隐藏着什么我们不得而知。

正如前面所说，我们认为现在的这份报告因时间所限，只是部分工作，未能穷尽。如果你有兴趣做进一步调查，无论是这件事还是其他事情，我们非常愿意听候吩咐。

（签字）施罗莫·赞德
特拉维夫施·赞德私人侦探所

附件二：特拉维夫施·赞德私人侦探所阿尔伯特·麦曼（私人侦探）关于青年布阿兹·布兰德斯泰塔的报告。按照耶路撒冷扎克海姆和迪·莫迪那律师事务所曼·扎克海姆先生的指示写就，于1976年3月26日转给客户本人。

亲爱的先生：

根据您的指示我们迅速展开调查（一个工作日）并取得了上述进展，耶路撒冷伊·布兰德斯泰塔-索莫夫人与身份不明的父亲生的儿子因为普通的不和以及长期以来反反复复的纪律问题于1976年2月19日离开泰拉米姆农业高中，去向不明。两天后，2月21日，他在特拉维夫中心汽车站被抓，遭到有关偷窃物品的盘问（他以前有过两次类似的犯罪记录，自1975年5月以来被执行青少年狱外监管）。第二天，2月22日，他由耶路撒冷米晒勒-亨利·索莫先生（他母亲的丈夫）担保得到释放，显然得到警察局内部的默许。从那以后，索莫先生在特拉维夫批发菜市场的一个亲戚雇他工作，显然违反了未成年人雇佣法。目前布阿兹应拉马特拉维夫天文馆一个负责人的邀请住在那里，他被说成是"自愿守夜人"。布阿兹还不到十六岁（1960 年出生），但看上去年龄大多了（根据我个人印象，我认为他至少有十八岁：个子高大，非常强壮）。就目前所掌握的情况看，他现在没有任何社会关系。关于他在泰拉米姆学校读书时的社会生活，我得到的评估充满矛盾。无进一步重要信息。有任何特殊问题需要我们进行调查，请告知。

（签字）阿·麦曼，侦探

特拉维夫施·赞德私人侦探所

附件三：扎克海姆先生在 1976 年 3 月 28 日随信一同寄给伦敦亚·阿·吉代恩的材料中用红笔圈出的部分。

1. 选自拉比法院关于亚·阿·吉代恩与哈里娜·布兰德斯泰塔-吉代恩离婚诉讼案的处理决定，耶路撒冷，1968："……我们因此发现女方犯有通奸罪，她本人供认不讳……因此丧失了继承权与赡养费……"

2. 选自耶路撒冷区法院的决定，1968："关于她本人和孩子赡养费的起诉……因为父亲坚持称他并非孩子生父……由于血缘鉴定结果不清晰……本法院建议双方进行亲子鉴定……女方反对做这项鉴定……男方也反对……女方撤销关于她本人与孩子赡养费的起诉……法庭因此取消这一起诉，双方宣布从今以后相互不再有进一步的要求。"

美国芝加哥中西大学政治学系

亚历山大·阿·吉代恩

远方的阿里克：

我再次按你伊利诺伊的地址给你写信，希望某位秘书会劳神将我的信转给你。我不知道你在哪里。黑白色调的房间，你空空的写字台，你身边的空瓶子、空杯子总是出现在我的思绪里，像宇宙飞船船舱，你乘着它不停地从一个大陆驶往另一个大陆。壁炉里的火燃烧着，照亮你苦修者般的身体，照亮你灰白的正在脱发的头，你从窗子里可以看见空寂的雪原正伸展开去，消失在迷蒙的雾色中。一切都像刻在木版画上。永远如此。不管你到哪里。

这一次我需要什么？渔夫的老婆想让金鱼给她什么呢？另一个十万？还是另一座翡翠宫？

什么也不要，阿里克。我没有要求。我只是写信要和你说话。尽管我已经知道了所有答案。为什么你的耳朵这么长？为什么你的眼睛在朝我眨动放光？为什么你的牙齿那么锋利？

一切都那么熟悉，阿里克。

此时，你可以把信揉成一团，将它投入火中。它摇曳着燃烧一会儿，便消失在另外一个世界中，火舌像被空虚的热情点燃，将会伸延、消失，烧焦了的精美纸片将会飞起，在房间里翩翩飘扬，也许会落在你的脚下。你再次陷入孤独之中。你可以给自己倒杯威士忌，独自一人庆祝你的胜利：她在那里，匍匐在我的脚下。她对她的非洲发现失去了兴趣，现在正在祈求怜悯。

因为除了充满恶意的喜悦，你在人生中不懂得任何其他的快乐，狠毒孤单的阿里克。看看这封信，充满喜悦。看看这封信，默默在窗前朝白雪尽头的明月纵声大笑。

这次我是背着米晒勒给你写信的。没有告诉他。十点半他关上电视，有条不紊地绕房子走一圈，关上电灯，给孩子盖好被子，检查一下门是否插好，往我的肩膀上披一件毛衣，把他自己裹进毯子，扫几眼晚报，喃喃地说了些什么，便睡着了。现在他的眼镜和烟就放在我身边的写字台上，他轻柔的呼吸与他父母送的棕色时钟发出的嘀嗒声混杂在一起。我坐在他的写字台旁边给你写信，所以对他和孩子我都有罪。这一次我甚至连布阿兹也不能用了。你的儿子挺好的：你的钱和米晒勒的智慧使他摆脱了麻烦。索莫家族的朋友们帮他了结了前科记录。米晒勒慢慢地找到了接近布阿兹的途径。就像穿过森林一样。你能相信吗？他设法让布阿兹上周末来耶路撒冷看我们。看到我的小个子丈夫和大个子儿子一整天相互争着取悦小姑娘。小姑娘似乎喜欢这种竞争，甚至在煽风点火。看到这幅场景，我有好几次不禁放声大笑。安息日结束后，米晒勒用橄榄油、尖辣椒给我们拌沙拉，还做了汉堡和炸土豆，让邻居的儿子来看孩子。我们和布阿兹去看了第二场电影。

这种和睦打乱了你的战略部署了吗？对不起。你丢了一分。你以前是怎么跟我说的？当战斗达到高潮时，初步的要领简介就没有多大意义了。无论如何，敌人现在知道了要领简介，并不按其行事。这样一来布阿兹和米晒勒现在几乎成了好朋友，我看着微笑：比如，米晒勒登上布阿兹肩膀换走廊里的灯泡。要么是伊法特试图把米晒勒的拖鞋穿到布阿兹脚上。

我为什么把这些都告诉你？

事实上，我们应该回到已经建立起来的沉默当中去。从现在开始到我们生命的最后一刻。接受你的钱，什么话也不说。但是夜晚沼泽地里总是有鬼火在闪耀，我们不可能不注意到。

尽管如此，如果你决定继续看这些纸片，如果你还没有将其投进你房中燃烧着的火里，我猜想眼下你脸上戴上了蔑视与傲慢的面罩，它极适合你，让你显得具有冷冰冰的力量。凝固的光线一触即发，我就像被施了魔法一样融化了。从那时起。我融化了，并恨着你。我融化了，并将我本人交给了你。

我知道：你现在抓在手里的信切断了我所有的退路，我回不去了。

但是，如果你想毁了我的话，我前面写的两封信对你来说已经足够。

你是怎么处理我前两封信的？它们被火烧毁了，还是安然无恙地待着？

实际上，几乎没有区别。

因为你并非在毁灭，阿里克，你在刺痛。你的毒素纤细而缓慢，它并非立即将我处死，而是多年来一直在毁灭我，让我崩溃。

你持续的沉默：七年来我努力抗拒它，用我新家的吵闹来驱逐它。在第八个年头我屈服了。

在我 2 月份写给你的两封信中我没有撒谎。跟你说的有关布阿兹的详细情况准确无误，扎克海姆先生无疑已经向你证实了这一点。不过，一切都是大谎言。我在欺骗你。我在给你设置陷阱。我从一开始就在心中确信，米晒勒会将布阿兹从困境中解救出来。是米晒勒，不是你。事实的确是这样。我从一开始就知道，即使没有你的钱，米晒勒也会把事情做好。在合适的时间里用合适的方式将其做好。

这一点我也知道，阿里克：即使魔鬼让你试图帮你儿子，你实际上也不知道该怎么办。你甚至不知道该从哪里着手。你这辈子就不知道怎样靠自己做事。即使你下决心向我求婚，你也办不到。你父亲得为你来求我。你们那庄严的智慧和你们所有的巨大力量总是以一个东西开始，又以一个东西结束，那就是支票簿。要么就是在大西洋彼岸给扎克海姆或者是你早就认识的政府某某部长或将军打越洋电话（他们呢，在让儿子进声望好的学府，或者是为他们自己安排愉快轻松的创作假的时候，也会轮流给你打电话）。

你还能做什么？用你那令人昏沉的傲慢去散发魅力或是冷冰冰的恐惧，给历史上的狂人分类，派三十辆坦克冲入西奈沙漠碾压阿拉伯人，用冷酷的打击迅速将一个女人和一个孩子打发掉。你这辈子什么时候曾设法唤起过男人或女人脸上的一丝欢笑，擦过任何人眼中的泪水吗？只剩支票和电话，阿里克。微不足道的霍华德·休斯。

确实不是你，而是米晒勒让布阿兹振作起来，并给他找了一个合适的位置。

因此，要是我提前就知道事情是这样的话，我为什么写信给你?

你最好就此打住。稍微停顿一下。点上你的烟斗，让你那灰色的目光在白雪上稍作巡视。虚空连接着虚空。接下来集中精力用外科医生似的严谨来阅读，你曾带着这种严谨分析十九世纪俄国虚无主义者写下的文本或者是分析一个恶毒教父的布道词。

我在2月份给你写信的真正动机是期望将我自己置于你的手心里。你是真的不明白吗? 看见敌人就在你眼皮底下而忘记了扣动扳机，这一点也不像你。

或者也许我写信你，就像童话里的漂亮少女给远方的骑士送去利剑，他用这把剑斩杀巨龙，给她自由。请看，蓄意搞破坏的微笑正在你的脸上散布，那是苦涩的、迷人的微笑。你知道吗，阿里克，我想某天晚上给你穿上一件黑色长袍，给你的头顶包一块黑头巾。你用不着为此遗憾，因为这一形象令我兴奋不已。

或者也许我推断不管怎么样你也可以帮帮布阿兹。但有甚于此，我想要你把账单送给我，我渴望去付出一切代价。

你为什么不来? 真的忘记你我可一起做什么吗? 将火与冰合而为一?

那也是谎言。我知道你不肯来。现在我剥去自己的最后一层面纱:真正的事实是即使在我最为疯狂的渴望中，我片刻也没有忘记你是什么东西。我知道再也不会挨上你一拳，或者是得到要求汇报的命令。我知道唯一可从你那里得到的是一阵苍

45

白的冷风和死寂。或者顶多是带有恶毒蔑视的唾弃。不会少，也不会多。我知道一切都失去了。

我得承认，你的唾弃来得令我震惊目眩。在我可以预想的上千件事情中，从没有想到你只是拔下塞子，用钱将米晒勒淹没。这一次你让我站立不稳。我一贯喜欢如此。你标新立异的恶魔般的才能无休无止。你把我扔入泥潭，我再将满身污泥的自己交付于你。你一贯喜欢如此，阿里克。我们一贯喜欢如此。

因此，什么也没有失去吗？

这封信不会给我留下任何后路。永远也不会。我在欺骗米晒勒，就像在我们九年的婚姻生活中，有六年时间我都在多次地欺骗你。

天生的婊子。

是的，我知道你会这么说，灰眼睛深处的巨大邪恶如同北极光一样闪烁着。可是，不，阿里克，你错了。这种欺骗是不同的：每次，我和你的朋友、你部队里的指挥官、你的学生、电工或水管工一起欺骗你时，我都是试图通过欺骗你来接近你。我脑子里想的只是你，即使当我尖叫时，尤其是在那个时候。就像在米晒勒犹太会堂的神圣方舟上方那些烫金字所写的那样：我总是将上帝放在自己面前。

现在耶路撒冷已经是凌晨两点了，米晒勒像个胎儿般蜷缩在浸满汗水的被单里，他毛茸茸的身体上散发出来的气息与拥挤的房间角落里孩子的一堆被单散发出的尿臊味混在了一起，沙漠上吹来的干燥热风穿过窗户充满憎恨地吹打着我的脸庞。我穿着睡衣，坐在米晒勒那堆满学生作业本的桌子旁，就着弓形台灯灯光给你写信。疯狂的蚊子在头顶嘤嘤嗡嗡，幽谷另一侧那遥远的阿拉伯灯火在我身上踟蹰不去。我全心全意地给你写信，同时也用一种迥然不同的方式欺骗米晒勒和孩子，用我从来没有欺骗过你的方式欺骗他。我委实在和你一起欺骗他。几年来我们的婚姻没有丝毫欺骗的阴影，现在我正在欺骗他。

我是不是发疯了？是不是像你一样发疯了？

我丈夫米晒勒是个极其少见的人。我从未见过像他这样的人。自伊法特出生后，我就叫他爸爸。也有那么几次，我叫他孩子，拥抱着他细瘦滚烫的身体，仿佛我是他妈妈。尽管米晒勒事实上不仅是爸爸、孩子，更重要的是，他还是我的兄长。如果在我们死后还有某种生活，如果我们可以去往不存在谎言的世界，在那里米晒勒将是我的兄长。

但是，你过去是并依然会是我的丈夫。我的主人。永远。在我们的来生里，米晒勒将搀扶着我、引导着我走向你我婚礼仪式上的新娘华盖。你是我既痛恨又想念的人，是我夜晚会梦到的人。你掌管着我的头发、喉咙和我的脚掌，掌管着我的乳房、我的腹部、我的隐秘部分、我的子宫。我像女奴一样受你驱使。我爱我的主人。我不想获得自由，即使你让我含垢蒙羞，将我发送到王国边境，像对待夏甲与他儿子以实玛利那样将我发送到沙漠，在荒漠中干渴而死，也是为你而渴死，我的主人，即使你把我从你眼前赶走，给你王宫看土牢的奴隶当玩物。

但是，你没有忘记，我孤独邪恶的阿里克。你不能愚弄我。你的沉默对我如同泪水般透明。我抛向你的魔咒一直沁入你的骨髓。你无法像不育的神明一样躲在云端。世界上有上千件事情你可以做得比我好上千倍——但不包括欺骗。不，在这点上你比不上我，从来就比不上。

"法官先生，"在对我们的案件判决前你用倦怠冷漠的声音对法官说，"毫无疑问，这个女士是个拥有病态人格的说谎者。即使她打喷嚏，相信她的话也有危险。"

你是这么说的。在你说话时，大厅里响起淫秽的笑声。你微微一笑，目不旁视。那时，你一点也不像个戴绿帽子的丈夫。妻子的上百次不忠使你成了城中笑柄。相反，在那一刻，我觉得你高于台上的律师，高于法官，高于你本人。你仿佛是斩杀巨龙的骑士。

即使现在，已经过了七年，我在凌晨近三点想起那一刻，我的身体依然会向你靠拢。我的眼中含满了泪水，乳头有些发抖。

阿里克，你看了吗？看了两遍？三遍？你兴奋了吗？兴奋结束了吗？我是否成功地帮你在孤独的荒野中，让一棵快乐的幼苗抽芽？

如果是这样，你该给自己倒一杯提神的威士忌。再装满烟斗。因为现在，复仇之神先生，你需要一点威士忌。

"像斩杀巨龙的骑士。"我刚才写道。但不要立即开始庆贺。你的骄傲至少还没有成熟，先生。因为你是疯狂的骑士，斩杀了巨龙，接着又转身斩杀了少女，最后将自己也置于死地。

实际上，你就是龙。

这是个令我欣喜的时刻，我告诉你，即使是床上的功夫，米晒勒-亨利·索莫也比你强多了。用身体所做的一切，米晒勒绝对生来就拥有完美的水准。在我自己的肉体尚不得知渴望接受多少的情况下，他总是能够充分给予。半个夜晚，他入迷地抓住我在快乐之滨来回进行爱的旅行，像风捕捉的一片树叶，通过优雅耐心的草地，通过灵巧与渴望，通过斑驳的森林与浑浊的河流与咆哮的海洋，达到熔点。

你打碎你的威士忌酒瓶了吗？伊兰娜向你的钢笔、你的烟斗，也向你的放大镜问候。等等，阿里克，我还没说完呢。

实际上，不只是米晒勒。几乎他们所有人都可以给你上一两课。即使那个在部队上给你开车患有白化病的男孩。他洁白得像只羔羊，也许只有十八岁。他带着负疚、恐惧，比草叶还要纤弱，浑身在颤抖，牙齿不住地打战，几乎在恳求我放过他，几乎要放声大哭了。突然间，他在几乎还没有碰到我时就开始爆发，像幼犬一样发出一声狂叫。然而，阿里克，那时，男孩困惑的眼睛里透出的是纯然感激与惊叹，带有梦幻般的崇拜之光，仿若天使歌声纯洁无瑕。他给我的肉体和心灵带来的震颤胜过我们一起度过的几年中你所做的一切之和。

将你与其他我拥有过的人相比，阿里克，我能告诉你你是什么吗？你是一座光秃秃的石山。就像一支歌。你是雪中的拱形圆顶小屋。你记得电影《第七只海豹》中的死亡吗？记得赢棋之后的死亡吗？那就是你。

现在你起身毁掉我的信纸了。不，这一次你没有小心翼翼地将它们撕成迂腐的小方块，而是将它们扔进了火里。也许在一切都结束时，你又坐了下来，开始将你灰色的头颅往黑漆漆的桌子上撞，血从头发里流到了眼里，最后，你的灰眼睛在转动。我拥抱你。

两个星期前，当扎克海姆将你奇妙的支票转给米晒勒时，他抓住了时机，用词语警告米晒勒：记住，先生，那场游戏中有两个人在玩。我非常喜欢这个小短句。我倾向于现在想把它送给你，来对你说晚安。你从我这里是逃不掉的，阿里克。你无法用钱买到自由。你不会翻开新的一页。

顺便告诉你，你的十万：我们感激。钱好好的，别害怕。你的妻子和儿子也好好的。米晒勒正在改造房子，我们可以住在这里。布阿兹要在花园里给伊法特弄个滑梯，开辟一片沙地。我将有台洗衣机。我们很快就会有立体声音响了。我们将给伊法特买一辆小自行车。布阿兹就要有望远镜了。

我就要搁笔了。我要穿好衣服独自走上漆黑空寂的大街，走向邮筒。我要把这封信给你寄出去。而后我会回家，再脱掉衣服，叫醒米晒勒，偎依到他的怀抱里。米晒勒是个单纯温柔的男人。

我对你的爱无法言表。对自己、对我的爱也无法言表。你知道，你我都是可鄙的腐朽动物。因此，女奴现在给遥远的冷酷巨龙送上拥抱。

伊兰娜

1976 年 4 月 19 日于耶路撒冷

拉马特哈沙龙来蒙大街 4 号

弗克司转

布阿兹·布兰德斯泰塔

你好布阿兹，富有反叛色彩的犟驴！

　　不要觉得我是在骂你，只是我突然一下子火冒三丈。我确实在努力克制我这可鄙的天性，拖着没给你写信，直到今天早晨在电话中逮住了你，亲耳听到了你自己叙述出了什么事。（我不能去看你，因为你妈妈病了，我看这也是因为你。）既然我们在电话里谈过了，那么可以说，布阿兹，你还是个小孩，不是男子汉。我开始害怕你永远也成不了材。也许你命中注定要长成一个脾气暴躁的小无赖。也许当你在泰拉米姆袭击老师，当你打那个巡夜的时候，并非只意味着发生了倒霉事件，而是发出了一个警告信号：我们当中长出了一头倔骡子！尽管用"长出"一词难以正确形容你的情况——要是你像某些豆茎那样停止生长、稍微变得成熟一些倒好了。

　　要是你不介意的话，现在请你告诉我：为什么你和我一起过安息日才两天就发生了这等事？我们都（你也是）付出很大努力并且开始感觉像一家人之后必得发生这等事吗？在你妹妹开始适应你、我们都为你给她买的玩具熊感到惊喜之后必得发生这等事吗？在刚给你妈妈一点希望——她为你遭了那么多的罪——之后必得发生这等事吗？告诉我，你是不是个疯子？

　　我告诉你，如果你是我的亲生儿子或者是我的学生，我要用棍子打你的脸，也打你的屁股。不过转念一想，我对你可不放心。你可能也会用菜筐打我呢。

也许，我们把你从青少年犯罪所保释出来是个错误，或者说，那里是你这样的人自然要去的地方。我很了解你的傲慢无礼。阿弗拉姆·阿布达拉姆踢了你一小脚，以及此后发生了什么，请允许我写下来，我认为他是相当公正的（尽管我本人不会踢的）。

但你以为自己是谁呢？告诉我。是公爵？是王子？踢你是因为你大嘴巴，那又怎么了？那是用菜筐打人的充分理由吗？你打的是谁？打的是阿弗拉姆·阿布达拉姆，一个六十岁的人，告诉你，他患有高血压！而且，是你在警察局有了两项前科记录——我和阿尔马力亚督察替你了结了——他让你给他工作之后？告诉我，你是谁？你是阿拉伯人吗？你是马驹子吗？

在电话里听说你确实用菜筐打了阿弗拉姆，只是因为他看不惯你的傲慢无礼，踢了你一小下，我简直快发疯了。你可以是我妻子的儿子，是我女儿的哥哥，可你不是人，布阿兹。《圣经》上说："教育年轻人要听其自然。"[1] 我的解释是：只要年轻人走的是正路，对他可以温和施教，可要是他自己一团糟，那么任何处置都不过分！怎么，你凌驾于法律之上吗？你是国家总统吗？

阿弗拉姆·阿布达拉姆是你的恩人，一个心地善良的人，你以怨报德。他在你身上花了许多心血，你让他失望了，你也让我和阿尔马力亚督察失望了，现在你妈妈为你卧病在床已三天了。你让所有同你有关的人都失望了。就像圣书上写的：

---

① 出自《圣经·箴言》。

"想要葡萄，葡萄是酸的。"①

你为什么要这么做？

现在你不说话。很好。好吧，那我就告诉你为什么：是因为狂妄自大，布阿兹。因为你生得高大英俊，像个神人，臂膀有力，你愚蠢地认为那力量是用来打人的。力量是为了进行自我约束的，傻瓜。是为了控制你可鄙的天性的！去应付生活中的所有打击，平静但坚定地沿着我们所选定的道路，也就是说，笔直的窄路走。这是我所说的力量。把每个人的脑壳都打破——任何木板和石头都可以做到。

所以我前面对你说，你不是人。当然也不是犹太人。也许你只配做一个阿拉伯人。或者一个非犹太人。因为，布阿兹，要做一个犹太人，就要知道如何勇敢地面对逆境，进行自控，沿着先人的道路走。整个《托拉》②只有一根支柱：自控。也要很好地了解为什么生活会伤害你，从中吸取教训，永远改进你的方式，接受命运的公正旨意，布阿兹。你想一想，阿弗拉姆·阿布达拉姆把你当成儿子看待，承认你是个固执具有反叛精神的儿子。你呢，布阿兹，不是怀着感激之情去吻他的手，而是去咬喂养你的那只手。你注意，布阿兹：你让我和你妈妈丢脸，但首先让你自己丢脸。现在看来你将永远学不会屈辱一词。我只是在你身上浪费词汇。你拒绝接受教诲。

要我告诉你为什么吗？即使让你听到是一种伤害也要说

---

① 出自《耶利米哀歌》。

②《圣经》的前五卷。

吗？好吧，我告诉你。干吗不说。只是因为你脑子里有了根深蒂固的想法，认为你是某位王子或者说自己很了不起，血管里流着高贵的血，生来就是太子。我告诉你些事情，布阿兹，坦率地说，离真正的人你都还相差很远，不过，我要把自己的想法和盘托出。

我未能荣幸地结识你亲爱的著名的父亲，也没有奢望过这种荣幸，但我可以直截了当地告诉你：你的父亲既不是公爵，也不是国王——除非他是恶棍之王。要是你真的了解他给你妈妈带来了什么样的耻辱与不幸，他怎样羞辱她，非难她的名誉，像驱逐可憎子孙那样将你从他的生活中赶了出去，就好了。

不错，他现在想起来付钱，作为对悲伤与屈辱的补偿。也不错，我应该决定不顾自尊接受他的钱。你也许会问我为什么决定接受他不洁净的钱？是为了你，你这头不知感恩的驴！是为让你走上那条笔直的窄路。

仔细听着我为什么把这一切都告诉你。不是要你恨你的父亲，天理不容，但希望你要以我为榜样，不要以他为榜样。要知道在我身上骄傲与人道是通过对可鄙天性的控制而体现出来的。我接受了他的钱，而没有杀死他。这是我的光荣，布阿兹：我克服了自己的羞辱感。就像圣书中所写的："谁想抹去自己的荣誉，他的荣誉永远不会抹去。"[1]

我继续给你写今天晚上的那封信，刚才中断了一下去教了两节私人课，准备晚饭，照顾你可怜的母亲，她因为你的事病

---

[1] 出自《圣经后典》。

了，而后我看了会电视新闻和"再看一眼"。我认为写完关于自控与克制可鄙天性的问题之后，接下来应该加进一些我自己的生活经历。不谈当今我们在阿尔及利亚所遭受的苦难，布阿兹，做阿拉伯人中的犹太人，到巴黎后做了犹太人中的阿拉伯人，做法国人中的黑脚人——如果你碰巧知道其含义的话，[①]我纯粹只是想提我自己在这个国家里经历了什么，而且囿于我的信仰、观念、外表与出身还在经历着什么。要是了解这些的话，你也许能够意识到被一个像阿弗拉姆·阿布达拉姆那样和蔼可亲的好人小踢一脚与被抚摩的确没什么两样。问题是你自己被宠坏了。你无论如何也无法了解。我从一出生起就习惯了每天挨真正的三次踢，我从来没拿筐子打任何人。原因并非只是履行戒律："爱邻舍如同自己。"[②]更重要的是，人必须学会用爱去接受苦难，我跟你说过的。

你准备听听其他关于我的事情吗？在我看来，接受上千的痛苦也比自己造成一个痛苦要强。无疑，在上帝的账本上，米晒勒·索莫名下也有几个黑点。我不否认。但在我的黑点中，你找不到任何引起痛苦的标题。不，没有。问问你的妈妈。给阿弗拉姆好好道歉并请他原谅，然后问问他，问问詹尼·弗克司，她从巴黎时期开始就很了解我。至于你，布阿兹，你被赋

① 由三个操阿尔冈昆（Algonkian）语、彼此关系相近的印第安人组成的居民共同体，居住在加拿大亚伯达省和美国的蒙大拿州，包括：皮库尼人（Pikuni）或皮埃甘人（Piegan），凯纳人（Kainah）或布卢德人（Blood），西克西恰人（Siksika）或正统黑脚人（也常被称为北部黑脚人）。
②《新约·路加福音》第10章27节。

予了宽大俊美的体魄，出色的技艺，王子般的仪表，但你已经开始沿着你父亲那被玷污了的道路行走了：骄傲自大、残酷、邪恶，带来了痛苦、暴力。我好像实际上并不打算在信里向你提一个字，说你这几年给你妈妈带来的可怕痛苦，她现在为你生了病——因为我看你还不配与我讨论痛苦。你显然太年轻了。至少等到你站起来，像个男人一样表现出你心中的羞耻。

如果你打算成为你亲爱父亲的第二版本，就随便你去自行毁灭吧。原谅我说这些话。我并不打算写这些。但如前人所述，评价一个男人不应看他的哀伤。实际上，我想说的恰恰相反：我为你祈祷，不要自行毁灭。因为，布阿兹，我真的喜欢你。

序文到此搁笔，现在转入正文。下面的话代表我和你妈妈。代表我们俩。

1. 你立即去找阿弗拉姆，让他原谅并宽恕你。这是其一。

2. 只要弗克司一家，布鲁诺和詹尼，同意你继续在他家后院的小棚里留宿——干吗不呢，你可以和他们待在一起。但从现在开始我付他们房租。从你父亲的补偿款里支付。你不能在那里白住。你不是乞丐，我不是搞救济的。

3. 我首先坚持让你现在进非占领区的学校学《托拉》和做生意（你的拼写比二年级的孩子都差）。但我们绝对不强迫你去做这些事。如果你愿意，我们就给你安排。如果你不愿意，就不安排了。我们有句关于《托拉》的名言："其方式是愉快的。"[1] 不是强制性的。你妈妈的病

---

[1]《圣经·箴言》第 3 章 17 节。译法与和合本有别。

一好，我就去找你聊聊，我们再看？也许你同意？但要是你想学习光学，就告诉我学什么课，最好给我看看指南，我来付钱，从前面我所说的资金中出。如果你碰巧想再找一份工作，到耶路撒冷来，住在家里，我们看看能为你安排什么，只是不要再有菜筐了。

4. 这一切有个前提，从现在开始你要修正你的行为。

伤心、焦虑的

米晒勒、伊法特和妈妈

5736 年以珥月初二（1976 年 5 月 2 日）

于耶路撒冷

承蒙天恩

又及：请注意，我以自己的名誉担保：如果在你再出现小型暴力行为，布阿兹，即使你妈妈流眼泪也没有用。你自己去走你的邪路吧，自己去闯吧，我不管。

耶路撒冷塔纳兹大街 7 号
索莫家

你们好。我首到① 你的长信了米晒勒，我觉得对不起阿弗拉姆，不过我不知道该谁和谁说对不起。离开之前，我也留

---

① 布阿兹经常写错别字。

57

了个条说非常感谢布鲁诺和詹尼·弗克司。当你们收到这封信时，我已经在海上的一条大船上了。你们还是把我忘了吧。尽管那两次去看你们时，我很喜欢伊法特，我非常佩服米晒勒，即使你有时候唠唠叨叨的。至于你，伊兰娜，我为你遗憾。因为要是从来就没有我，你会过得更好。

谢谢

布阿兹

耶路撒冷塔纳兹大街7号
伊兰娜和米晒勒·索莫

米晒勒和伊兰娜：

　　米晒勒昨天往这里打电话问布阿兹是否来过，我一定是晕了头没弄清楚出了什么事。可是线路特别不好，我几乎什么都听不见。我没搞清楚布阿兹究竟犯了什么事。今天早晨，我试图往学校里给你打电话，米晒勒，可是没打通。于是我便写了这封信，我把它交给基布兹的会计，他明天去耶路撒冷。布阿兹要是突然来到这里，不用说，我会立即告诉你们。但我想他是不会来的。我挺乐观，相信过几天你们会发现他的一些行踪。依我看，他要消失、同我们大家割断联系并不是从特拉维夫这一特殊事件开始的。相反，最近这次变故和以前的一样，说不定起于他想疏远你们俩、疏远我们大家的冲动。我这样写自然不只是要你们冷静，让你们平静地坐在那里等待——需要继续想方设法寻找他。然而，我要把我的感觉告诉你们——也许这只是一种感觉，直觉——布阿兹不会有事的，他最终会找到合适的地方。当然，他可能会一而再，再而三地到处惹些小麻烦，但是在他住在基布兹的那些年，我观察到了他性格中某些比较积极的方面。他拥有坚实的、明白事理的头脑和清晰的条理。即使这条理和你们的，以及我的都不一样。

请相信我：我写这些并不只是为了在遇到困难的时候给你们打气，而是因为我相信布阿兹并不是把一切都做得特别糟糕，对他人、对自己他都不会这样，我们很快就会搞清楚的。我通过会计把这个条子交给你，要是你们需要尤阿什、或我、或我们俩请几天假陪你们就说一声。

拉亥尔
1976 年 5 月 8 日

本地乔治王街 36 号
扎克海姆律师先生转
吉代恩教授

亲爱的先生：

由于《诗篇》第一章第一节中写过："快乐是人不从恶人的计谋，不站罪人的道路，不坐亵慢者的座位。"我，本信签署人，曾经庄严宣誓，无论好坏，无论今生还是来世，我都不和你进一步打交道。我之所以打破誓言是因为一桩生死攸关的事件。但愿不要这样，也许是两条人命。

一、贵公子布阿兹。正如你在看他母亲信时所意识到的，这个孩子有那么一两次已经有点出格，我努力使他回到笔直的窄路上。两天前接到与布阿兹住在一起的那个亲爱家庭里的一个电话，他失踪了。我尽快赶到那里，可又能做什么呢？今天早晨我们得知了他的某些行踪，他在一封短信上说这一次他跑到船上工作。这件事发生在他卷入较多的恶性事件之后。

由于你这样的人所无法理解的原因，我决定不取消自己对他的监护，立即找些路子在即将起程的船只上查明他在不在那里。遗憾的是，这种寻找并没产生什么积极的效果：孩子绝不可能在海上。他一定在陆地上，或是在这个国家的什么地方流浪。因此我才决定求助于你——尽管发生了那么多事——要求你也做些事情帮忙，这是由于你对他和他母亲的做法大错特错了。对于像你这样的学者，我想给点暗示就足够了，你会理解我们不是为了要钱，而是要你立即采取行动（也许通过你的熟人圈）。我这么说以避免重蹈近期出现的不愉快的覆辙，当他母亲要你帮助解决孩子困难时，你不尽举手之劳，而是想着用钱来让自己的良心得到安宁，就主动把钱给寄来了。这是在假设即使像你这样的人也有良心。也许是我太天真了。

二、我妻子伊兰娜·索莫。在布阿兹闹了这场恶作剧之后她就一直病在床上。昨天她向我承认，在你付钱之后她背着我又给你写了一封私信。你可以想象得到，我非常生她的气，但很快便消了气，原谅了她，因为她已经坦白承认了，并且为这些罪孽忍受着痛苦的熬煎。索莫太太吃了很多苦，是由于你，教授先生。

在我这里，自然没有发生调查她在信中给你写了什么之类的事（这种事会有损我的尊严），但她主动地告诉我说你没有回信。我看，你通过沉默又往伤害上增加了侮辱。别担心，我不看你给她写了什么，不仅是出于宗教方面的顾忌，也是因为我考虑你受到了污染。要是你写信给她，解释一下你为什么对她这么恶劣，为你所有的罪孽道歉，她也许会忘记一些你带给她的痛苦。不然的话，你的钱就白花了。

三、钱。你这位先生在 3 月 7 日从日内瓦给我寄来一封傲慢的甚至无礼的信，告诉我拿上钱，闭上嘴巴，也不要谢你。你要注意：我从来就没有说过要谢你。谢你什么？谢你屈尊迟迟才想起从公平与正义角度给布阿兹和索莫夫人、实际上也给我们小女儿的那一丁点钱？看来你的无耻没有止境，先生。就像圣书中写的，那么执着。

从你认为适合赠送的那笔钱（十万七千美元，用以色列货币形式三次分期付出，每次数量不等）的数量上看，我理解赎回希伯伦阿尔克来房子的那笔钱被立即取消了。然而，这里我将不合时宜地催促你刻不容缓为了这个神圣的原因支付十二万美元：纵然是从广义的角度，这里或许也有拯救生命的因素，同前两项一样。正如前面所述，要不是生死攸关的问题，我无论好歹也不会跟你联系。我在下面将对此做出解释。按照我们的信仰，你的恶行与布阿兹的麻烦、与他母亲的痛苦是有联系的。你的悔悟和赠送能够引起神明对孩子的怜悯使他安然归来。世界上有报偿和惩罚，也有正义与非正义，即使我不配去

61

冒昧地理解它的运作方式，或者说为什么你的罪孽会波及这个女人和孩子。天晓得？说不定有朝一日你自己的儿子可以荣幸地住到我们打算用你的捐款从异族人手里赎回的房子里，通过这种方式正义将得到补偿，坐在天堂里的人会笑呢？正如圣书所说："风往四周刮。"① 圣书中还写道："将你的面包撒在水面，因为日久必能得着。"② 也许当你站在最高审判者面前接受审判的那一天，在最高审判者面前既没有嬉笑也没有轻浮，这笔捐助会与你的罪孽相抵。记住，先生，在那里你没有律师，你的处境会很危险。

我想在这里强调指出，我得通过你的律师扎克海姆先生寄这封信，原因是我别无选择，因为扎克海姆先生不给我你的地址，我不会向我的妻子要，因为我不想让她知道这封信，她的精神本来就够紧张的了。

这里我想抗议一下扎克海姆的行为。他老想着一些关于威胁与勒索的廉价影片，将米晒勒·索莫和黑手党柯里昂或诸如此类的惊悚片联系在了一起。如果这事搁在别人身上，我不会就这么不作声地放过去的。可这是以扎克海姆的名义，我想他或他的家人是经历了大屠杀之后来到我们这里的。对经历了大屠杀的犹太人我能宽恕一切：扎克海姆先生一定有什么让他对一切做病态怀疑，尤其是对像拥有我本人这样的民族世界观、血统和宗教信仰的人。正如前面圣书中所写，他把山影当成山。

---

① 出自《圣经·传道书》。
② 同上。

因此我决定宽恕你的律师。但不宽恕你，先生。对你没有宽恕可言。也许如果你忠实地履行了信中所提及的三个要求，知道找孩子，向女人致歉，为赎买土地捐款，也许上帝会施其怜悯。至少他们会发现你有值得信赖的一面。

在独立日之际致以最良好的期待！

米晒勒·索莫
以珥月初九（1976年5月9日）
于耶路撒冷
承蒙天恩

函内附件

亲爱的阿里克斯：

只简短地说上几句。我给你转去你那个小继任写来的信，附在里面，尚未拆封。我打赌他又在向你要钱了。他大概认为他已经同政府印钞票的建立了直接联系。万一你这次决定花钱重建圣殿或给弥赛亚的驴发放红利，你就自己做吧，我不管，如果你不介意的话。我要皈依伊斯兰教，我们之间结束了。

我从索莫那里得出这样的印象，那个少年巨人又跑了：我不是特别理解他们怎么每次都能把这个方尖碑给弄丢了。但没什么担心的，他们肯定会在一两天以后在中心汽车站把他找到，他定是在那里卖从船上卸下来的货物呢，像上次他消失的时候一样。

顺便说一下，我有一天碰巧在本·耶胡达街上看见了你那辆老破车。好像绅士待她挺不错的：按她走过的里数计算，尤其是想到她换了那么多主儿，那样子还是好好的。

怎么说你好呢，阿里克斯：上次在伦敦见到你，你的样子真让我震惊。好好照顾你自己，不要再自寻烦恼了。

你忠实的

曼弗雷德

（电报）

耶路撒冷塔纳兹大街 7 号索莫

扎克海姆得到找孩子的指示。信很快按照要求寄给女士。如果同意给孩子做亲子鉴定你会得到另外五万美元。我在伦敦这里同时做相同的鉴定。亚历山大·吉代恩。

乔治王街 36 号

扎克海姆和迪·莫迪那律师事务所

曼弗雷德·扎克海姆先生，律师

亲爱的扎克海姆先生：

我前夫发电报跟我们说他已要求您帮我找儿子，他显然是跑到海上去了。请尽您所能，发现什么情况立即通知我。我前夫在电报中提到为布阿兹做亲子鉴定以建立血缘关系。正如我今天上午与您在电话里所说（您要求我以书面的形式写下），我撤销七年前反对做这项检测的决定。唯一的问题是找到孩子，说服他同意做他父亲所要求的亲子鉴定。那并不容易。扎克海姆先生，请向我的前夫解释我撤销七年前反对做亲子鉴定的决定与他电报中提到的那笔钱没有关系。坦白地说，他一分钱也不用再给我们了。相反，我很高兴这次是他提出来要做这个鉴定的。扎克海姆先生，你可能还记得我们上法院时，我反对做这项鉴定——而他也不同意。

如果他同意捐助我现在的丈夫所提到的事业，让他不要提亲子鉴定问题，只要告诉他现是最好的时机。最主要的是扎克海姆先生，我祈求您，如果您得知孩子的什么消息，告诉我们，即使是半夜也没有关系。

感激您的

伊兰娜·索莫（吉代恩）

索莫夫人

亲启

曼·扎克海姆先生本人转交

亲爱的索莫夫人：

扎克海姆正在尽力恢复你失去的财产。不过，我想象得出，让他单枪匹马地与无疑让宗族战鼓召集起来的一群索莫较量并非易事。不管采用什么方法，我想象当此信送达时，就会有布阿兹的消息了。顺便提一句，这件事让我觉得难过，我们谁没梦想过不留任何踪迹地消失呢？

昨天我接到你丈夫的一封来信。他似乎体验了某种圣灵显圣；天国之音召唤他重建杰里科^①城墙，而且是用我的钱。作为他建造神圣耶路撒冷的伟大计划的一部分，他命令我立即改过自新，开始向你道歉、解释，接下来显然是捶胸顿足与自我修行。

我天真地想，我们的关系在两桩拉比诉讼和地区法院宣判里已得到充分的解释，任何进一步的详细说明都会惹人不快。实际上，我的印象是你还欠我一个解释。确实在信中我可以模模糊糊地看到你半遮半掩地极力解释你目前的状况，包括索莫先生在床上的详细战绩。我对这事不感兴趣（尽管你描述得很好，或许对我的品位来说有些过于文学化了）。然而，我这个人能否继续在你身上激发不激发反应对我没有任何影响。如果你们两个停止这样充满活力地吩咐我做出贡献，我将不胜欣喜：我既不是英国银行也不是精子库。另一方面，你只字不提唯一让我迷惑不解的问题：你为什么那时如此强烈地选择不做亲子鉴定呢？如果那时就表明我是生理上的父亲，即便不是不可能，也很难让我打赢那场官司。直至今天，我对此也无法理解。你觉得结果会不会表明我不是他的父亲呢？你有没有有点不太肯定他的父亲是谁，伊兰娜？

是什么让你突然间改变想法竟然同意去做鉴定了呢？你是真的改变主意了，还是你现在还不想做？

真的只是为了钱吗？可是那时也有钱呢。那时你就要钱，

---

① 杰里科，巴勒斯坦地区一古城。

没得到。确实是这样。

我重复我的提议：一旦做了亲子鉴定，不管结果如何，你可以得到另外五万美元。（我不考虑用途——可以是为了让教皇成为犹太人。）扎克海姆说我完全疯了。按照他的推理，从我在电报里承诺无论亲子鉴定结果如何你都可以拿到钱的那一刻，你就操纵了整个局势，我轻而易举地就亲自向你低了头。扎克海姆这么说。

他说得对吗？

你现在准备向我解释你为什么在法庭上反对做亲子鉴定，让你和布阿兹蒙受耻辱吗？你还会失去什么？你对测试结果会有疑虑吗？还是你故意恶毒地愿同孩子一起被扔到大街上，什么都不要，故意给我留下一个疑虑呢？

现在你恶毒地向我写道，我不是一下子毁灭，而是刺痛。这是什么恶心的玩笑吗？你明摆着又从退休的巨龙那里得到了另外一个馈赠：要是你能直接回答我，为什么你在 1968 年反对做亲子鉴定，为什么现在又同意了，我就会让布阿兹做我的继承人，在回信中再送你五万美元。实际上，要是你给了我答案，鉴定就没必要做了。我用它来给我换取一个具有说服力的答案，只一个答案。

另一方面，如果你继续编织你的谎言，我们也会再次撕毁所有的协定。这次是永久性的了。你冲我说的谎话足够一群戴绿帽子的人听的。你不要再想方设法骗我。顺便说一句，你当着三个拉比的面承认你在我们做夫妻时设法同整个部队的人睡觉，你丈夫还要我给你做出什么样的解释？

哪种方法能够更好地让我们打破协定？你还想从我这里得到什么？除了钱我还有什么？你是不是渴望狼吞虎咽地吃鱼排和炸薯条？你为什么在七年后突然来惊扰我们的墓地呢？

算了吧。我一个人生活。非常宁静。我每天晚上十点睡觉，进入没有梦境的睡眠之中，每天早上四点起床写文章，或者是准备讲稿。所有的激情都平息了。我甚至还有了一支手杖，是在布鲁塞尔的一家古玩店里买的。男人、女人、金钱、力量、声名——已经引不起我的兴趣。我不时地徜徉于思想与概念之中。每天读几百页的东西。弯下身子不时地做些引证与脚注。就是这个样子，伊兰娜。当我们讨论生活这个题目时，尽管你对宇宙飞船、白雪等等的描述的确非常可爱（这永远是你的长处），但实际情况是什么样子呢，告诉你，我有中央空调，不是壁炉。窗外，没有雪（毕竟是5月了），但有个小花园，一片整齐的英国草坪，一条孤独的长木凳，枯柳，灰蒙蒙的天空。不管怎样我很快就要回芝加哥了。至于烟斗和威士忌，我被禁止抽烟喝酒已经有一年多了。如果你真的关心我是否会修改关于布阿兹的遗嘱，如果你丈夫真的向往再拿几个十万，你需要对我提的一个问题也是唯一的一个问题做出直接回答。记住：再说谎，你二人从我这里什么也拿不到。一个字、一分钱也拿不到，永远也拿不到。现在我要用你给我取的新名字签字。

> 阿里克，孤独的无赖
>
> 1976 年 5 月 16 日于伦敦汉普斯特德

曼·扎克海姆先生转

阿·吉代恩博士

亲爱的孤独的无赖：

今天我们收到了布阿兹寄来的一张明信片。他在西余的什么地方，他没说，但明信片上讲他"在工作挣钱很多"。眼下我们无法找到他。显然，即使是你那位无所不能的扎克海姆先生，也没能找到他。

另一方面，你在信中想方设法地伤害我甚至让我担心，说你被禁止抽烟喝酒。请写信告知我出什么事了。你做了什么手术？写信将全部实情告诉我。

你问了我两个问题：我在起诉你时为什么不同意让我们三人做亲子鉴定？我是不是还在反对做这样的鉴定？对第二个问题我的回答是我现在不反对了。现在只是你和布阿兹的问题。假如做这个鉴定对你真的很重要的话，就劝他去做好了。但首先是去找他。你自己去，不要让扎克海姆和他的侦探们去。

我在浪费唇舌。你躲在你的窝里，不会出来的。

关于你提出的第一个问题，我的回答是，七年前我确实非常需要得到你的赡养费和一些财产，但不能付出将布阿兹交到你手上这一代价。我很惊愕，你那么聪明，那会儿竟然一点也不理解。

实际上，我不惊愕。

我反对做亲子鉴定是因为我的律师对我说，如果经测试表明你是孩子的父亲，你在迫使我承认犯有通奸罪后，宗教法庭，任何法庭，将会把孩子的监护权判给你。我相信你这么恨我们，你会毫不犹豫地把布阿兹从我身边夺走，然后付点钱给我。布阿兹那年只有八岁。

那是整个秘密，先生。

事实很简单，我不愿意打赢这场官司，失去孩子。我希望从你那里得到赡养费，因为我身无分文，但不能以失去布阿兹为代价。因此我行使我的权利反对做证明布阿兹是你儿子的检测。

实际上，我们两人都失去了他。布阿兹只属于他自己，也许他对自己也很陌生，就像你一样。一想到布阿兹和你之间那种悲剧性的相似，我就觉得揪心。

要是那时你给的钱能有现在给我们的十分之一，我就能在家里把布阿兹养大。我们的情况就会比现在稍好一些，但你那时就是要把一切从我这里拿走。要不是我告诉你米晒勒怎样赢得了孩子的感情，布阿兹那矜持寡言的样子像米晒勒，令你产生了由衷震撼的话，即使现在，你也不会给我们一分钱。顺便说一句，要是米晒勒继续天真地相信你突然间悔过自新修正你的人生道路，如其所言，我不会计较的。但是你愚弄不了我，阿里克：你给我们钱不是为了补偿，而是要将我们毁灭。可怜的阿里克，你就这样试图白白地跑掉，像遥远的神明一样，躲在自己的云端里努力揭开新的篇章。你甚至还没有我成功。我们就这样白白地沉默了七年，你我二人。你穿上黑袍了吗？戴上头巾了吗？我们继续。我准备好了。

但是写信告诉我你身体的真实情况。你窗前的枯柳和灰色的天空突然让我感到不安。

等等，阿里克。毕竟，这对我们来说是一场游戏。现在该轮到我来问你问题了：你为什么会接受我的拒绝？实际上你不是也拒绝做亲子鉴定了吗？你为什么不，至少不像在诉讼中战胜我那样去力争得到布阿兹？你为什么不去力争来毁灭我呢？为什么你只是现在才想到给我们大笔的钱去做那项检测呢？该轮到你不要撒谎了。我等待着回复。

伊兰娜

1976年5月24日于耶路撒冷

伊兰娜·索莫

扎克海姆转

因为我不能，我不想带布阿兹。我不知道怎么弄他。如果我同意做鉴定，按照法院决议，会把孩子判给我。要是他在我这里长大会成什么样子？

这是对你的问题所做的答案。

在对我们的最后判决上是怎么说的？"此后他们相互之间没有任何进一步要求。"

与此同时，扎克海姆和侦探们已经设法找到了布阿兹。也就是说，我做了，索莫没有做。你那个圣人怎么说？"仁慈地记下。"已经搞清楚他现在在沙姆沙伊赫的一艘玻璃底的旅游船上工作，确实干得挺好的。我在电话里通知扎克海姆别去打扰他。我相信你丈夫有足够的理智去做同样的事，不要试图干涉。或许你可以建议他将布阿兹当作我对购买占领地所做的贡献，给我寄回一张盖有印章的收据？

你让他看我的信了吗？料想他一定坚持当着你面读这些信，甚至也许到处加以审查。同样可能的是，他高尚地控制自己不去偷看他妻子的信件，不去秘密地捅她的抽屉。第三个可能是你不在屋里时偷偷摸摸一字不漏地读了，随后对着《圣经》信誓旦旦，相信妻子不会有任何不贞的想法，他认为她的通信神圣不可侵犯，但愿此事不会发生。第四个可能是你会发誓说他没有看过我的任何信，即使你让他看他都不看，或者告诉我说他想看而你确实没给他看。跟他一起骗我，跟我一起骗他，和我们两人互相骗我们俩，或者是和卖牛奶的来骗我们俩。你什么事情都做得出来。伊兰娜，你什么都做得出来，只有一件事除外，那就是不让我了解你真正是什么人。我可以献出我的一切以获取这个答案。但我有的就是钱，钱，像你写给我的，没有用。将死。

我们讨论钱的问题，写信告诉我你还需要多少。你真的想要我捐钱给他让他去赎回希伯伦吗？我不在乎。我给他买希伯伦。接着给他买纳布卢斯。他什么时候过生日？作为交换，我让你告诉我这一模范人士的秘密。他是怎么想方设法得到你、守住你的？我从两个私人侦探那里得到权威性的担保，你显然从未背叛他（不考虑你送给我的标价为十万美元的爱情票的话，此事足以让我们两个被载入《吉尼斯世界大全》，因为它用最昂贵的价格却什么也没买到）。顺便说一句，在他最后（眼下）一封索取报酬的信里，你的先生马哈尔-沙拉勒-哈什-

巴兹暗示说"减少了你的罪"。这样的故事对他那样的出身背景的人来说很平常。我不难想象你是怎么将我们在一起时的生活告诉他的。包括美好的和邪恶的。

你是怎么看待他的？布阿兹又是怎么看待他的？

"一个痛苦、野蛮的孩子"，你是这样写的，仇恨赋予了他"奇妙的体能"。我记得他夜里所习惯的睡觉方式：把整个身子蜷缩进厚厚的毯子，一头金发埋在被子里，像个钻进洞里的幼兽。记得他在花园里造的糖果床。埋葬蝴蝶的坟墓。他给乌龟造的奇妙公园。他的两只小手伸进我的方向盘里。我们在小地毯上玩坦克战，他有一次用肥皂水刷我的烟斗。在你某次自杀后他逃到了幽谷。有一次我半夜回家在餐桌上发现了一个绿色打火机，不是我的，我开始用拳头打你，他突然穿着宇宙飞人睡衣出现在厨房里，轻声对我说别打了，因为你是弱者。我对他说，"睡你的觉去"，继续打你，他抄起盆栽的小仙人掌，朝我扔了过来，正打在我脸上，我放开你，疯狂地抓住他，不停地把他的金色脑袋往墙上撞。那天晚上我兜里有枪，可以先打你们再给自己一枪。事实上我做了；从那以后，我们三个人做了场噩梦。

我想告诉你，在过去的那些年，我月月都从扎克海姆和侦探那里收到关于你和布阿兹的情况汇报。所得知的一切，包括他的暴力，都让我喜不自胜：这棵小树已经从腐烂的果实上一点点长起来了。我们两个都有负于他。我们什么都不配，只配头上挨一颗子弹。也许只有你那个黑魔怪配得到点敬重。让他葬在他的希伯伦先人墓那里吧。越快越好。

你是怎么看他的，伊兰娜？布阿兹又是怎么看待他的？

如果你给我一个有说服力的答复，你可以得到答应给你的支票。

你突然一下子关心起我的身体来了（或者你渴望继承遗产），这总是让我感动。但请不要夸张：我还活着。尽管做了那些手术。但没有了威士忌和烟斗，所以你那富有诗意的宝库中只剩下了钢笔和眼镜，我有时的确在写字台上把它们挪到左一英寸右两英寸远的地方。与你信中所描述的一样。然而我没有打碎眼镜，也没有把东西扔进火里。去掉你的白雪、空玻璃杯、空瓶子，你可以使用我窗外的哭柳。黑白色调就挺好，只是要你采用克制的想象力，不要采用惯用的那种夸张风格。

然而在品尝你给我预先开好的药之前，我现在不会给自己倒一点威士忌，不会把头砰的一声撞到桌子一角等待疼痛的消失。

巨龙

1976 年 6 月 2 日于伦敦

（电报）

伦敦尼可佛吉代恩

布阿兹来找我。向你要五千美元买玻璃底船想自己在沙姆沙伊赫做生意。另加一千美元在那里为游客安望远镜。已经拒绝。等你答复。曼弗雷德。

（电报）

以色列耶路撒冷扎克海姆本人

　　给他。傻瓜。阿里克斯。

（电报）

伦敦尼可佛吉代恩

　　现在他正索要五千美元在奥非拉租公寓。赞德手下发现他现住在煤气站。同两个瑞典籍姑娘一法国人一贝都因人居住。尚未给一分钱。你没有现金我没有变卖祖产。查查你脑子有何毛病。曼弗雷德。

（电报）

以色列耶路撒冷扎克海姆本人

　　曼弗雷德帮我忙。预支宰克龙祖产款项满足他的要求。告诉他这是最后一次。阿里克斯。

（电报）

伦敦尼可佛吉代恩

　　拒绝预先支取。曼弗雷德。

（电报）

以色列耶路撒冷扎克海姆本人

　　你被解雇了。阿里克斯。

（电报）

伦敦尼可佛吉代恩

　　谢天谢地。告诉我将文件移交何人。扎克海姆。

（电报）

以色列耶路撒冷扎克海姆本人

　　不接受你辞职。你是畜生。阿里克斯。

（电报）

伦敦尼可佛吉代恩

　　要让我继续干，你不许再继续对大以色列所需进行社会援助。包括拒绝在沙姆买船租房。你像卡拉玛佐夫或李尔王。曼弗雷德。

（电报）

以色列耶路撒冷扎克海姆本人

　　行。拉斯普廷。[①]冷静。眼下我投降。阿里克斯。

（挂号）

耶路撒冷塔纳兹大街7号

米·亨·索莫先生

---

① 拉斯普廷（1872—1916），俄国西伯利亚农民神医，因为医治好了王子的病而成为沙皇尼古拉二世和王后的宠臣，行为淫荡，后因为干预朝政而被保皇党所杀。

亲爱的索莫先生：

这里警告你，除已经从他那里拿到的补偿款外，不要再通过您的夫人、夫人的儿子向我的客户提进一步的金融资助要求。

这里请允许我提请你注意，我的客户在电报里通知我坚决拒绝借助任何情感与其他压力从他账上抽取资金。坦率地说，您最好记住，倘若再需要什么的话，通过您本人或其他关系纠缠吉代恩博士没用。尽量跟我联系，倘若您行为得体，便会得到我的答复。为您着想，我建议您要记住，我们已经拥有了用于应付您将来找麻烦时所需要的所有资料。

您顺从的仆人

律师与商业事务经理曼·扎克海姆

1976 年 6 月 7 日

（本地）

乔治王街 36 号

扎克海姆和迪·莫迪那律师事务所

律师曼·扎克海姆先生

尊敬的扎克海姆先生：

首先让我在五旬节再次向您表示问候！

但愿不要觉得我向您发牢骚，向您诉苦。就像古书上所写到的，"愿那保护众生之人保护我，不要怀疑我的公正，保护我免受中伤。"①另一方面，我认为你在尽力为吉代恩教授做代理。我也同样感谢您代表我们同布阿兹恢复联系所做的努力，为给您带来的任何不快表示歉意，谢谢您费心，并表达自己相信您的善举会对您本人有好处。

然而，尽管尊敬之至，作为对您来信的一种反应，请原谅我发现自己不得已地观察到：你做我、我的家人和吉代恩先生之间的中介人不合适。原因很简单，您完全支持另一方，只要他付给您辛苦费这就是理所应当的。所以，正如古书中所云，"不遭受蜜蜂叮咬则得不到蜂蜜"，②扎克海姆先生。如果吉代恩教授听从劝告出于好意为收复国土进行捐助，尽管尊敬之至，您没有权利否决或者是不签字吧，您同这件事情没有关系，谢谢您能让开。

另一方面，如果您决定也愿意为我们神圣的事业做出贡献的话，我将会非常欢迎，不需经过严格审查便可以让您被满怀感激地接受。

此外，我已经记住，您清醒地暗示说您搜集了对我们不利的资料。然而，我并不特别震惊，原因是我们没什么可隐藏的。正如古书中所写，"谁可以登上耶和华的山？谁可以占领他的圣所？就是手洁心清，不向虚妄，起誓不怀诡诈的人。"③等等。您清晰的暗示只能令自己难堪，扎克海姆先生。就我个

---

① 出自《圣经后典》。
② 同上。
③《圣经·诗篇》第24章3—4节。

人来说，遵守"不可报仇，也不可埋怨"[1]这一戒律，决定对它不予计较，权当它没有发生。

我亲爱的扎克海姆先生，我本来以为，您作为大概经历了大屠杀来到这里的人会第一个支持强化国家，加固其边界。这并不损害阿拉伯居民的荣誉或财产，上帝恕我这样说！我提议你加入我们的组织，犹太人团体运动（我随信附上一份详细的企划书）。另外，扎克海姆先生，凭借您为吉代恩先生服务时在法律上所体现出的高超本领，这里我荣幸地邀请您做该运动的法律代表，可以是志愿者，也可以得到相应的报酬。

而且，这里我请您做我和我们全家家庭财产的管理人，在上帝的救助下，在您的竭诚相助下，部分被侵吞的财产已经回到了我们名下，我相信剩下的也会被一并归还。

我准备按通常或稍高一些的标准付您辛苦钱。甚至可按照合股的原则运作，扎克海姆先生，因为我打算通过我们的组织投资一大笔钱，做一种与赎回解放区领土有关的商业事业。我们合股除给以色列国家和犹太人赢利外，还会给双方带来充足的报酬。就像古书中所写的"倘若没有苟同他们会同行吗？"[2]所以，我提议，你应该站到我们这边来，当然也别抛弃你的客户吉代恩先生。请认真对此予以考虑。不用急于做出回答。我们习惯了等待，草率行事是靠不住的。

吉代恩教授代表着过去的成就，但我坚信未来属于我们。

---

① 《旧约·利未记》第19章18节。
② 出自《圣经后典》。

想想将来吧，扎克海姆先生！

致以尊敬和犹太人的团结

米海尔（米晒勒-亨利）·索莫

5736年西穹月十三（1976年6月10日）

于耶路撒冷

承蒙天恩

拉亥尔·莫拉格

白特阿弗拉罕姆基布兹

下加利利莫拜尔邮局

亲爱的平平常常的拉亥尔：

　　我还是欠你几句话。由于让布阿兹的问题所困扰，我以前未回你的来信。无疑你会流露出你那理解-宽恕-拉亥尔式的目光，用你那大姐姐的腔调评论说我没有关心布阿兹，而是像平常一样，在关心自己。毕竟，从我们小的时候，你就是那个总是将我从疯狂中挽救出来的人。你把我的疯狂说成是"我的戏剧"。你将向我灌输一顿你从儿童保育课上学来的应用心理学。一直讲到我丧失了理智狂叫：别管我！接着你伤心地朝我微笑，像平时受到冒犯那样保持克制，一言不发，让我自己明白我的发作只能是给你聪明的判断做了例证。你那套宽容的、呆板的智慧——这些年令我非常生气，直到我气得喘不过气来，勃然大怒，对你进行辱骂，这样给你一个非常好的机会来宽恕我，并且让你对我的状况比以往更加焦虑。我们俩难道不是完美的组合吗？你看，我只是要给你写几行字感谢你们——你和尤阿什——愿意放下手里的一切来耶路撒冷帮忙。结果弄成这个样子。原谅我。纵然不是为了我的戏剧性事件，我们之间也会有什么联系吧？你要把那压倒一切的善意送到哪里去呢？

正如你所知，布阿兹没有事。我在尽力平息下来。阿里克的律师雇了几个私人侦探，发现他在西奈海岸的某艘游船上工作，用不着我们管。我设法劝米晒勒此时不要去找他。你瞧，我接受了你的建议不去管他。至于你其他的建议，比如说永远忘记阿里克，拒绝他的钱，我无法理解，要是我说你什么也不懂，你可别生气啊。代我向尤阿什问好并表示感谢，吻吻孩子。

你顺从的伊兰娜
1976 年 6 月 11 日

米晒勒向你们大家问好。他正开始用我们从阿里克那里拿来的钱扩建房子。他已经得到在后院新建两间房子的批文。夏天你可以来和我们住，休息一下，我将尽地主之谊。

国际著名出版物对亚历山大·阿·吉代恩所著《绝望的暴力：狂热主义比较研究》（1976）的评论如下。

"以色列学者这部里程碑式的著作，为从中世纪至今的各种信仰与理念的心理病理学研究提供了新的启示，或者说使以前的研究相形见绌……"

——《泰晤士报文学增刊》

"必不可少的作品……冷峻地分析了在宗教与世俗角度伪装成弥赛亚式的热情这一现象……"

——《纽约时报书评》

"引人入胜的读物……对了解那些震撼并正在震撼我们世纪的运动至关重要……吉代恩教授描述了信仰现象……信仰……不是道德的本原，恰恰与其相反……"

——《法兰克福汇报》

"以色列学者主张，从历史的黎明开始，所有的世界改革家们的确已将他们的灵魂贩卖给了狂热主义的恶魔……在作者看来，狂热主义者要在表现其理想的祭坛上英勇地死去这一潜在的愿望，使之能够牺牲其他人的有时是成千上万人的生命，眼睛眨都不眨……在狂热主义者的心灵深处，暴力、拯救与死亡混为一体……吉代恩教授不是将心理推断作为这一结论的基础，而是以与心理推断相反的语言学分析为基础，分析对象是在不同时代、不同立场的宗教与世俗范围内的狂热主义的词汇特征……属于迫使读者重新审视自身及其基本观点、寻找自身及周围环境所表现出的潜在弱点的罕见著作之一……"

——《新政治家》

"无情地揭露了封建制度与资本主义制度的真实面孔……
精湛地展现了基督教教会、法西斯主义、民族主义、犹太复国
主义、种族主义、利他主义及极端权力……"

——《文学真理报》

"你有时觉得自己在看博斯的绘画……"

——德国《时代周刊》

曼·扎克海姆先生转
阿·吉代恩博士

亲爱的苦行僧：

如果七年前你在判决时给我一点暗示，你并不企图利用我
所承认的通奸罪把布阿兹从我身边夺走，我没有理由反对做亲
子鉴定，无论如何也没这个必要。那时你要是说出两个字，会
免除多少痛苦？但是，问吸血鬼他怎能吮吸新鲜血液又有什么
用呢？

我对你不公平。你失去了自己的儿子是因为你想让他免遭
伤害。你甚至想捐一个肾给他。即使现在你也能把我的信复印
后寄给米晒勒。但有些东西在干扰着你的仇恨。有些东西像风
儿吹过干草朝你窃窃私语，打碎了北极的沉寂。我能够记得你
和朋友们在安息日夜晚的例行的辩论：你的两条长腿从咖啡桌
下探出来，你半睁着双眼，胳膊上的皮肤让太阳晒得黧黑，显
得很粗糙，手指若有所思慢慢地捻着并不存在的东西。至于其

他，则像一块静止不动的化石。像一只观看昆虫的蜥蜴。你的杯子危险地放在椅子扶手上。房间里一片嘈杂，争论、辩驳、香烟喷出烟雾——好像在你身下淤积了很久。你穿着最好的那件白衬衫，它浆洗熨烫得平平整整。露出苦思的神情。突然，你像条毒蛇伸出头，投入了争论之中，"等一下。对不起。我一定是漏听了什么。"争论声立即弱了下来。你用一两句话概括了讨论，从出人意料的尖锐角度表明新的立场，驳倒了原来的观点，最后说，"对不起，接着说。"随后你又恢复了随意的姿势。对你所造成的沉默置若罔闻。让别人以你的名义系统地去阐明可能在你提出的问题中所暗含的结论。争论又慢慢地局促不安地活跃起来了。你没有介入。那时，你全神贯注地以一种庄严的姿态去研究杯子里的冰块去了。直至再次介入。是谁扭曲了你的思想，让你把怜悯当作弱点，把温柔和敏感当作耻辱，把爱当成男人所体现出的女性特征？是谁把你赶到了雪原上？是谁腐蚀了像你这样的男人，让你去抹除怜悯儿子的污点和思念妻子的耻辱？多么残忍的荣誉，阿里克。罪恶本身就是惩罚。你那令人恐惧的痛苦像黎明时分高山后的雷雨。我拥抱你。

与此同时，你著作的希伯来文版在这里风靡一时。你的照片在各大报纸上注视着我。只是那张照片至少是十年前照的。你脸庞细瘦缩成一团，双唇露出军人般的严峻，好像你就要发放射击令。是不是在你服完义务兵役去大学完成博士学位的时候照的？我端详着它，北极之辉从灰色的云端里在我面前闪烁，如同冰川里的火花。

十年前。你还没用扎克海姆费尽周折从你父亲那里索得的金钱在耶非诺夫建造那座城堡式的房子，你的父亲已经消失在奔向精神忧郁草原的远方，像个印度老人冲向幸福的狩猎场。

我们还是住在阿布托尔的旧房子里，里面有石砌的院落和松树。我尤其记得阴雨连绵的冬天周末。我们十点钟才起床，筋疲力尽，我们所拥有的疯狂夜晚令双方似乎在彼此容忍，像两局比赛之间的拳击手。几乎在互相支撑。晕晕乎乎的。我们从卧室出来后，发现布阿兹已经醒了。两个小时前他就给自己穿好了衣服（扣子系错了，袜子也穿差对儿了），满怀学术热诚坐在你的书桌旁，面前开着台灯，嘴里叼着你的烟斗，一张接一张地画着宇宙飞船上的仪表导航板。要不就是画飞机在燃烧中坠毁。有时给你裁出一堆非常整齐的矩形小卡片，是对你的博士学位或者是装甲军团的贡献。那是在用西印度轻木制造飞机之前。

外面阴雨连绵。风击打着雨水，撞击着松树枝头和生锈的铁百叶窗。透过颤巍巍的窗户看去，院子仿佛出自日本画笔：针叶松尖挂着水珠在雾霭中瑟瑟颤抖。远方的云朵之间，圆顶屋与清真寺的尖塔在飘浮，仿佛也加入了随雷声东进、驶向沙漠的商队。

我去厨房把早饭准备好，发现布阿兹已经为三个人放好了餐具。眼睛里布满血丝的你我二人避免目光对视。有时，我的眼睛盯着你，仿佛让你对我着迷，即使这样你也不看我一眼。孩子，像搞社会工作的，在我们两个当中斡旋。让我给你加些咖啡，让你给我拿奶油干酪。

早饭后，我会穿上那条蓝色毛裙，梳头，化妆，坐在椅子上看书。只是书差不多总是翻开倒放在腿上，我的目光离不开你和孩子。你们两个一起坐在书桌旁，从你的《地理学杂志》上剪下图片，再将它们分类、粘贴。你们工作时几乎一声不吭，孩子巧妙地猜出你的意图；在适当的时候递给你剪刀、糨糊、铅笔刀，甚至在你需要之前就已经预备好了，仿佛你们在一起举行什么仪式。一切都那么一丝不苟。除了煤油加热器发出嗡嗡的声响，房间里寂静无声。偶尔，你会不自觉地把大手放到他的金发上，手上脏乎乎的净是糨糊。自从最后的欲望离开我们体内的那一刻起，绝望的沉默便袭击着我们，这与男性那故意表现出来的沉默怎么会如此不同。看见你的手指放到他头上，我怎么会颤抖，怎么会将其与夜间几个小时施与我的狂暴作比。我们什么时候看的《第七只海豹》里演的赢棋时的死亡？赋予你邪恶的力量让你同孩子断绝父子关系的那片冻原在哪里？你在哪里得到凝固的力量迫使自己的手指写下"你的儿子"？

　　在那些安息日即将结束时，在安息日即将结束时雨水暂停的黄昏，甚至在我们安顿布阿兹上床睡觉之前，你突然站起来，气哼哼地给自己倒上一点白兰地，脸不变色地一口吞下去，朝你儿子背上使劲一拍，好像他是一匹马，你粗暴地披上大衣，在门口气势汹汹地对我说："我星期二晚上回来。要是可以的话你在这之前收拾一下。"接着你会出去，用某种含有绝望的自制力关上门，没有摔门。透过窗子我看见你的背影消失在逐渐变浓的夜色里。你没有忘记那个冬天。它在你的脑海里继续，继续，只是变得愈加灰暗，覆盖上了苔藓，像墓碑一样陷入地下。

倘若可能，尽量相信我，米晒勒没看你的信。尽管我同他提过我们通过扎克海姆先生通信。不用担心。或许我应该写下：不希望吗？

尽管你否认，我还是看见你坐在窗前，放眼望去，白雪茫茫，看不见树木、山峦、飞鸟的耀眼平川伸展开去，与灰蒙蒙的雾霭交织在一起，所有这一切像木版画。一幅严冬的景象。

然而与此同时，夏天来到了这里。黑夜短暂而又凉爽。白昼耀眼，像熔化的钢水一样炫目。透过我的窗子，可以看见三个阿拉伯工人，米晒勒雇他们来挖沟，以便为用你的钱扩建的房子造地基。米晒勒本人每天从学校回到家里后和这三个工人一起劳动。他用不着承包商，因为他来以色列那年做过建筑工人。每过几个小时，他给他们拿些咖啡，和他们一起开玩笑聊天。他姐夫的侄子在市议会做官，给我们迅速弄到了建筑许可证。他朋友詹尼的堂兄答应给我们安装电线，只收材料费。

篱笆墙的另一侧有两棵无花果树和一棵橄榄树。再过去是山谷那陡峭的斜坡。山谷的另一侧是半郊区半村庄式的阿拉伯人居住区，许许多多石屋簇拥在清真寺尖塔的周围。黎明前夕，那里的公鸡不住地朝我鸣叫，仿佛试图在引诱我。拂晓，羊咩咩叫着，有时我想方设法聆听牧群的铃声远去，仿佛在沙漠边上一点点地噬咬。许多条狗不时地放声狂吠，由于距离之故声音显得很沉闷。像旧日情感的灰烬。夜晚，它们的狂吠递减为卡在喉咙里的哀嚎。宣礼员用他那带着哭腔从喉咙里发出的奔放并怀有朦胧渴望的声音予以回应。阿里克，这是耶路撒冷的夏天。夏天来了，而你没有来。

但布阿兹出现了——是在前天。好像没事人儿似的。他的样子似乎是在开玩笑："嗨，米晒勒，伊兰娜，我来吃你们的伊法特来了。但首先，你呢，小家伙，把这些糖吃了，你就会变得更甜，好让我来吃了。"像贝都因强盗，身上让太阳晒得黝黑，散发着大海与泥土的味道，垂到肩上的头发简直到了白热化的程度，像燃烧着的黄金。他经过门口时已经得弯腰了。他转身同米晒勒打招呼，深深地鞠了一躬，似乎在表示尊敬，似乎有意认真地表演一个表达尊敬的仪式。然而对伊法特，他四肢着地，而她呢，像只黑皮肤的猴子，爬到他身上紧紧偎依着他的肢体去够房顶。吃他给的糖时，口中出现的黏液滴在他的头发上。

布阿兹带来一个身材细瘦沉默寡言的女孩子，不丑也不美。她是学数学的法国学生，比他大四岁。米晒勒盘问了她的背景，得知她出身于犹太家庭，方松了一口气，建议他们睡在电视机前的地毯上。为安全起见，他没有关浴室里的灯，我们和他们之间的房门敞开着，以保证"布阿兹在我家里不对她胡作非为"。

布阿兹来这里干什么？好像他要去找扎克海姆要钱，其目的你是知道的。扎克海姆先生出于某种原因决定把你给米晒勒十万美元的事情告诉了他，但拒绝给布阿兹这么多零花钱。在他那修剪过的魔鬼般的脑袋里显然策划着令我无法解释的阴险企图，所以他建议布阿兹来见米晒勒，"索要你所应得的那一份"。

或许你也是这场阴谋中的一部分？或许是你自己策划的？你总是让我预料不到下一个打击是什么，即使在快要遭到袭击时我都不知道，我是不是确实很愚钝呢？扎克海姆先生委实不过是轻歌剧中某种精力充沛的木偶，你把残忍的拳头藏在里面。

布阿兹确实来建议米晒勒与他合伙做红海上的游船生意。这是他来耶路撒冷的原因。他需要，如他自己所说，启动资金，他相信这笔钱几个月之后就可以挣回来。他边说话，边拆了一个火柴盒给伊法特做了个鸡腿上的骆驼。这个孩子和你一样：非常入迷，我看见他的手指不管不顾地浪费了许多力量只是为了不弄断一根火柴。如此令人眼晕的消耗，看到这里，我几乎立即对和他一起来的那位中途退学的法国学生产生了势不可当的生理上的嫉妒。

听说让做合伙人，米晒勒站起身，像平时一样，在适当的时候准确行事。也就是说，他突然爬上窗台，打开卷轴窗帘盒，把螺丝拧下后又装好，这样卡住的窗帘就好拉了。接着，他依旧站在窗台上，这样就能傲慢地朝你儿子说话，仿佛站在舰船的桥楼上。米晒勒向布阿兹冷漠地进行解释，他没有发火，但那口气也没有缓和的余地，没什么可说的，他既不借钱也不投资，即使布阿兹"是智慧的缩影，像所罗门王在他那个时代一样，索莫一家也还是不能资助女眷和游船"，最后还朝布阿兹说了句"不劳无获"。

但后来从发射台上跳下来后，他立即去厨房给布阿兹和他的朋友做气派的汉堡、炸土豆条和拿手的沙拉。晚上，他让邻居家的男孩子再次来照看伊法特，带他俩和我一起去看电影，而后又去吃了冰激凌。我们回家时，已经快半夜了，布阿兹鼓起勇气问"美国来的那笔钱"是谁的。米晒勒象征性地未立即从他的至尊位置上跳下来，冷静地说："钱由你妈妈、你妹妹和你三个人等分。但眼下你和伊法特按照法律尚未成年，我自然也觉得是这样。此时你妈妈监护你们两个，我来监护她，所以把这话告诉扎克海姆，告诉他不要来打搅我们大家。至于你布阿兹，即使你长得比埃菲尔铁塔还高，对我来说你也只是个未成年的埃菲尔铁塔。如果你想读书，这是另一回事：说一声就行，钱是你的。但把不是你挣来的钱浪费到鱼呀、游客呀和女孩子身上嘛，即使事情发生在自由的西奈我也不资助。那笔钱是打算用来让你成材的。现在要是你想用菜筐打我脑袋的话就请便吧，布阿兹，伊法特的床底下就有一个。"

布阿兹听着，没有说话，只是嘴角上绽开若有所思的微笑，他那气派的悲剧美像一阵芬芳弥漫着整个房间。米晒勒转向法国人，开始和那个女学生进行漫长的交谈，微笑也未从布阿兹的脸上消失。我很喜欢我丈夫和你儿子的样子，在蔑视与屈辱深处，是默默地互相赏识。小心点，先生：你的受害者太有理由反对你了。你的嫉妒令我毛骨悚然，这嫉妒无疑让你把嘴唇噘得像根金属线。写字台上你的眼镜和钢笔之间相隔只有一寸远。但不要再碰威士忌了：你的病不在游戏范围内。

今天早晨，米晒勒的一些朋友，头上戴着无檐便帽的俄国人和美国人开来了一辆大货车，拉着米晒勒、布阿兹和他的朋友到伯利恒旅行。所以我一个人待在家里，用从练习本上撕下来的纸给你写信。伊法特上了托儿所。她长得像米晒勒，但做了点喜剧意义上的夸张，仿佛她是专门仿照米晒勒的模子刻出来的：她很瘦，卷毛儿，有点斜视，挺听话，尽管有时发点小脾气。但大多数情况下流露出羞怯的友好，对东西、动物和人也是一样，仿佛世界在等待着从幼小的她那里得到荣誉与恩施。几乎从她出生的那天起，米晒勒就称她是"索莫小姐"。他将其说成"玛姆载勒"，她立刻没有恶意地叫他玛姆崽，"杂种"。

阿里克，你知道吗，米晒勒决定年底就不当法文老师了，要离开学校，也不教私人课了。他追随一个让他当作英雄崇拜的哥哥的脚步，梦想真正从事占领土地上的地产生意，从事政治。不过他在这方面和我说得不多。你的钱改变了他的人生。你可能没有想到，可有些事情就是这样，甚至巨龙也会造成某种崇高的结果，滋润一块迟早要长出庄稼的土地。

十一点钟，我得去萨维扬咖啡馆，在一个秘密约会地点将此信交给扎克海姆先生。按照你的指示。尽管米晒勒知道此事。扎克海姆知道吗？他令人毛骨悚然。他傲慢而时髦地前来赴约，令人生厌。他身穿一件运动衫，脖子上围着一条波希米亚人的丝巾，他那修饰过的鞑靼人脑袋闪闪发光，飘着香水味，指甲精心修剪过，只是鼻孔、耳朵里露出的一撮撮黑毛便把这一效果给破坏了。他一次又一次地制服我的抗拒，迫使我喝杯咖啡，吃块蛋糕。接着他便露出放肆的满足，目光中含有双重意义；有时他甚至会突然间摸我，又急忙用暧昧的眼神道歉。到最后一次会面，他的行动只发展到送花阶段。当然不是一束花，只是一朵康乃馨。我强迫自己微笑，闻着花，它所散发出来的扎克海姆气味远远胜于自己的花香，好像是让他浸泡过似的。

你问我是怎样看待米晒勒的。我得承认我又说谎了。我得收回关于米晒勒是爱情高手的说法。所以现在你可以松口气了。米晒勒在床上的表现还可以，他在努力加以改进。我甚至在他的工具箱里找到一本他背着我看的指南。要是我因此拿走了一件你的禁欲器械的话会很抱歉。我再给你别的，甚至更为锋利的。我们离婚后一年左右，我遇到了米晒勒。他经常光顾我上班的那家书店，经常等我，浏览杂志，直至书店打烊。接着他经常带我到廉价饭馆，去电影院，去参加公共讨论。看完电影后，我们在南耶路撒冷那空际无人的黑夜大街上漫步——他没敢请我去他住的地方。大概住在亲戚家房顶的洗衣房里他觉得不好意思。他羞怯地向我讲述他的观点与计划。你能想象出那扭扭捏捏的自我旅行吗？他甚至连挽我胳膊的勇气都没有。

我耐心地等了近三个月，直至受够了他从身边常常向我投来的那种饥饿但经过良好训练的狗一样的目光。最后，有天夜里，我在一条偏僻的街道上抓住他的脑袋吻他。所以我们开始偶尔亲吻。但是在我未同他的家人见面之前他还是担心，也担心我对他偏激的信仰所做出的反应。我喜欢他这种胆怯。我尽量不给他压力。几个月过后，冬寒已经将我们的漫步变成了殉道，我把他带到我家里，像给孩子脱衣服那样将他脱光，让他用双臂将我抱住。一个小时过去了，他开始放松了。这之后我还是费了一番力气，他才表现出生命的特征。这泄露出他是有点明白的，那是他小的时候在巴黎从像他一样胆怯的女孩子那里学来的。或者，即使他否认也没用，从某些平民妓院里学到的。我发出了一声轻轻的叹息，他惊恐万状，开始低声道歉。接着他穿上衣服，庄严地下跪，坚定地向我求婚。

婚礼后我怀孕了。孩子出生后一年，我设法教会了他怎样等待我。怎样戒绝每逢做爱所摆出的那种自行车盗贼一样的姿势。当他第一次成功地在交媾中从我这里索取到某种声音时——你甚至通过信件也可以从我这里获得它，米晒勒酷似最初登上月球的飞行员：他的适度着迷的自豪感让我心中充满了爱的颤抖。第二天，在强烈的激情中，他没有去学校，而是从一个哥哥那里借了些钱给我买了一条夏天穿的裙子。他甚至给我买了一个小小的电动搅拌器。晚上，他给我做了顿四道菜的盛餐，还有一瓶酒。他依旧用小小的玩笑与打趣来取笑我。从那以后，他开始慢慢地进步了，有时甚至设法获得了清晰的声音。

阿里克，你放松了吗？吸血鬼的微笑像条裂缝出现在你的双唇间吗？你的利齿在摇曳着的火光映衬下泛着白光吗？灰色的怨恨在冷漠的目光后闪烁吗？等等。我们还没有结束呢。你从来也比不上米晒勒，永远也比不上。阿里克，他是在默默地尊敬我，在做爱前后用羞怯的感激火花对我肉体表现出一种屈从，夜晚梦幻般的光弥漫在他的脸上：仿佛一个谦卑的餐馆小提琴手得到了让摸斯特拉迪瓦里一下的许可。每个夜晚，仿佛是他平生的第一次，他的手指在我的身体上探索，为从未出现过的震动而惊诧不已。后来，他就着床边的灯光去给我拿睡衣，他那双近视眼强烈地、默默地告诉我，我慷慨地赋予他的高尚的爱让他承受不起。祈祷时出现的那种抖动着的精神之光从内在照亮了他的额头。

但像你这样长着一层鳞片的蛟龙怎能理解优美、血亲与柔情？除了折磨人的囚牢，你什么都没有过，你什么都不会有。我的肉身渴望着那囚牢。你还有热带冥府。热气腾腾的森林里汩汩流动着温暖的分解物，透过光线斑驳的树叶朦胧地闪烁，油腻的雨水从地上冒出与肥厚恶毒的骨髓一并沸腾，在密集的树梢上捕捉，又喷溅回来，从树梢到泥土，再到腐烂的树根，融化。毕竟，我不是站起身就逃跑的人。是你自己将一切全毁了。我过去准备，现在还在准备继续。你为什么和我离婚？你为什么将我带到黑暗深处将我抛弃后拔腿就跑？你是不是还在你那个黑白色调的房间里躲着我？你不会回来。恐惧使你瘫痪。你这个筋疲力尽的、软弱无力的男人，躲避到你的洞穴里颤抖。龙真的就那么卑鄙吗？这么懒散、卑鄙的龙？一个口里塞满破布的吸血鬼？写信告诉我你在哪里。告诉我你在做什么。以及你健康的真实情况。

哭柳

1976 年 6 月 13 日于耶路撒冷

乔治王街 36 号

扎克海姆和迪·莫迪那律师事务所

曼弗雷德·扎克海姆先生

仅收件人亲启

亲爱的扎克海姆先生：

　　遵照您本周初在电话里的要求我飞往沙姆沙伊赫，在那里待了几个小时，调查事情真相。我的助手，阿尔伯特·麦曼也成功地跟踪上了那个年轻人，并在两天前发现他在哪里。报告如下：

　　6 月 10 日夜晚，布布近来工作的那艘游船被从俄菲拉一民用锚地盗来。同夜凌晨两时许，发现船被弃置在拉丝穆罕迈德附近，显然贝都因人用它从埃及海岸走私贩运毒品（用印度大麻提炼的麻药）。发现游船的巡逻队追捕走私犯。五点钟（6 月 11 日黎明），名叫哈麦德·穆塔尼的贝都因青年被捕。他和布布以及三个年轻的外国女人一起住在煤气站。贝都因人拒捕（不承认做了此事），我有理由相信警察和军人（否认）发现他时曾对他进行痛打。布布卷入了这一事件，他借助于一个拴在绳子上的轮胎，狂怒地打伤了九个士兵和俄菲拉警察局的五人，而后被制服。他被拘捕，被控犯有妨碍司法追捕罪。根据警察局记录，布布叙述，是执行追捕任务的人对他的贝都因朋友使用暴力，布布称自己是"正当防卫"。几个小时后，贝都因人获释，审讯者确信他既没有偷窃船只，也没有走私。

不到二十四个小时后，6月11日和12日之交的夜晚，布布成功地捣毁警察局预制房屋的墙壁逃跑。值班人员相信年轻人依旧在沙漠游荡，或许和贝都因人一起躲藏。俄菲拉警察局在沙漠方向继续搜寻他。正如前面所说，我们的工作人员、私人侦探阿尔伯特·麦曼（他以前曾向你提交过一份关于布阿兹的简短报告）从截然相反的方向（米亨索）入手，确实很快便得到了积极的结果。青年布布两天前一直住在希伯伦附近克亚特阿巴的一套租来的公寓里，那里住着五个来自美国与俄国的单身宗教人士。这些年轻人同一个小右翼组织有联系，这个组织自称是犹太人团体。你知道，米亨索也和这一事业有关。

依照我们的法律职责，我们向警察局说明了这一发现，但与此同时，青年又失踪了。那是我们进一步提供的信息（内见说明）。倘若希望我们继续调查此事，请立即告知。

（签字）施罗莫·赞德
特拉维夫施·赞德私人侦探所

（电报）
阿姆斯特丹希尔顿阿·吉代恩

你是否还对让我卖掉宰克龙祖产感兴趣。我有条件很好的买主。告知迅速行动。等待指示。曼弗雷德。

（电报）
以色列耶路撒冷扎克海姆本人

否决。阿里克斯。

（电报）

斯德哥尔摩大酒店吉代恩

　　试图打电话找你。此乃独一无二的出价。速打电话得知详情。不久前你催我卖。你怎么了。曼弗雷德。

（电报）

以色列耶路撒冷扎克海姆本人

　　我说过否决。阿里克斯。

（电报）

伦敦尼可佛吉代恩

　　布阿兹又有麻烦。警察在抓他。你可能很快要交罚款。买主愿马上在威廉泰尔撒尔沃付九百到你魔山账户，仔细考虑。曼弗雷德。

（电报）

以色列耶路撒冷扎克海姆本人

　　将我的地址给布阿兹他可直接同我联系别再唠叨。阿里克斯。

（电报）

伦敦尼可佛吉代恩

　　魔鬼知道布阿兹在哪里。宰克龙祖产如何处理。不要几分钟就变一个主意否则就会像你父亲一样。曼弗雷德。

（电报）

以色列耶路撒冷扎克海姆本人

让我休息。阿里克斯。

（电报）

以色列耶路撒冷塔纳兹大街 7 号索莫

立即告知我布阿兹的情况。是否需要帮忙。给我发电报到
伦敦尼可佛。亚历山大·吉代恩。

（电报）

伦敦尼可佛转吉代恩博士

现一切均好。我们将警察局新的前科记录再次了结他已开
始读书并在克亚特阿巴工作。不需帮忙。捐款事宜如何。米海
尔·索莫。

代理人扎克海姆先生转伊兰娜（私信）

亲爱的哭柳：

我在伦敦待了一个学期，又在荷兰与瑞典做了几次演讲，
今天上午回到这里。刚好在离开伦敦之前，我收到由亲爱的老
曼弗雷德转来的你的长信。信中散发着汁液与丛林的味道。飞
机飞行在纽芬兰上空时我读这封信。我为什么要和你离婚？这

是你这次提出的问题。我们过一会儿来回答它。

但与此同时我听说布阿兹又发动进攻了。那个索莫又来挽救了一切。我开始喜欢上这个固定了的模式。令我感到惴惴不安的是他无疑会把账单寄给我，还有利息。

布阿兹的鬓角开始长胡子了吗？他和宗教怪物们一起住到西岸去了吗？索莫让他在先驱者的定居点和改革学校之间进行选择了吗？挺好。我相信布阿兹，定居者们开始咒骂索莫，同意采用我们的想法和政策已经为时不远了。

我对你的答复是：不，我不能来看你，除非是在梦里。如果你请求我远离你，怜惜你，不要让我的出现损害你同你那谦卑的餐馆小提琴手纯净的新生活，他在弹你的斯特拉迪瓦里，我当然会去的。但是你在恳求我，伊兰娜。你强烈的欲望气息，很久以前捡拾起来的无花果的气息，一直飘到这里。尽管我不否认，你摆脱积习在信中不说任何谎话的举动让我震惊。你那样对待自己非常好。我们可以继续一段时间。

我得回答你简单、狡黠的问题：我在七年半前为什么要同你离婚？

好样的，伊兰娜。提这个问题得十分。我想把它登在报纸上，甚至放进电视节目中播放："喇合又骑上了马——和三个师的人睡了觉，继之不知道丈夫为什么同自己离婚。称：我真的希望到最后一切都会好的。"

我对此避而不谈。我将为你找到一个答案。令人伤心的是，我的恨开始离我而去。它开始变得稀疏灰暗，就像我的头发。除了恨，我还剩下了什么？只有钱。钱也慢慢地从我的血管里流进索莫的油船。不要干涉我的死亡，伊兰娜。七年了，我逐渐落进了迷雾之中，突然你朝我猛扑过来，也摧毁了我的死亡。你用新型的军队不宣而战，而我疲惫的旧式坦克没有油和燃料，默不作声，甚至开始生锈。

在进攻当中，你有勇气朝我写道，荣誉、柔情、怜悯依然存在。女凶手开始吟唱赞美诗来使受害者的灵魂得到升华吗？

你是否碰巧注意到我从《新约》中选来做我那本书题词的箴言？我直接从耶稣那里把它借来，他有一次用富有启发意义的口气说："用刀杀人的必被刀杀。"[1]这话并没有挡住那个温文尔雅的狂人在另一个场合抬高声音叫嚷："你们不要想，我是来叫地上太平；我来并不是叫地上太平，乃是叫地上动刀兵。"[2]刀最后将他自己也吞噬了。

一旦将龙击倒后你怎样处理你的刀？你将它送给古什·艾木尼姆，将刀鞘送给玛兹凯里特·吉代恩，将箭身交给特里·亚历山大，西岸的那两个大定居点将用我的钱建成？

但是你从我手中攫取的刀将会在你的手指间枯萎、褪色、融化。刀身会变成海蜇。在战略储备上，肆无忌惮并准备好了开火，用致命的仇恨作为燃料，用我冷酷的恶毒武装到了牙齿，布阿兹·吉代恩正等待着你。你的钳型运动，你策划让布阿兹和索莫联手从我的侧翼包抄上来，这结果对你将特别不利。布阿兹将很快吞掉索莫，剩下你无处可逃，与我那杀手儿

---

①《新约·启示录》第13章10节。
②《新约·马太福音》第10章34节。

子面面相觑，他可以用一头驴子的下颌骨斩杀千人。

我问自己为何没有听从你的良好建议，为什么不在我看完第一句话后，便将你似活毒蝎的第一封信径直投入火中？现在我甚至连恨你的权利都没有：毕竟，你提前慷慨地提供了让我摆脱你所布下的陷阱的方式。你一刻也不怕我会摆脱罗网。你发现了一只闻到女人气味就发疯的正在发情的昆虫。我没有机会。你比我强，太阳当然比雪要强。你听说过食人肉的植物吗？它们是雌性植物，能够远远地散发出带有性欲的汁液，可怜的昆虫从很远的地方被吸引过来投入环绕着它的就要关闭的血盆大口里。都结束了，伊兰娜。彻底失败。飞机失事之后，我们坐下来通过书信分析黑匣子的内容。从现在开始，按照对我们的离婚判决，我们互相之间没有进一步的要求。

你的胜利又可以给你带来什么呢？

几千年前一个以弗所①人看见他眼前熊熊燃烧着的火焰说："它的胜利就是它的毁灭。"你消灭我之后怎样处置那把刀呢？怎样处置你自己呢？你很快就会遭到毁灭，索莫太太。你会变老。你的体重会增加很多。你的一头金发将会暗淡无光。你得将它漂成可怕的经过氧化处理的金黄。只要你不喜欢戴头巾。你得用除臭剂消除从你退化的身体内散发出的臭气。你的胸脯将长满肥肉，你那令人目眩的乳房，将像波兰的保姆那样，向上增长，与半垂下来的下巴碰到一起。乳头将会变得苍白、肿胀，像溺水的尸体。你的双腿会浮肿，从臀到脚蔓延着曲张的

---

① 以弗所，古希腊小亚细亚西岸一重要贸易城市，因阿耳忒弥斯神庙而得名。

静脉。被迫用来装裹你身上一块块肥肉的紧身内衣在你固定它们时会呻吟着迸裂。你的后身形同野兽。你的阴门将会下垂发臭。甚至连童贞士兵或者是智力不健全的年轻人都会对你这副尊容退避三舍，像躲避发情期间野蛮冲向前方的雌河马。对你服服帖帖的服务人员，小先生请原谅，神色茫然地跟在你身后，像小狗跟着一头大母牛，直至他无意中发现了某位活泼可爱的女学生，她不费吹灰之力就将他拉走，将他解救，让他气喘吁吁地感激，五体投地。于是乎你的撒哈拉欢宴终于结束了。一个既不懂欢笑又不解风情的情人一点一点地接近你。也许他会听从你的吩咐穿上黑袍，戴上黑帽。

我停下笔来，站在高高的窗前（是在芝加哥湖畔用玻璃和钢铁建成，有些像导弹的一座办公楼的二十七层），我在那里站了约有半个小时，为你的第三步将死寻找真实而关键的答案。

要是可能的话想象一下这个人，比你记忆中的要瘦，头发少多了，穿深蓝色的灯芯绒裤子和一件红色羊绒毛衣。尽管他基本上像你所说的那样是黑白的。他站在窗前，额头压在玻璃上。那双让你觉得有一种"冷酷恶毒"的双眼在寻觅光亮正逐渐消失的外部世界。他双手揣在兜里。攥得紧紧的。每过几分钟，他便出于某种原因耸耸肩膀，用英国人的方式哼一声。一阵寒意沁入他的骨髓。他耸了耸肩，把手从兜里掏出来，双手交叉抱住肩膀。这是没有爱人的人的拥抱。尽管如此，某种紧紧蜷缩着的动物因素依然为他沉默地站在窗前赋予了某种内在的紧张感：如闪电收缩向后跳跃，先发制人。

但没有必要紧张。世界鲜红而且怪异。劲风吹过湖面，席卷那掩映着高大建筑轮廓的一团团迷雾。暮霭涌向云层，流水，附近的尖塔，充满着魔力。一种透明的橘黄色调。暗淡然而透明。他从窗子上发现不了一丝一毫的生命迹象。只有湖面上欢呼雀跃的百万泡沫，水似乎做出了反叛，尽量将其一起皈依到另外一种物质，比如说页岩。或者是花岗岩。风时不时地吹起，窗玻璃像牙齿一样打战。死亡对他来说似乎已经不是某种徘徊不去的威胁，而是像持续了一段时间的事件。这里有只奇怪的鸟儿扑扑棱棱的被卷到了他的窗前，打旋画着圆弧，仿佛在空中刻着碑文：也许在寻找着回答你问题的措辞？直至它突然间冲到玻璃上，几乎撞到他的脸庞，他终于意识到它不是一只鸟，而是陷入风中魔爪的一张报纸。伊兰娜，我们为什么分手？是什么攫住了我，让我突然间扑灭我们地狱的火炉？我为什么背叛我们？虚空的夜晚狂暴地降临到了芝加哥，白热铁般炽烈的闪电似摇曳的火焰划过地平线，阵阵惊雷开始在远方隆隆作响，仿佛我的坦克战从西奈一路追寻我到了这里。你是否问过自己怪物伤心是什么样子？肩膀用一种强迫性的节奏快速地抖动，脑袋使劲前倾用力下压。像狗在咳嗽。肚子经常痉挛，呼吸则变成嘶哑的咯咯声。身为怪物这一事实把怪物气得喘不上气，身体可怕地痉挛着抖成一团。我没有答案，伊兰娜。我的仇恨已经死了，智慧亦随之消失。

我一回到书桌前继续给你写信，立即就停电了。想象一下：美国——停电！短暂的黑暗过后，开始了应急照明：苍白，类似骨骼的霓虹灯，酷似沙漠中白垩山的月光。我一生中最刺激的时光是在沙漠中度过的，勇于承担责任，并铺垫出支撑我人生道路的所有轨迹，用我的炮火打碎所有显示出生命迹象的东西，掀起烟火柱，搅得烟云翻滚，用三十个车头发动机的吼声震撼整个世界，像吸令人陶醉的毒品一样吮吸着橡胶燃烧的味道——那种肉体烧成焦炭和金属焚化的臭味，将毁灭的痕迹与空壳全然扔在了身后，夜晚，俯身看着地图，借助将银辉洒向寂静白垩山的清冷月光策划高超的策略。确实，我可以用五十挺机枪的怒吼来回答你：比如，我可以说，我抛弃你是因为你已经开始腐烂了。因为你的丑事，即使和大猩猩和公山羊在一起的丑事，也已经开始变得无聊。因为我已经受够了。失去了兴趣。

但是我们已经同意废除谎话了。毕竟，这些年我只能和你一个人睡觉。实际上，是我这辈子，我遇到你的时候还是个童贞男子。当我把一些小崇拜者、女学生、秘书、采访者带到床上的时候，你就会强行出现在我们中间。如果你忘记出现了，和我睡觉的伴侣就得自己摆脱困境，或者满足于谈一晚上的哲学。如果我是魔鬼，伊兰娜，我就是用魔法招来的魔鬼，你就是我的瓶子。我从来没能逃脱。

你也没能逃得出去，索莫太太。如果你是魔鬼，我就是你的瓶子。

我在贝尔纳诺斯[1]的作品中读到：不幸福是祝福的本源。我在书中对这一天主教甘露回应说所有幸福基本上都是腐朽的基

---

[1] 贝尔纳诺斯（1888—1948），法国小说家和政论家，反对实利主义和对邪恶妥协，提倡天主教伦理道德。

督教的发明。我写道，幸福是矫揉造作的。与希腊人所说的由理性支配的积极生活所带来的幸福没有共同之处。然而，在犹太教中，整个幸福的概念并不存在；《圣经》中甚至没有一个字同幸福相对应。此外，或许，从被认可的满足感来说，这是从上帝或你的邻居那里得到的反馈："幸福是一种纯洁的方式。"比如说，犹太教只知道快乐。像圣书中所写的："少年人哪，你在幼年时当快乐。"① 短暂的快乐，如同神秘的赫拉克利特②，其胜利就是毁灭，欢乐中包含着它的反面，实际上也使之成为可能。

在我们的所有快乐中剩下了什么，伊兰娜？或许只有建筑在对方不幸之上的欢乐。是死火余烬。这里，我们怀着扇起瞬间恶意火星的希望，跨越半个地球来点燃这些灰烬。多么愚蠢的浪费啊，伊兰娜。我放弃了。我现在准备在这里签署一份投降书。

你怎样来对付我？当然。没有别的办法。本身注定失败的男人将会沦为奴隶。他被阉割了，奉命侍奉。他收缩到索莫的大小。所以你就拥有了我们两个人：一个崇拜你，用强烈的宗教情感使你的夜晚变得甜美，另一个用钱资助那些精神婚礼。我在下一张支票上应该写些什么？

你们两个需要什么我都给买。拉马拉？③ 巴伯阿拉？④ 巴格

① 《圣经·传道书》第 11 章 9 节。
② 赫拉克利特（前 540？—前 470？），古希腊哲学家，辩证法奠基人之一，认为"火"是万物的本源，一切都在流动变化中。
③ 拉马拉，地名，位于约旦河西岸。
④ 巴伯阿拉，虚幻之地，在语音上与拉马拉应和。

达？我的仇恨正在消逝死去，代之而来的是我正在落入我父亲的符咒里：鲁莽慷慨。他在生命的最后时刻，打算给患肺病的诗人在他泊山①或基利波山②山顶建造诗人之家。我要用钱来装备有朝一日爆发的布阿兹和索莫之战的双方。

现在我要给你讲个故事。一个浪漫小说的梗概，一个悲剧的开端。那是在 1959 年。一位正在服兵役的年轻少校带着未婚妻去拜见他至高无上的父亲。姑娘长着张斯拉夫人的脸庞，具有梦幻中的那种性感，但是并非人们心目中那种特别漂亮的女孩。在她孩子气的惊愕表情中含有某种欺骗。她四岁随父母从洛兹③来到以色列。父母已经去世。除了在基布兹的姐姐外她在世上没有一个亲人。自从服完兵役后，她靠在一家著名的周报做文字编辑为生。她正希望发表一些诗歌。

那天早晨，她显得焦虑不安：她所听到的有关他父亲的种种传闻并不是好兆头。她的性格和背景当然不会中他的意，她听说过有关他一阵阵发怒的故事，令人担忧。因此她把同他父亲的见面看作某种决定性的面试。一番犹豫之后，她决定穿一件闪闪发光的白上衣和一条花色的春裙，或许能够突显她那种小女生般的气质。就连她那位身着笔挺制服、气宇轩昂的军人未婚夫，也显得有点紧张。

伟大的房地产经纪人、钢铁进口商沃罗迪亚·古顿斯基在位于宾亚米纳和宰克龙雅考夫之间的种植园门口等候他们，他

① 他泊山，位于以色列北部的一座山。
② 基利波山，位于以色列北部的一座山。
③ 洛兹，波兰一城市名。

在沙石路上踱着方步，手上的大雪茄像杆枪。可怕的弗拉基米尔沙皇，关于他的传闻许许多多，据说1929年当他还是一个负责采石场的拓荒者时，他用大锤亲手杀死了三个阿拉伯强盗。据说他是两个埃及公主的情人，据说他开始做进口生意，通过同英国军队打交道赚了一笔小钱后，英国最高指挥官在一次招待会上充满深情地叫他"聪明的犹太人"，而这位沙皇当场朝最高指挥官咆哮，提出在宴会中间打拳的挑战，当对方婉言谢绝时，沙皇管他叫"英国小鸡"。

军人和未婚妻一到，便被款待喝冰镇石榴汁，接着被领着走了许多路参观整个种植园，在地里给他们干活的是从上加利利来的切尔卡西亚人。种植园里有个带有喷泉、养着金鱼的用于点缀的水池，玫瑰花园中有从日本和缅甸进口的稀有花卉。吉乌-本雅明·古顿斯基喋喋不休，带着别有风姿的热情做演讲，仿佛洋溢着随心所欲的夸张，很吸引他儿子的意中人。他开玩笑似的揉着她的肩胛骨，授予她有良好修养的姑娘的荣誉称号。他带着浓厚的俄罗斯口音对她优美的脚跟表现出热情，突然吼叫着要求看她的膝盖。

与此同时，王子在整个参观过程中被强行剥夺了所有的说话权利，不被允许发出一点声音。因此，他只能像傻瓜似的微笑，间或去点燃在父亲口中熄灭了的雪茄。即使现在，在芝加哥，在十七年后，当他向你写下对那一天的回忆时，他突然感到那个傻瓜的微笑重新弥漫在他的脸上。幽灵般的一阵微风将他仇恨你的余烬点燃，因为你让人深感恐怖地参加到这场游戏中。你甚至发出小女生那银铃般的笑声，不断地将你的膝盖展现在他的目光中。此时你的双颊染了一层令人销魂的红润，而我一定像尸体一样苍白。

接下来邀请这对年轻人进到餐厅用餐，法式玻璃窗映衬出与宰克龙悬崖顶相连的地中海。信仰基督教的阿拉伯仆人穿着燕尾服端上来腌鱼和伏特加、肉炖清汤、肉、鱼、水果、奶酪和冰激凌。直接从俄式茶壶里倒在普通玻璃杯里的茶水热气腾腾。任何拒绝与抱歉的话都会惹起勃然大怒的吼叫。

夜晚到来之际，待在书房里的沙皇依旧在怯生生的王子开始说出第一句话时就加以遏止：他自己专心地听美人儿说话，不得打断。让她弹钢琴。要求她背诗。考察她的文学、政治、艺术史知识。将唱片放进留声机里，她被迫与醉醺醺的巨人跳华尔兹，他踩了她的脚趾。她对所有这些考验均能应付自如。接着，老人开始讲最为刺激的粗鲁笑话。她脸红了，不过并不拒绝，发出略有波动的笑声。凌晨一点钟，独裁者终于陷入了沉默，用棕黄色的食指和拇指捏着他那撮胡子梢儿，闭上双眼，在扶手椅里睡着了。

两个年轻人交换了一下目光，用手示意对方给他留个便条便离开：他们没有打算在那里过夜。但他们踮起脚尖出门时，沙皇突然从扶手椅上一跃而起，吻过美人的双颊，接着，又长长地吻过她的嘴唇。又使劲地在他儿子和继承人的后背上拍了一下。两点半，他给耶路撒冷打电话，将迷迷瞪瞪的曼弗雷德从阴谋家的甜美梦境中唤醒，劈头盖脑地向他发布一堆命令，上午首先在耶路撒冷给这对年轻人买一套房子，请许多人及其妻子参加婚礼，将婚礼定于从昨天开始的第九十天举行。

我们只是去看看他，这样他才能见到你。我们俩还没有商量过婚礼的事。要么就是你提出过，我犹豫不决。

我们的婚礼的确在三个月后举行了，他真的忘记来参加了。与此同时他给自己娶了位新的女主人，带她到挪威海湾去度蜜月。他通常和新太太一起去那里，每年至少有两次。

我们举行婚礼不久，我到内盖夫沙漠参加军事演习，他在一个明媚的早晨出现在耶路撒冷，开始向你温柔地、几乎是羞怯地解释，令他万分伤心的是，他的儿子只是个"官僚式的人物"，而你二人则"像一对被困住的鹰"。因此，他便跪下恳求你承诺和他度过"一个奇妙的夜晚"。他还马上用在他看来最为宝贵、最为神圣的东西对你信誓旦旦，说他不会碰你一根手指头，他不是恶棍，他只想听你弹琴，听你读诗，和你一起到城市周围的山上散步，最后到青年男人基督教协会的塔顶去看"深奥难懂的落日"。你拒绝了他，他叫你"波兰小开店的"，用你的"诡计"将他的儿子引诱到你的"魔爪"里，接着溜之大吉。（在那些夜晚，你我二人已经开始玩三人一组的游戏来刺激自己了。即使那时我们的三人游戏还是在想象中。沙皇是不是你幻想中的第一个第三者？是你向我说的第一个谎言？）

布阿兹出生后，由于某种原因，沃罗迪亚·古顿斯基待在葡萄牙北方。但是他设法从那里给一家靠不住的意大利公司寄了一张支票，这家意大利公司快递给我们一份官方证明，证实说在喜马拉雅山的某个地方有一座无人问津的山峰，那座山峰从此而且永远在所有的地图上被命名为"布阿兹·吉代恩峰"。你必须看看那张纸是否还在。也许你的弥赛亚将会在那里建造一个定居点。1963年，布阿兹两三岁时，沃罗迪亚·古顿斯基决定做一名隐士。他将他的一集团军太太发送到世界各地，他把扎克海姆当成塞西亚人一样进行折磨，对我们呢也心如铁石，甚至拒绝短短地见上一面——他认为我们是堕落的人。（是不是他从尊贵的宝座上注意到了什么？他观察到什么可疑之处了吗？）他把自己关闭在种植园的四面高墙内，雇了两个全副武装的保镖，夜以继日地学波斯语。之后又学习占星术和费尔登克雷斯博士法。扎克海姆雇来的医生们将他像狗似的打发走。有一天，他站起身挥手打发了所有的工人。从那以后，果园变成了莽丛。有一天，他站起身解雇了干家务的仆人和保镖，只给自己留下一个亚美尼亚老头陪他在毁坏的房子的地下室里打台球。父亲和亚美尼亚人睡在厨房里的行军床上，靠罐头食品和啤酒为生。由厨房通往其他房间的门用横木和钉子封死。花园里的树枝穿过破楼梯的窗子伸进了卧室。植物和灌木长进最底层的房间。大老鼠和蛇和夜鸟在走廊里筑巢。蠕虫爬上了两层楼梯，来到一楼，分头进入一个个房间，打穿天花板，伏在房顶的一些瓦片上，于是又找到了再次走向阳光的通道。地板砖下滋生了活跃的根茎。数以百计的鸽子强行将房子据为己有。但是沃罗迪亚·古顿斯基用流利的波斯语和他的亚美尼亚人聊天。他也找到了费尔登克雷斯博士法的缺陷，将书焚毁。

一天，我们冒着生命危险违抗他的《圣经》诅咒，前去看他，是三个人。出乎我们意料，他高兴地甚至深情地招待了我们。大滴的泪珠顺着他新蓄的胡子滚落下来，托尔斯泰式的胡子掩盖了他的勃列日涅夫特征。他用俄语的一个词叫我，该词翻译成"弃婴"最为合适。他也用这个词叫布阿兹。每隔十分钟，他都要拉着布阿兹下一次地窖，每经历一次这样的短途旅行之后，孩子回来时手上都攥着一枚土耳其统治时期的钱币作为礼物。他管你叫"努茜娅"，"努茜娅·玛亚"，那是我妈妈的名字，我五岁那年妈妈去世了。他怜惜你得了肺炎，将责任归咎到医生和自己身上。最后，他用尽平生的力量朝你大吼大叫，说你不仅在故意折磨自己，也在折磨他，因此他要把"财产"给饥饿的诗人，营建诗人之家。

他确实开始到处散发他的钱财了：流氓无赖和江湖医生蜂拥来到他身旁，要求捐款，把加利利变成犹太人的，不然就是要把红海的海水变蓝。和最近发生在我身上的一切别无二致。扎克海姆耐心地运作，谨慎地将财产转到了我的名下。但是老人动用一切力量反抗。他将扎克海姆解雇了两次（我也解雇过他）。他成立了律师陪审团。他给三个来路不明的意大利教授付钱，让他们签署他神志清醒的证明。财产流失了近二十年。直到扎克海姆想方设法让他看看再说，到最后再承担义务。后来他又改变了主意写下并签署了对我们有利的遗嘱，还有一份满含愁思的短信，原谅了我们，也要我们原谅他，警告我们不要互相对抗，恳求我们怜惜孩子，最后写下"面对你深深的痛苦，我带着敬畏鞠躬"。

自从 1966 年以来，他一直住在卡麦尔山上的一家疗养院。默默地凝视着大海。我去探望过他两次，可是他认不出我来了。扎克海姆告诉我，你偶尔还去看他，是真的吗？这是为什么？

我们用他的钱在耶非诺夫建造了别墅。宾亚米纳与宰克龙之间那座毁弃了的城堡也登记在我的名下。扎克海姆坚持说其价格已经封顶，求我在风向改变之前，立即将其卖掉。或许我要留着它做些什么？将胡莱沼泽里的水排走？或者是将黑海的水刷成白色的？要么去营救迷途的狗？实际上，干吗不给布阿兹呢？给索莫？给他们俩？我要对你那个索莫所有的一切做出补偿：他的肤色，他的身高，他的屈辱。我要给他一份迟到的嫁妆。我对财产无能为力。或者说对我所剩下的时间无能为力。

或者我不会将它交给任何人。相反，我会回来。我将搬进破损的厨房，把通往其他房间门上的横木取下来，一点点地将其修复。我要将损坏了的喷泉修好，往水池里重新放上金鱼。我将建立我自己的定居点。或许你我二人将私奔至那里？像两个拓荒者那样住在毁坏了的房子里？为向你表示敬意，我将穿上黑袍，头上披上蒙头风帽。

只是写信告诉我你需要什么。

我只欠你一个答案了：我为什么和你离婚？在我桌子上的文献中有一个注释，我在注释中写道，"仪式"一词源于拉丁文"里图司"，意思是指某种"正确的状态"。或者也许是指"固定的程序"。至于"狂热主义"，可能源于"凡努姆"，意思是"圣殿"或"崇拜场所"。"谦卑"是什么？"谦卑"一词源于"哈尤米里司"，而"哈尤米里司"又似乎源于"哈尤么司"，也就是说"土地"。土地里有谦卑吗？显然任何人可以来做他想对它做的事。挖掘、犁耕、播种。但最终它都会将自己所有的主人吞没。站在那里，永恒地沉默。

你有子宫——你有优势。这是我给你的答案。我从来没有机会，所以我从你那里逃跑。直到你长长的胳膊伸到我躲藏的地方。你的胜利是场儿童游戏。你在一万二千英里的远方，从被丢弃的空坦克上攫取到公牛的一只眼睛。

差十分钟就是半夜了。暴风雨的势头略减，但还没有正常供电。或者我将给我的秘书安娜拜尔打电话，把她叫醒。让她把苏格兰人叫出来简单地给我做顿晚饭。告诉她我就要上路了。她离了婚，年龄大约有三十岁，痛苦，小巧，戴眼镜，具有残忍的工作效率，总穿牛仔服和短粗的毛衣。不断地吸烟。我要叫辆出租，半小时后去按她的门铃。在她开门的那一刻，我将用拥抱令其震撼，用我的嘴唇压住她的嘴唇。在她未来得及镇定下来之前，我将叫她和我结婚，并要求她立即给我答复。我的名气，加我令人生畏的男人气，加战地附着于我身上的气息，加我的财产，减爱情，加从我肾上除掉的肿瘤，作为回报，她昏头昏脑地同意接受我的姓氏，要是我病情恶化的话对我进行照顾。我要在某一令人愉快的郊区给她买一套惬意的房子，条件是要让遭受精神上困扰的十六岁巨人和我们一起住在那里，允许他把姑娘们请到家里，用不着将浴室的灯开着，或者不关房门。明天就把机票给他送到希伯伦去。其余的事情由扎克海姆办理。

没有用，伊兰娜。我的仇恨像旧膏药一样从我身上揭去了。房间里闪着氖光，闪电扫向黑暗中的湖面，我没有力量化解渗入我体内的彻骨的寒意。实际上，极其简单：断电后，电热器也不工作了。于是我站起身穿了件夹克。但没有明显的效

113

果。纠缠我的仇恨已经消逝，像被石子打入额内的歌利亚^①手里掉落的那把刀。这是你将会举起并将我杀死的那把刀。但你没有什么值得炫耀的：你斩杀的是条正在死去的龙。或许你将因帮我摆脱苦难而立功。

外面黑暗中有东西叫了一声。因为除了地平线上稀薄的紫色射线外，整个外部世界一片黑暗。按照耶稣的说法，黑暗的鸣叫声中，有"哀哭切齿"声。^②是行船还是从草原开来的一列火车？难以知晓，因为风正在狂暴地呼啸，声音刺耳。还没有来电。在这种阴郁的灯光下写作，让我觉得眼睛发疼。我的办公室里有床、柜子、一个小卫生间。但是放在两个金属柜子之间的床很窄，它突然令我感到恐怖，仿佛上面停着一具尸体。确实那不过是我今天上午从伦敦回来时急急忙忙脱下来的衣服。

又是一声鸣叫。这一次是在近处。所以知道它不是行船或火车，而是救援车辆发出的令人悲伤的笛声。是救护车？警车？附近街道上有人犯罪。有人遇到了麻烦。要么就是着火——一座大楼着火了，威胁着楼里面及其周围的人？有人决定活够了从摩天大楼顶上跳下来吗？用刀杀人的必被刀杀吗？

应急灯光将它的苍白洒向了我。那是幽灵般的水银光，像演戏时剧院里用的那种光。我曾经爱过你，我的脑海里曾

---

① 歌利亚，《圣经·撒母耳记》中记载的非利士巨人，为大卫所杀。
②《新约·马太福音》第13章42节。

经浮现出这样一幅画面：你我二人在一个夏夜坐在家中的阳台上，面对着耶路撒冷的山峦，孩子在玩积木。桌上放着几杯圣代冰激凌。还有我们没看的报纸。你在绣一块桌布，我用松球和碎木片做一只鹳。这是那幅画面。我们不可能了。现在为时已晚。

你的吸血鬼

（手递纸条）

亲爱的扎克海姆先生，今天在萨维扬咖啡馆与您会面结束时，我要把这张便条给您。我不再去见您了。我的前夫将找其他途径把信寄我。我不知道他为什么不把信寄给我，像我现在要做的那样。我写这张纸条只是因为当面难以告诉您，您让我觉得恶心。每次我都不得不同您握手，仿佛我抓着一只青蛙。在与阿里克斯遗产有关的问题上，您所暗示的靠不住的"交易"终究是令人无法忍受的事情。也许在过去，您目睹了我的不幸，这令您异想天开。您并不了解我的不幸，甚至今天也一无所知。我的前夫，我现在的丈夫，或者还有我儿子，了解那时所发生的一切，可是您不了解，扎克海姆先生。您是旁观者。

伊兰娜·索莫

尽管发生了这么多事，但只要您能想办法把他给我带回来，我会满足您的所有要求。因为他的病不能耽误。

115

米晒勒·索莫先生

以撒帐篷宗教国立中学

耶路撒冷

绝对私信：注意收件人

亲爱的索莫先生：

西弯月十三来信已经收到。为领会您的提议，未能及时回信。与此同时，我们经过多方面努力让大象穿过了针鼻。我不想和您在您的领土界限问题上进行竞争，但是我不知在克亚特阿巴城市问题上我的记忆是否出了纰漏，或者在《圣经》里它就同巨人们有某种联系吗？在处理咱们年轻英雄这件事上您干得很漂亮。（我认定他在警察局里面新的前科记录通过内部关系给了结了。）我向您表示敬意。在其他场合再次使用您神秘的权利也可能吗？有您这样的才干和关系，您不会像在信中所写的那样雇用鄙人去进行服务的——也许别有所图吧？

现在我直接来谈您的来信以及我们昨天颇有成效的电话。我不无遗憾地坦白，我对占领地没有特别的兴趣，等等。要不是为了住在那里的阿拉伯人，我应该能够像您一样赞成将其一股脑儿地吞并。没有他们我可以做。因此您热心附在信里的关于您组织的计划书，我怀着敬意仔细阅读。您计划由我们向每个阿拉伯人支付土地与财产的全部费用，让他别再回来。这自然让我感到存在着一个问题，咱们看看，付二百万阿拉伯人口每人五万美元，乘得的结果是一亿美元左右。我们得卖掉整个国家来资助这样的迁徙，还得负债。把以色列国卖了去占领地真的值得吗？确实要是只简单地交换一下还可以：我们可以搬到凉爽的圣山当中，他们可以接管我们潮湿的沿海平原。他们或许会自觉自愿地同意。

承蒙您允许，我耽误一会儿时间谈一下将沿海平原同山地进行交换的想法。遗憾的是我们尊敬的吉代恩博士已经改变主意，不愿意将宰克龙雅考夫的祖产卖掉。尽管他有可能很快再把主意变回来。近来的情况表明其精神状态难以判定。巴黎的诺先生因此得耐心地做好准备。你瞧，我的朋友，扎克海姆的长鼻子嗅出了一切：从一些讨人喜欢的人儿那里我得知诺先生一度和您在巴黎是贝塔青年运动的朋友，经过多年经营，创建了女装企业，是个同你合作缔造犹太人联合运动的圣人。索莫先生，这事你知我知，我也荣幸地知道是诺先生资助了您去年春天那次半神秘的巴黎之行。而且，我也知道你旅行的目的是代表你的组织同一个基督教宗教团体进行谈判，这一团体的总部设在巴黎的图卢兹，与前面所述组织拥有的坐落在西岸伯利恒的土地有关。又是那个不知疲倦的诺先生尽力安排恢复了您的法国国籍，给了您一个合法的办事基地，诺先生本人由于某种合理的原因不愿意卷入任何正式事宜。您瞧，我的朋友，这一业务也很让我着迷。图卢兹的长袍绅士们不准备将上帝在圣地赐予他们的小块土地卖给您，可他们显然同意把伯利恒用来建造一座大楼的土地与位于1967年之前疆界中心的一块大小合适的土地进行交换。其目的当然是为了传教。所有这一切在我看来都非常合理。甚至连诺先生同意资助这样的事务我也能够接受。到目前为止，一切都很顺利。要不是我们学识渊博的朋友反复无常，我们将令人羡慕地完善伯利恒—图卢兹—宰克龙的三角关系。我将尽自己最大努力去软化他的态度，让我们大家都得到好处。

同时我建议：从道德与操作角度考虑，我不愿意管理您的私人事务，也不想做您组织里的代表。这样您就用不着履行付给我钱的义务。另一方面，在任何事情上，只要您相信我的卑微之才，我将非常高兴地向您提供免费指导。（经过您允许，我开始建议您得做一两套得体的西装：从今以后，您毕竟是个深受人们尊敬的有产者了，甚至可能在吉代恩博士悲剧事件发生后更加受人尊敬。当然是得由您不时地做出暗示。）您的公共职务也孕育着伟大与奇妙事件的火种。索莫先生，召唤您进入较高层次的那一天已经为时不远了。

但是穿着是件小事。我给你和我女婿、赫茨利亚工业家佐哈尔·爱德加在星期一安排了一次会面，我希望这次会面会有实质性的结果。（佐哈尔娶了我的独生女儿多莉特，是我两个外孙的父亲。）我坚信，米晒勒——如果您允许我这样来称呼您的话——您将看出他是和您拥有同样想法的年轻人。最近，他像您一样，一直计划着从事土地事业。顺便说一句，佐哈尔比我更相信两年内政府会有变化。这种变化当然会导致在西奈、西岸、加沙为我们这样富有远见卓识的人开拓激动人心的新疆域。我深信，你和我女婿二人将互相获利：你的财富和良好的社会关系会在前面提到的变化发生之后非常有价值，而佐哈尔的精力将会投入到大有可为的事业之中。

至于我，正如前面所说，我将从吉代恩博士的角度关注事情的动向。我有理由希望，不久将在宰克龙祖产一事上能给你带来大喜讯。只要我们付出耐心，相互信任。

最后，我被迫触及一个有点微妙的话题。非常简明扼要。您那位好夫人已与她前夫展开密集的书信往来。这种书信往来令我震惊，至少说是不解：依我之愚见，这样做对任何人都没有好处。吉代恩博士的病可能让他的举动出人意料。他的遗嘱就目前的处理情况上看对你非常有利（我在这方面不能详细说明）。这件事情为您和我女婿将来的合作开拓了许多途径。但是同夫人之间所恢复的联系将会破坏这一计划，更别提这一联系所意指的其他方面了，同您的良好品位有些格格不入。亲爱的米晒勒先生，女人，依我之愚见，在某些方面与我们相像，但在其他方面又截然不同。我指的是最愚蠢的女人也比我们最聪明的人聪明的那些方面。因此如果我是您的话，我一定要密切观察。我用古老的词语"点到为止"来结束这一不好意思的话题，您在您尊敬的来信结尾用过这个词。

致以最良好的祝愿
羡慕您的
曼弗雷德·扎克海姆
1976 年 7 月 5 日

又及：与您信中所做的猜测不同，我没有成为大屠杀幸存者的荣幸。我家人 1925 年把我带到这里，那时我十岁。这不会减弱我对您聪明智慧的钦佩。曼·扎。

耶路撒冷塔纳兹大街7号
索莫家

嗨，米晒勒和伊兰娜：

　　我在克亚特阿巴这里一切都好，我没给任何人找麻烦。但你们知道是你米晒勒错了吗？即使我尊敬你，没有忘记每次我遇到麻烦你帮我做的一切，但问题正出在这里。我只是在我没错的时候才打人的——不是百分之九十九的正确，而是百分之百的正确。即使那样我也不是总打他们，多数情况下只是把他们弄伤了（就拉倒了）。和特拉米姆的老师是这样，我那时是对的，和阿弗拉姆·阿布达拉姆是这样，和沙姆的警察也是这样。我总是对的，还是有麻烦，你确实救了我，只是每一次你都像替我安排人生，让我做这个，别做那个，好像我错了似的，好像我得一直为自己做错了事赔你点什么，可我一点没有错。你这样不对，米晒勒。

　　你确实从劳教所里把我捞出来了，但条件是要我同意到克亚特阿巴，因为这里有个光学厂，对我来说还好，但其他的就一点也不好了。我对学宗教一点也不感兴趣，至于姑娘你在这里根本看不到。要么就是远远地看着。人尽量要做好人（只有一些），做善事，这一切都对，但干吗突然要我去做呢？我是宗教狂还是什么东西？我不喜欢他们在背后议论阿拉伯人的方式（有一些吧）。阿拉伯人永远是阿拉伯人也许是真的，但那怎么了？他们也可以这样说你："米晒勒永远是米晒勒"，那怎么了？那不是看不上或者取笑他们的理由。我反对取笑人。我反对让你来管从美国寄给我和伊兰娜的钱，为我安排我的人生。你也来安排伊兰娜的人生，但那是她的问题。你认为你是上帝米晒勒吗？

现在我猜你会写信告我说我在咬喂养我的手，可是米晒勒你的手什么也没有喂我。我一直在工作挣钱。你得到的钱是我的，那就是说我在喂养你！我让你给我帮两个忙，给我些钱，从警察局要个许可证让我离开这里，你知道可以去哪里吗？我确实不知道去哪里。所以在你决定定居下来之前到处流浪又有什么错呢？你不也是在阿尔及利亚、法国和以色列流浪之后才决定的吗？信封里的棒棒糖是给伊法特的，当心别把它们弄弯了，告诉她是布阿兹给的。嗨，伊兰娜，别为我担心。请告诉他把我的钱给我一些，安排我离开这里，我也就不会因为打人再捅娄子了。

谢谢，布阿兹·布

克亚特阿巴
先人故乡街 10 号
布阿兹·布兰德斯泰塔（舒瓦茨转）

亲爱的固执的具有反叛性的聪明人布阿兹！

没有比你在光学方面取得的进步更令我高兴的了，因为你正在体体面面地挣钱谋生，参加国土重建，不断取得成功，甚至自愿每星期站两次岗。这些都是值得赞赏的。干得好！缺点方面，你在学习上的懈怠让我的心在流血。我们是书的民族，布阿兹，不懂《托拉》的犹太人比田野里的牲畜还要坏。

你的信非常糟糕：1）在拼写和风格上。2）在内容上。像个退步的孩子。我说这话，布阿兹，确实是因为喜欢你。否则，我很久以前就不管你，一切就都结束了。你现在比以前似乎更像一头驴，你从你的麻烦中只学到了怎样再去找更多的麻烦。就像圣书中所写的："你虽用杵，将愚妄人与打碎的麦子一同捣在臼中，他的愚妄还是离不了他。"[①] 明智点，布阿兹，不要按照秤砣或货舱逻辑行事了，不然我们会把巴删王当成世界上最聪明的人。

我给你做了许多事情，远远超出了我的责任范围，这你是知道的，但是，如果你决定离开克亚特阿巴，做上帝认为邪恶的事情，那咱们就走着瞧，你做去吧，谁拦着你了？我用锁链锁你了吗？请吧。你走好了。看你带着阿拉伯人的拼写习惯和非犹太人的无赖行径能够走多远。你已经举行过成人礼了，谢天谢地，你已经不是我们所管辖的臣民了。所以干吗不呢？往前走，追随着您亲爱父亲的脚步，看看会怎么样？只是别跑来找米晒勒寻求救济与解救就好。解救我可以理解，但你还有脸让我也救济你吗？说到救济，换句话说是你在你信中不明智地所提到的钱，那笔钱确实属于你妈妈、你和伊法特，三个人平

---

① 《旧约·箴言》第27章22节。

分，你布阿兹在年满二十一岁时会把你那一份全得到，少一天也不行。如果你亲爱的父亲想立即让你把钱拿到的话，谁不让他把钱直接交给你，而是交给我呢？所以即使他多多少少知道自己在干什么，还是让我来监护你。要是你不愿意，请直接找他抱怨我，不要不好意思。

总之，就我而言，布阿兹，你可以自行其是，要是你站在阿拉伯人一边，你甚至可以变成一个阿拉伯人。只是帮帮忙，不要教我什么是阿拉伯人。我在他们当中长大的，对他们非常了解。阿拉伯人从本质上说积极进取，有许多高尚的品格，其宗教中包含许多直接从犹太教中汲取的精华部分，这话也许会让你感到吃惊。但杀戮在他们的传统中根深蒂固。我们有什么办法，布阿兹？就像《圣经》中描写以实玛利①：一个野蛮的人，他用手打每个人，每个人也用手来打他。在他们的圣书中写道：相信刀剑的力量。在我们的《托拉》中写道：锡安将靠正义赎回。这是根本分歧之所在。现在你选择一下，哪个更适合你？

我最后一次敦促你要管住自己，不要再错上加错了。下星期二下午，我们给你妹妹举行生日晚会。头一天回家来，给你妈妈帮点忙，让小姑娘高兴高兴。她爱你！我给你附上一张六百块钱的邮政汇票。毕竟你向我要钱了。别担心，布阿兹，我不会从替你照管到你长大成人那天的财产中扣除这笔钱的。

---

① 据《圣经·创世记》记载，以实玛利是亚伯拉罕与使女夏甲所生的孩子，后被撒拉驱逐，其后裔据说是阿拉伯人祖先。

信封里有张伊法特拍的狗的照片，只是照出了六条腿。

听我说，布阿兹：咱们就当你没有写过那封信，行不行？说它无效成不成？忘记它的存在。你妈妈问你好，尽管发生了那么多事，我还是要在结尾献上友谊和感情。

米晒勒谨上

5736年塔木兹月十三（1976年7月17日）

于耶路撒冷

美国芝加哥伊利诺中西大学政治学系

亚历山大·阿·吉代恩

嗨！

是布阿兹·布兰德斯泰塔在给你写信。你知道我是谁。我从妈妈那里得到了你的地址，因为曼弗雷德先生不给我，我不想再让米晒勒·索莫帮忙了。也不让你帮忙。所以我直接谈事。你为了我给了米晒勒·索莫一些钱。我从他那里，也从扎克海姆先生那里弄清楚了这件事，扎克海姆先生让我去找米晒勒把钱要回来的。但米晒勒不给我钱，正好相反。我每次遇到麻烦时，他帮助我，但钱却自己留着，他只给我一点小钱，还告诉我什么该做什么不该做。我现在住在克亚特阿巴，在一家光学工厂工作赚钱，但这个地方不适合我，为什么呢与你无关。我想要的是谁都别来告诉我做什么别做什么。现在：如果你真的给米晒勒·索莫钱，我就不多说了，就把这封信给取消了。但要是你要把钱给的是我，那我干吗不能拿到钱呢？我就是要问问这个。

布阿兹·布

以色列克亚特阿巴
先人故乡街 10 号
舒瓦茨家转
布阿兹·吉代恩（布兰德斯泰塔）

亲爱的布阿兹：

收到你的短信。我也不写得太长。你想代表你自己，不愿意听别人叫你该做什么不该做什么。我表示接受。实际上，我也的确这样希望，但是我自己不够强。我建议眼下别去想暂存在索莫那里的钱了。我给你提供两种可能性，一是在美国，一是在以色列。你想来美国吗？要是拿定了主意，你就可以得到一张机票。我给你找地方住下，找份工作。或许连光学也可以搞。最终你也可以学任何你所感兴趣的东西。要是你想用你在这里挣的钱偿还这些花销的话是可以的。这事并不急，也并非一定要这么做。但是要考虑到，你在美国存在着语言问题。至少最初是这样。还有这里没人在警察局有堂兄弟。

另一个办法是，你可以自己支配宰克龙雅考夫附近的一所大空房子。眼下，房子的状况很糟糕，但你有出色的一双巧手。要是你逐渐开始修复房子的话，我要按月付你一份公平的

125

工资，我要支付所有的建筑材料费，等等。你可以邀请你所喜欢的任何人和你一起住在眼下那所废弃的房子里。那里有许多事情可做。也可以搞农业。房子离海边不远。但你可以自由选择你想做的事。

无论你决定来美国还是去宰克龙的住宅，只需要去见一位名叫罗伯托·迪·莫迪那的律师。他住在耶路撒冷，和扎克海姆在一起办公，你已经认识扎克海姆并找过他一次了。注意：不要去找扎克海姆，直接去找迪·莫迪那，把你的决定告诉他。他已经得到指示，并立即按照你任何一个决定办理此事。你不用给我回信。祝你自由强壮，要是可能，请你也能公正地评价我。

你的爹爹
1976 年 7 月 23 日于芝加哥

（电报）

芝加哥中西大学阿·吉代恩

已经按照要求为布阿兹做了必要的安排。有一些常见困难。我正在处理。我给他由你敲定的那笔钱以做初步安排。将来根据你的指示按月付钱。他从昨天起住在宰克龙。我的搭档大光其火。罗伯托·迪·莫迪那。

（电报）

芝加哥中西大学吉代恩

马基雅弗利①别迫使我和你斗争。买主现已准备为宰克龙祖产付百分之十一。答应雇布阿兹到那里按月付给工钱。要求你立刻做决定。继续把我当作朋友。你在世界上找不到第二人。尽管经历了难堪的屈辱。曼弗雷德。

（电报）

以色列耶路撒冷扎克海姆本人

宰克龙祖产事无须再提。不卖。罗伯托负责我所有事务。请将所有文件移交罗伯托。继续和索莫试你的运气。可怜的伊阿古②。你要试图把我关在卡麦尔山的疯人院吗？你外孙还在我的遗嘱里。小心点。阿里克斯。

耶路撒冷塔纳兹大街7号

伊兰娜·索莫

伊兰娜：

你说我什么都不懂。总是没有人能够理解你。爱怎么办就怎么办吧。我这次写信只是为了布阿兹，为了米晒勒，为了伊法特。米晒勒昨天夜里打电话告诉我布阿兹想离开克亚特阿巴，要自己一个人住到宰克龙那座破烂的房子里。所以阿里克下命

---

① 马基雅弗利（1469—1527），意大利政治思想家、历史学家、作家，主张君主制与意大利的统一，认为达到目的可以不择手段，即马基雅弗利主义。
② 伊阿古，莎士比亚戏剧《奥赛罗》中狡猾而残忍的反面人物，暗施毒计，奥赛罗出于猜忌，将无辜的苔斯德蒙娜杀死。

令了。我祈求米晒勒不要进行干预。我答应尤阿什会在周末去宰克龙看看情况怎么样，我们帮些什么。也许现在，至少对你自己承认，当你和阿里克斯再次联系时就铸成了错误。

我说的话白费。你又一次冲动地要去扮演悲剧女主人公。在新的表演中将一切重演一遍，纵然阿里克斯这次又在开始抢戏了。要是你们俩想不出别的办法，为什么你不动身去美国找他？米晒勒将随机应变，自己一个人好好地将伊法特带大。与此同时，从他的圈子里给自己找个女人。布阿兹的日子也就好过了。我们在这里会尽力帮忙。到最后你会完全成了多余的人，如果你私下里希望如此的话。继续重复"我心在东方，我身在遥远的西方"这句古老的叠句有什么意义？

我当然不会劝你去的。正好相反。我写信祈求你再次考虑一下。管住自己。努力告诉自己布阿兹并不真的需要你。实际上，他并不真的需要我们任何一个人。努力弄明白要是你现在管不住自己，伊法特将会重蹈覆辙。谁都不需要。是什么东西驱使你为了某种不存在，而且不可能存在的东西，抛弃你现在所拥有的一切呢？

你当然会给予辛辣的回击。告诉我不要乱打听。或者干脆就不回应。我只是写，因为即使机会不多，我也有责任阻止你。让你不至于给这些你依然亲近的人带来更多的苦难。

我建议你带伊法特来白特阿弗拉罕休息一两个星期。你可以每天在库房里工作四个小时。或者整个上午待在游泳池。你可以帮尤阿什在花园干点什么。午饭后，我们可以带孩子们溜达到鱼塘，或者是松林。伊法特可以上托儿所。晚上，我们可以和邻居们一起坐在草坪上喝咖啡。也邀请米晒勒，至少来度周末。我保证不提你的事，按你的说法我还没弄明白。要是你愿意，我只是听，不说一句话。要是你愿意，我们去上编织课，或者去古典音乐组。一切在这里都显得有些不同。我也建议，现在让我和尤阿什负责同布阿兹联系。你觉得呢？

拉亥尔

1976 年 8 月 1 日

美国芝加哥伊利诺中西大学政治学系

亚历山大·阿·吉代恩

亲爱的阿里克，既是魔鬼又是瓶子：

不要再通过曼弗雷德给我写信了。你的秃头巨魔让我不再感兴趣。通过邮寄的形式给我写信。要不就来让我看看你。或者让我去你那里——我还在等着你的结婚邀请，包括机票。只要说句话我就会去的——我甚至会给你从耶路撒冷带去一束褪色的鲜花。自从听说你计划闪电式地征服女秘书差不多有一个月了，我还没有听到婚礼进行曲。要么就是你失去自己的魅力了？你那具有阳刚之气的野战气息呢？你从你父亲那里继承来的遗产呢？你那令人目眩的世界声誉呢？你那催眠式的死亡气息呢？那些都像钢盔一样生锈了吗？美人答复你了吗？不然大概就是你还没有学会怎样在没有你父亲的帮助下向女人求婚？

今天凌晨一点钟我才有时间读你的来信。它像毒蛇一样藏

129

在我手包里的手绢和口红当中，等了我整整一天。晚上，米晒勒像平时一样在电视机前睡着了。在《每日布道》节目开始后，我把他叫醒，这样他就可以看午夜新闻了。在他看来，伊扎克·拉宾一点也不是以色列总理，而是个美国将军，只会讲一点点支离破碎的希伯来语，正把国家卖给山姆大叔。非犹太人再次统治了我们，我们正在给他们磕头。然而他认为我是整个世界上最漂亮的女人。说着便吻我的前额，踮起脚尖伸懒腰。我冲他弯下腰，解开他鞋带上孩子气的那种蝴蝶结。他累了，半睡半醒。抽烟令他声音沙哑。我把他安顿到床上替他掖好被子时，他说圣书中最神秘的诗篇是以"交与伶长。调用远方无声鸽"①开头的那首。他对"远方""哑巴"等词发表了一通宏论，称我是他的"无声鸽"，边说边睡着了，像个孩子平躺在那里。只有那时我才能坐下来读你的苦难记录，他均匀的呼吸与把我们同阿拉伯村庄分割开来的山谷中传来的蟋蟀合唱混合在了一起。我把你那含着恶毒睿智的匕首投枪逐字翻译成痛苦的呐喊。但是当读到歌利亚的刀和你正在死去的龙时，我悲从中来。我读不下去了。我把你的来信藏到晚报下，到厨房给自己泡了杯柠檬茶。接着我回到你这里，耀眼的穆斯林月亮掩映在七层雾蒙蒙的面纱中悬在窗前。

我一而再再而三地读着你浓缩了的研究成果，食肉类植物，贝尔纳诺斯、《传道书》和耶稣，用刀杀人的必被刀杀，这里一种令人颤抖的凉意也将我攫住。正像你身在笛声四起的

①《圣经·诗篇》第 56 篇开篇。

芝加哥夜晚。即使现在是耶路撒冷凉飕飕的、略微乳白色的夏夜，没有闪电，没有湖面上的暴风雨，只有远方沙漠边缘上传来的犬吠。

我不对你的说法提出异议。你敏锐的头脑总是像机枪似的朝我扫射：将事实、推论以及无法复原的解释极其准确地倾泻出来。但此次我将予以回击。耶稣和贝尔纳诺斯是对的，而你和《传道书》恐怕只能得到怜悯。世上有幸福，阿里克，苦难与忍受并非其反面，而是一条狭窄的通道，通过它，我们在荨麻中俯身爬行，抵达沐浴在银白色月光下的林间空地。

你可能记得《安娜·卡列尼娜》开篇那段著名的告白，托尔斯泰在那段告白中，给冷静的村神蒙上了一层覆盖物，将笔锋滞留在充满善意忍受与善良的虚空中，高屋建瓴地宣布幸福的家庭都是相似的，而不幸的家庭各有其不幸。带着对托尔斯泰应有的尊重，我跟你说反之亦然：不幸的人们主要囿于司空见惯的痛苦中，在某种含有老一套悲惨景况的枯燥无味的日常琐事中过活。然而幸福是一件精美的稀有器皿，某种中国花瓶，少数实现幸福的人在漫长的岁月中一条线接一条线地绘制它的纹理，建构其造型，每种幸福有着自己的形象和模样，每种幸福都有其自己的特征，所以没有两种一模一样的幸福。在他们自己铸造的幸福模式中灌注了他们自己的痛苦与屈辱。如同从沙砾中提炼黄金一样。世界上是有幸福的，阿里克，即使它比一场梦更为转瞬即逝。但你对此却无法企及。就像鼹鼠无法企及星斗一样。并非"认可时的满足"，并非赞扬、前进、征服控制，并非顺从与屈服，而是将这些令人恐怖地混在

131

一起。是将我和他人融合在一起。就像珍珠母包裹住一个奇怪的物体，受了伤，将其变为自己的珍珠，而暖水依旧在四周环绕，包围了一切。你从来没有品尝过这种融合，在你整个人生中一次都没有过。那时肉体成为灵魂手中的小提琴。他者与我根系相连化作一颗珊瑚。钟乳石的水滴慢慢滋润石笋，直到两者合而为一。

请想一下耶路撒冷夏天晚上七点十分是个什么样子。喷薄的落日触摸着山脊。最后的光线开始溶解石砌的街道，仿佛要将它们的石头色泽剥去。山谷上传来阿拉伯人的笛声，漫长的幽咽，不喜不悲，群山的灵魂仿佛在努力哄着肉体安眠，开始夜的旅程。或者是两个小时之后，星星开始在朱迪亚沙漠的上空升起，清真寺光塔的剪影耸立在影影绰绰的土坯房当中。你的手指抚摸着粗糙的家具靠垫织品，窗外橄榄树闪着银光，这是得到了你房间桌上台灯的馈赠，有那么一刻，你手指尖与织品之间的界限模糊了，抚摸者被抚摸，而被抚摸者在抚摸。你手里的面包、茶勺、茶杯，简单、无声的东西突然间染上了纯粹的创世时期的光环。它从你的内在灵魂升起，又将你的灵魂点燃。生存的快乐与单一性降临并覆盖了在创立知识之前就已经存在在这里的一切神秘事物中。你永远被这些原创物驱逐，流放到黑暗的大草原，在那里漂泊，朝着寂静的月亮咆哮，在苍白与苍白之间徘徊，到冻原地带边上寻找很久以前失落的东西，即使你已经忘记你失落了什么，何时失落的，怎样失落的："其生是座囚牢，而其死则被描绘成可能会产生自相矛盾的复活，承诺从其别离时的泪水中产生奇迹般的救赎。"这些话从你的书中援引而来。狼在黑暗的大草原上对月亮嚎叫是我所做的贡献。

爱情也是我所做的贡献。你断然拒绝了它。你爱过什么人吗？爱过我？还是爱过你的儿子？

骗人，阿里克。你谁都没有爱过。你征服了我。接着又抛弃了我，像抛弃一件失去其价值的物品。现在你决定对米晒勒展开攻势，把布阿兹从他那里夺走。这些年，你儿子在你眼中比一座没有意义的沙丘强不了多少，直到你从我这里得到消息，知道敌人突然间发现沙丘的某些价值，试图抓住它。于是你调集力量展开了闪电攻势。又取得了成功，这事以前几乎想都没想过。爱对你来说是陌生的。你甚至连这个词的意思也不懂。毁灭，打碎，损坏，击倒，摧毁，扫荡，毁坏，终止，灭绝，歼灭，焚烧——这是你那个世界里的尺度与月色，你徘徊其中，由扎克海姆做你的桑丘·潘沙。现在你又试图将我们的儿子放逐到这个世界中。

现在，我将披露一些会引起你快感的事情：你的金钱已经开始腐化我和米晒勒的生活。六年了，我和米晒勒一直在奋斗挣扎，像从失事船只上活下来的幸存者，在荒岛的一个角落里建造简陋的小屋作为避难所，使它变得温暖明亮。我过去早早地起来给他做三明治，往他的蓝色塑料保温瓶里装上咖啡，为他拿来晨报，将这些统统装入他那磨损了的手提箱里，送他离开家门去上班。接着我给伊法特穿衣服，喂她吃饭。边听收音机里的音乐，边做家务。料理花园和阳台上的盆景（米晒勒在旧筐子里种的各种各样的中药）。十点到十二点，孩子还在托儿所，我出去买东西。偶尔也找时间读读书。某位邻居会来到厨房聊天。一点钟我喂伊法特吃东西，给米晒勒热午饭。他进门后，我夏天端冰矿泉水，冷天拿巧克力热饮。他上私人课时，我会退到厨房里择第二天吃的蔬菜，烤蛋糕，洗餐具，再读点书。给他端土耳其咖啡。边听收音机边熨衣服，直到孩子醒来。他上完私人课后，批改作业，我把孩子送到院子里和邻居家的孩子玩，站在窗前观看山峦和橄榄树。冬天，在阳光明媚的安息日，米晒勒习惯读完两张报纸，而后我们一起出去散步，是我们三个人，去特拉皮尤特丛林，去最高指挥官居住着的小山上，要么就去马阿利亚斯寺院脚下。米晒勒擅长发明逗人的游戏。他并不非要保持尊严。他模仿一只发怒的公山羊、青蛙、党派集会上的演说者，我们两个人笑得流出了眼泪。我们回到家，他会坐在他那把旧式扶手椅里睡去，身边放着周末增刊，孩子睡在他脚下的小地毯上，我读一本小说，米晒勒总想着从市立图书馆里给我借书。即使他经常取笑我"浮皮潦草的阅读"，但每个星期下班回家的路上也总想着给我借一两本。每个安息日晚上都要给我买上一小束花。他会来个小小的滑稽的法国式鞠躬，把花递到我手上。有时他会让我大吃一惊，买来一块手绢、香水、他认为我会感兴趣的画册，他会把画册从头看到尾，大声地给我读其中的段落。

安息日结束后，我们习惯出去到阳台，坐在轻便躺椅上，吃果仁，观看落日。有时米晒勒会用他那亲切、嘶哑的声音开始为我讲他在巴黎的时光。他会形容他在博物馆里流连忘返"体味欧洲的快乐"，用佯装谦虚的语言描述桥梁和林荫大道，仿佛他自己是设计者似的，自嘲他的贫穷与落魄。有时他讲一些动物寓言和荒诞不经的故事，逗伊法特。偶尔，太阳落山后，我们决定不开阳台的灯，我和女儿摸黑坐在阳台上听他唱奇怪的家庭歌曲，曲调往往是濒临哭泣的粗嘎的快乐。睡觉前，我们之间总会发生枕头大战，直打到给伊法特讲童话故事让她睡觉。接下来我们坐在小沙发上，像孩子似的握着手，他会向我讲授他的想法，分析政治形势，让我来分享他的见解，但很快又挥挥手表示算了，仿佛他只是开开玩笑。

所以，像人们慢慢储备留窝蛋那样，我们一个晚上接一个晚上地建造我们并不充裕的幸福储备库。我们组合成我们的中国花瓶，为无声鸽用羽毛建立了爱的小窝。在床上，我刺激他进入即便在他最狂野的梦中也想象不到的迷狂状态，米晒勒回报给我的是他积蓄起来的默默的炽烈的敬爱。直到你打开天国之窗，将你的钱洪水般地向他抛来，仿佛用直升机将剧毒杀虫剂洒向田野，一切立即开始枯萎褪色。

米晒勒决定在学年结束时辞去以撒帐篷学校的法文教师职务。他向我解释说，他"摆脱束缚投身自由"的时机已经来到，不久他就会向我证明"墙上的苔藓如何像黎巴嫩雪松那样茂盛盎然"。

他决定，出于某种原因将新得到的财产委托给扎克海姆和他的女婿。

十天前，我们甚至荣幸地得到爱德加一家的拜访。扎克海姆的女儿多莉特是个活跃的特拉维夫美女，她管米晒勒叫"米基"，管我叫"宝贝儿"，撇下她身材矮胖的丈夫不管；她的丈夫既彬彬有礼又显得有些紧张，尽管大热天儿，还系着领带；他戴着无

135

边眼镜，剪着肯尼迪式的头发。他们带给我们的礼物是一条绘有猴子与老虎的壁毯，那是他们上次去曼谷旅行时买的。给伊法特的是一个要上发条的三速娃娃。我们的房子让他们不适；他们一到就邀请我们和他们一起去乘坐他们那样子像游艇的美国轿车，带他们"围绕纯种的没有游人的耶路撒冷做一次健康的旅行"。他们带我们到洲际饭店吃午饭。显然他们竟然完全忘记了守合礼的饮食问题：米晒勒不好意思说，推说胃不舒服。最后我们吃的只有硬邦邦的煮鸡蛋和奶油干酪。他们自己谈政治，谈在西奈和西岸开创私人企业的可能性前景，扎克海姆的女儿试图让我一起讨论"瑞士救护犬"那令人"难以置信的价格"，以及在以色列养这样的一只犬所需要的难以置信的花费。戴眼镜的年轻人每开始说一句话，都要坚持讲"这么说吧"，他的妻子将太阳底下的一切均归结为"可怕"或者是"真了不起"，直到我想尖叫。分手时，他们邀请我们到他们位于卡法施玛雅胡的家里和他们一起度周末，去大海还是在他们家的私人游泳池游泳任我们挑选。后来，我对米晒勒说，我觉得他可以去他们那里，我就不去了，我丈夫回答说，"这么说吧你仔细想想"。

一个星期以前，我偶然得知米晒勒正在将我们的房子（连同没建完的房子）卖给他的一个堂兄弟，同他签订协议，要在老城收复的犹太人居住区买套新房子。也许因为我没有表现出惊诧，米晒勒取笑我叫我"瓦什提"[①]。他又加入了民族宗教党，

---

① 瓦什提，《圣经·以斯帖记》中波斯王亚哈随鲁之妻，在国王登基第二年大设筵宴之际，王命瓦什提赴宴，在众臣面前展示其美貌，瓦什提拒不应召，后被废。

与此同时决定从现在开始订阅《国土报》。

每天早晨，他出去从事他的新事业，具体情况我不太清楚，晚上很晚才回家。他不再穿那一成不变的运动裤和花格夹克。他在大客隆给自己买了一套夏天穿的质地轻薄的淡蓝色西装，让我觉得他活脱脱像美国电影中卖二手车的。我们在安息日晚上不再坐在阳台上观看暮色。我们三个人不再在床上展开枕头大战。笃信宗教的土地商在祈祷完毕、安息日正式结束后前来拜访。在弯腰给他们上咖啡时我闻到了鱼冻饼的味道。这群自鸣得意的人感到有义务，也是出于礼貌，向他称赞我长得漂亮，向他夸奖我在超市买来的饼干，野蛮地做鬼脸来娇宠伊法特，专门冲她发出叽叽喳喳的鸟叫来迷惑她。米晒勒让她唱歌，给他们背东西，她一一照办。后来他暗示我我们已经完成了使命。接着便和他们一起在阳台上嘀咕很长时间。

我把伊法特放在床上。无缘无故地冲她喊叫。我把自己关在厨房里，试图集中精力看书，但阵阵滑头滑脑的笑声不时闯入我的耳际。米晒勒也跟着笑，但比较克制，像个身份提高了的侍者。我们单独在一起时，他又一次对我循循善诱，努力给我讲建筑地皮、基金、约旦人财产法、借贷、工作成本、红利、投资安全、毛收入、基础设施投资。梦游者的自信已经降临到他的身上；他毫不怀疑你会把所有的钱和财产遗赠给他（或在你的有生之年移交给他）。或者给我。或者给布阿兹。不管怎样，他把你的钱看成可以任由他支配的了。"就像圣书上所写，执行神圣任务的人不会有任何伤害。"至于你，他认为"是上天判定给他的"，认为你会通过他做代理人来赎罪，方式是对重建土地做出"意义重大的"捐赠。他不在乎你把钱给我们当中的哪一个人;"在上帝的帮助下,我们将它用于《托拉》、十诫和善行,作为我们继续赎回土地的投资,以便它能兴旺、增值"。上星期,他向我炫耀他在议会俱乐部与一位副部长和一个总管一起喝茶。

而且,他决定申请驾驶执照。很快便买一辆车,按他的话说,可以做我的"出租汽车司机"。与此同时,他的那群古怪人士,那些眼中闪着异样光彩的俄、美年轻人,过去经常穿旅游鞋到院子里来和他低声交谈,现在则来得少了。或许他在别的地方同他们见面。一种自鸣得意的高傲改变了他走路的姿势。他不再装傻,不再扮演青蛙和山羊。他选择了他那个政治家哥哥的幽默举止,在演说中点缀一些意地绪语词汇,并故意将这些词语变形。他甚至更换了他的须后水牌子;即使米晒勒不在的时候屋子里也飘着新的气味。上星期,他被荣幸地邀请参加一次神秘之旅到拉马拉附近,你的摩西·达扬①也在其中。米晒勒回来时非常自负与神秘,像小学生那样激情澎湃。他继续崇拜摩西·达扬的"思想敏锐",就像"径直从《士师记》②中走出来似的"。他的新英雄目前没在政府任职,他对这一糟糕的浪费深表遗憾。他吹嘘达扬突然向他提了一个棘手的问题,他怎样毫不犹豫地做出了回答,像他自己说的"立刻便

---

① 摩西·达扬,以色列军事领袖,军事学家。
② 《士师记》,《圣经》中的一卷。以色列人进占上帝应许之地以后,迭受异族人控制,以色列人中一些卓越人物拯救同胞脱离这种控制,这些人称为"士师"。

切中要害""通过计谋你可以赢得土地"。赢得了达扬的微笑，夸他"精明人"。

"米晒勒，"我说，"你怎么啦？你疯了吗？"他抱住我的肩膀，那样子不怎么像孩子，他微笑着，深情地回答说："发疯？不，一点儿没疯。是因为我感到羞愧与贫穷！这么说吧，索莫夫人，你将像示巴女王①一样住在这里。你吃的东西，你的衣着，还有你应有的婚姻权益，我一样也不会少，即使连你自己都没有意识到。很快我哥哥就会来这里帮我们的，他会发现我们不缺钱。"就像圣书中所写的："谦卑人必承受土地。"②

我不能不对他进行驳击：我问他的欧罗巴牌香烟怎么突然不见了，他为什么开始抽登喜路了？米晒勒并没有觉得受到侮辱。他看了我一眼，觉得好笑，随即耸了耸肩，咯咯笑了起来："妇人！去厨房给我们做汉堡包，炸薯条。"我突然恨起他来。

所以，你又赢了。你稍动一下就捣毁了我们的小屋，粉碎了我们的中国花瓶，将米晒勒变成小阿里克的一个廉价版本。与此同时，像个变戏法的魔术师，你又用后脚跟给了扎克海姆一脚，让他受到惩罚，不费吹灰之力将布阿兹从我们无力的掌控中拉走，迅速将他一直送到宰克龙，极其准确地将他放在你作战图上为他指定的准确位置。你甚至没有劳自己大驾就把这些给做了，像默不作声的卫星，一切均通过遥控，只需要按动按钮。

我现在是含着微笑写下最后这几行文字的。这次别指望

---

① 示巴女王，在传说中，她是一位阿拉伯半岛的女王，在与所罗门王见面后，慕其英明及刚毅，与所罗门王有过一场甜蜜的恋情。

②《圣经·诗篇》第37篇10节。

再有一次自杀的企图，不像过去几次那样最终让你露出干巴巴的笑容，让你"胃部抽搐"。这次我要换点花样。我要一报还一报。

就到这里止笔吧。让你一个人待在黑暗里吧。站到你的窗前。双手抱肩。要么就是躺在你办公室两个文件铁柜间的睡椅上养神，没有绝望，等待你并不相信的天恩。我相信天恩。

伊兰娜

1976 年 8 月 2 日于耶路撒冷

亚·阿·吉代恩教授在小卡片上做的笔记

176. 然而他的时间感绝对是二维的：过去和未来。在令他备受熬煎的思维中，以前的、原创的、为恶势力所毁灭了的辉煌，与未来可能的、在大清洗后伴随"旧时光再生"而重建的辉煌不断地互为反映。斗争的目的在于：从现在的束缚中解放出来。将其夷为平地。

177. 否定现在就意味着否定自我：现在可理解为噩梦、流亡、"失去重要性"，因为自我——现在意识的聚焦——像无法忍受的绝望一样被体验。

178. 实际上，他的时间感不是二维的，而是一维的：过去的天堂将是未来的天堂。

178.1）因此现在是不洁净的一段内容，是永恒这一画面上的一块污渍；必须从存在，甚至从记忆中清除（用血与火），以便扫除过去光辉与未来光辉之间的障碍，使弥赛亚似的将两种光融合在一起成为可能。必须将宗教的与世俗的区分开来，世俗的（现在、自我）必须完全被清除。只有这样，才可以完成循环，断裂的指环才可以被修复。

178.2）出生之前与死亡之后的时间是同一的。包括：废除自我。废除整个现实。废除人生。"升华"。

179. 实现理想：辉煌的过去和闪光的未来，二者聚合碰撞产生不洁净的现在。某种可怕、永恒的无始无终降临在宇宙；其本质凌驾于生活，超出生活之外，与生活截然相对。"这个世界是后来世界的前堂。""我的王国不属于这个世界。"

180. 古希伯来语用其深邃的结构来对此进行表达：它没有现在进行时。而是只有分词形式。"亚伯拉罕坐在帐篷口。"也就是说，它不是指"有一次亚伯拉罕坐在那里"，或者"亚伯拉罕曾经坐在那里"，或者"当写下这些文字的时候亚伯拉罕坐在那里"，而是像一出戏的舞台说明："每次拉开帷幕时，亚伯拉罕坐在他的帐篷口。"具有永恒性。他过去坐，他现在坐，他将永远坐在他的帐篷口。

181. 但有个悖论，用过去和未来的名义摧毁现在的愿望包含着自身的矛盾：扫除所有时态。冻结。永远是现在。当旧日得到恢复，天国得到建立后，一切将停止运行。宇宙将会停止死亡。运动将会停止，天际将会更加遥远。永恒的现在时将会占统治地位。历史，像诗人一样，被从柏拉图的理想国中逐出。也从耶稣、马丁·路德、马克思和其他的理想国中逐出。狼与羊会居住在一起——并非暂时休战，而是永远休战：同样的狼，同样的羊。没有微风瑟瑟。带有灭绝色彩的死亡与所有的死亡毫无二致。神秘的希伯来文表达"末日"的意思就是"末日"。字面意思。

182. 还有另一个悖论：消除可鄙的现在，采用过去与未来交汇的高贵的现在也意味着战争的结束。那是永远和平与幸福的时代。不需要战士，不需要英雄指路，不需要救助者与弥赛亚。在救赎的王国内因此没有了救赎者的位置。革命的胜利就是它在毁灭，就像令人费解的克拉克利特之火。上帝解放了的城市不再需要解放者。

183. 结论：死在门槛上。

184. 所以，他嘴唇上挂着唾沫星子，他以过去和未来的名义与整个现在世界斗争，发誓逆转没有过去与未来的现在。一种固有的矛盾。所以注定他生存在一种恒定不变的恐惧、迫害与怀疑的气氛里。唯恐现在会蒙骗他。唯恐现在的代理人成功地渗透或乔装进入救助营的核心地带。他的惩罚：永远处于对来自各方的叛逆阴影的恐惧中。难以捉摸的叛逆阴影甚至进入到他的灵魂深处。"邪恶到处流溢。"

亲爱的拉亥尔：

　　我应该听你的话改变我自己，立即同过去决裂，做一个好配偶、好家庭主妇，熨衣服、做饭、做清洁、缝缝补补，享受丈夫的成就，将其视为自己的幸福，开始为我们冬天将要搬进去的新家缝制窗帘。从现在开始，对他温暖的气息，对黑面包、奶酪和醋腌橄榄的味道表示满意，对滑石粉和孩子房间里的尿臊味表示满意，对厨房里的油炸气味表示满意。用"我所拥有的一切"来赌是没有意义的。人不能玩火。马背上的骑士不会来把我带走。即使他带，我也不走。如果我走了，我是唯一一个再次有负于他们大家的人，会为自己招来不幸。谢谢你再三叮嘱我应尽责任。原谅我毫无缘由便恶狠狠地辱骂你。你是正确的，因为你生来就是正确的。现在，我要像金子一样美好。我要穿上晨衣，把窗户和蚊帐擦拭干净。我将知道自己的位置。我要为米晒勒和他的朋友准备一碗碗果仁。看看咖啡够不够。我要和他一起去给他挑一套漂亮的西装，不要那套蓝色的。我要节约家务开支。我将穿上咖啡色的长裙和他一起去参加邀请他去的社交活动。我不会让他难堪。他想说话时，我会闭上嘴巴。等看到他给我的暗示后再说话，我总要拣好听的说，令他所有的熟人陶醉。或许我要参加他的政党。我要开始认真考虑买一块地毯。不久我们安装一部电话：多亏他朋友詹尼的哥哥，米晒勒的名字已经被列在了等候者的名单上了，也要有一台洗衣机了，接着便是彩色电视。我要和他去卡法施玛雅胡，同他的合作者们待在一起。我要在小小的电话通信簿上为他记下电话信息。我要保护他免遭打扰。人们要他帮忙时，我要巧妙地保护他。我要给他浏览一遍报纸，画下可能使他感兴趣的内容或者对他有用的东西。我每天晚上等着他回家，给他做好吃的，安排他洗个热水澡，而后坐下来听他讲白天获得成功的故事。我要大体上向他汇报孩子情况和家里情况。我要自己照管水电账单。每天夜里我要在他的床头给衣服上新的浆粉，将第二天穿的白衬衣给熨平。每天夜里我都侍奉他。他因为工作不住在家里的日子除外。然后我一个人待着学函授艺术史。或者画水彩画。要么就是给椅子上漆。我将烧一手很好的东方菜，我甚至可以去他妈妈的班上上课。我将不让他再为伊法特的事情操心，这样他可以专心致志于自己的项目。他的妻子像环绕他家的硕果累累的葡萄藤。她的价值胜于红宝石。她具有皇帝女儿般值得称道的心地。岁月荏苒，米晒勒将会越来越强，前途远大。我会在收音机里听到他的名字。我把他的照片粘贴在相册中。每天掸掉他纪念品上的尘土。我负责记住所有族人的庆祝活动与生日，购买结婚礼物，发唁信。代表他去参加割礼，清点亚麻织品，确保他总有干净的袜子。所以生活就这样平稳而体面地运行。伊法特会在温暖、充满爱的家庭，在真正稳定的气氛中长大。不像布阿兹。等到时机来临，我们将把她嫁给某位副部长或商业总裁的儿子。剩下我一个人。早晨起来时，我将发现房子空了，因为米晒勒出去好长时间了。我喝过咖啡，服过镇静剂，告诉钟点工该做些什么，进城逛商店打发上午的时光。回来后我吃下镇静药睡到晚上。我翻翻画册，掸掉小装饰品上的灰尘。每天晚上我会站在窗前等待；或许他会回来。或者至少派个助手回来拿件干净的夹克衫，说他很快就会回来。我将给他的司机做三明治。我得体地回避电话里的一些讨厌的问题。回避管闲事的人和照相机。在闲散的时间里，我将坐在那里给孙子或外孙打毛衣。我要浇盆景里的植物，擦银器。或许我会修一门犹太思想课，这样在安息日晚上就可以用合适的引证让他和他的客人大吃一惊。等到他们从普通聊天转向严肃的交谈，我会踮起脚尖退回到厨房，一直坐到他们离开，从守合礼的烹调书中找菜谱。也许最后我会加入某个政治家夫人委员会，关心贫困儿童。我要学会参与。我不是一个负担。我会根据医生建议谨慎地调整他食物里盐的含量。至于我自己，会严格节食，因此不会因上年纪身体超重而让他难堪。我会锻炼。我要服用维生素和镇静剂。头发灰白后我要染发。要么就戴头巾。我要为了他去做面部提拉。但胸部开始塌陷怎么办？大腿肿胀，布满网状的曲张静脉和凸显的血管，我怎么办？我怎么办呢，拉亥尔？你聪明，懂得多，你应该给你的小妹妹一些指教，她保证举止得体，保证不玩火。保重。

伊兰娜

1976 年 8 月 4 日

问尤阿什和孩子们好，谢谢你们的邀请。

145

（电报）

芝加哥中西大学吉代恩

　　原谅你。现愿意出百分之十二购买宰克龙祖产将让布阿兹留在那里。说行我便撤销辞职申请。担心你的健康。曼弗雷德。

（电报）

以色列耶路撒冷扎克海姆本人

　　否。阿里克斯。

（电报）

芝加哥中西大学吉代恩

　　我不离开你。曼弗雷德。

（电报）

以色列耶路撒冷扎克海姆本人

　　汇报布阿兹。汇报索莫。准备秋季回来。别逼我。阿里克斯。

美国芝加哥中西大学政治学系
阿·吉代恩教授

亲爱的阿里克：

　　昨天上午，我去海法卡麦尔山上的疗养院看望了你的父亲。但一路上，由于某种瞬间的冲动，我在哈代拉下车，上了一辆开往宰克龙的公共汽车。我能希望我们的儿子怎么样？我没有努力去想象他怎样来接待我。他要赶我出来，或者是取笑我的话我怎么办？要是他藏在哪个废弃的仓库里躲着我我该怎么办？要是他问我为什么来这里我怎么回答？

试想这幅画面：一个淡蓝色的夏日（并不明媚），我身穿牛仔裤和一件薄薄的白色上衣，肩上背着草编的书包，样了也许像度假的女学生，犹豫地站在生锈的铁门前，铁门上生锈的挂锁吊在生锈的铁链上。灰色的旧砂石在我的凉鞋下刮擦着；上面蒺藜杂草丛生。空中黄蜂嘤嘤嗡嗡。透过弯弯扭扭的铁制品，我可以看到用暗淡的宰克龙石头砌成的大房子。窗户张着嘴像没牙的双颚。墁瓦的房顶已经塌陷，从建筑内部看来，像一道火焰在喷出一片难以控制的九重葛，与攀附在外面墙壁上的忍冬连在了一起。

我定是在那里站了约莫一刻钟，眼睛无意识地搜寻着千年前就已经挂在那里的钟绳。在房子和院子里听不到任何声音，只有风瑟瑟吹过老棕榈树冠，松针发出截然不同的极为纤弱的窃窃私语。房子前面的花园里布满了荆棘与茅草，密得不透缝。过于茂盛的夹竹桃，开着红花，像海盗，完全遮蔽了用于装饰的鱼塘、喷泉和马赛克平台。这里曾经伫立着梅尔尼可夫雕塑的形状丑陋怪异的石像。可能很久以前就被偷了。一阵淡淡的腐臭扑入我的鼻孔。一只惊恐的田鼠像支利箭从我脚边经过。我在等谁？也许等穿便服的美国仆人来到这里谦卑地鞠躬为我开门。

随着岁月的流逝，宰克龙已经向你家的方向发展，但还没有与你家完全相连。山坡下面的现代建筑上装饰着没有品位的角楼。这丑陋似乎为你父亲那矫揉造作的建筑解了围。时间与损坏为那个忧郁的可怕城堡赋予了某种魅力。

一只未被觉察的飞鸟发出犬吠般的噪声吓了我一跳，继之又恢复了沉寂。东面可见麦拿西山，树木丛生，跳荡的绿光悠忽闪烁。西面像你的目光一样灰蒙蒙笼罩在迷雾中，大海毗连着香蕉园。附近基布兹人的鱼塘在园林间闪闪发光，你父亲在这里进行残暴的十字军东征，直至你和扎克海姆成功地打败并先限制了他。一只陌生的手在生锈的大门上涂上老式的警告字样"私人财产／不得入内／非法进入者将被依法处理"。这一警告也随着时间的流逝褪色了。

多么深沉的岑寂！虚空。顿时，我为已经逝去、永不复返的东西感到悲伤。对你，你儿子，和你父亲的强烈思念如同肉体疼痛那样具有穿透力。我想到你在这个种植园里所度过的阴郁童年，没有母亲，没有兄弟姐妹，没有一个朋友，只有你父亲的小恒河猴。你母亲在一个冬夜的凌晨三点钟死去，那时只有她一个人在卧室，没人注意，你领我去过那间卧室，那是顶楼上一个像盒子似的房间，凭窗可以看到大海。日间护士回家了，夜间护士还没有上班，你父亲去接一只从意大利运来铁梁的货船。我记得俄式深褐色照片上她的那张脸，照片放在你父亲书房里的架子上，旁边放着两根白蜡烛，后面永远放着一个花瓶，花瓶里放着风干后永远保持原来形状的花。照片，花瓶，蜡烛和鲜花无疑都不存在了。

想到照片，我不禁回味起你父亲身上和他的许多房间里飘出的烟味、伏特加味和忧伤。就像我们儿子现在蒸发出来的大海和沙漠的气味。我真的是你的灾难吗？还是有其他别的因素？这灾难是否已经在你那里生根，我试图想找回那无法找回的东西，修补那永远无法修补的东西，是否已经没有了指望？

我开始沿着篱笆墙行走，发现一个缺口，我弯下身子，费劲地要穿过带刺的铁丝网。我隔开一段距离绕着房子行走，穿过密密麻麻的野菜。一声鸟叫又吓了我一跳。大蓟草有齐肩那么高，扎进我的衣服和皮肤，我费劲地穿过身子来到后院。在花园棚屋旁有一条长凳，棚屋掩映在摇曳着的桉树树荫下，桉树上有你孩提时代造的树上小屋。我带着伤痕与一身的尘土跌坐在凳子上。房子里一片寂静。一只鸽子从一个窗口飞进去，又从另一个窗口飞出来。一条像蛇一样的蜥蜴猛地钻进一堆石块底下。脚下一只屎壳郎使劲推着它的小球。鸟叫声离我很近，可我看不见它。一对黄蜂在进行着一场生死攸关的搏斗，要么就是进行激烈的交配，在空中划了一道曲线，重重地落到椅子上。坠毁降落？调停？融合？我不敢俯身去看它们。那地方看来已经没有人烟了。布阿兹又消失了吗？恐慌攫住了我。有种微弱的气味，与桉树的气味混合在了一起。我决定休息几分钟，而后离去。

我发现小屋前一堆破烂的木棍上放着一只生锈的犁。还有一只拆了的耙。两只大木轮半埋在土里。在这堆破烂儿当中，我发现了花园里的那张桌子，我们曾经坐在它旁边喝盛在精美的希腊高脚杯中的冰凉石榴汁，咀嚼橄榄。桌子上还留下了什么？一块开裂的大理石板奇迹般地放在三根树桩上，被鸽子屎给染成了绿色。头顶上，轻柔的云彩梦幻般地向东飘去。自从那个夏天你第一次将我带到这里，向你的父亲炫耀我，要么就是让我铭记他的辉煌，仿佛与现在相隔有千年之久。来这里的路上，在你那辆装着天线与机枪架的神气的吉普车里，你已经开玩笑似的警告我不要爱上你的父亲。他确实搅起了我内在的某种难以名状的母性柔情：他就像一条长得过大的狗，一条巨大的狗，并不怎么聪明，收起牙齿取悦于人，吵吵闹闹着狂吠，不光摇尾巴，而是摇动半个身子，请求充满深情的爱抚，舞姿弄影来交朋友，闹哄哄地一跃而起，回来时将一根嫩枝或一个皮球放在我的脚下。

是的，我确实喜欢他。满怀深情，你知道，或许你已经听说了？它同你的研究领域没有任何共同之处吗？在字典里或百科全书里查一查。努力在字母 A 下面寻找。[①]

我感受到他粗鲁的触摸。他笨拙的进攻。他貌似快乐的阴郁伪装。他粗哑的声音。他的欲望。他老式的求爱方式。他充满骚动的关注。他大惊小怪送给我的玫瑰花。他夸张扮演的俄国地主角色。我着迷地取悦于他狂暴的赤裸裸的情感，仿佛严肃地参加一场惊心动魄的儿童游戏。你非常妒忌。你那冷冰冰的审视目光一刻也没有离开过我二人。在你的想象深处，像在丢勒的一幅画里，无疑将我投进了他的怀抱。用你的短箭将我们一并杀死。可怜、可悲的阿里克。

海风和煦，我四肢无力地坐在那条长凳上，又想起了另外一个夏天，那是 1967 年"六日战争"后我们在阿什克隆度过的一个夏天。你凭一时兴起，用绳子将木桩绑在一起，没用一颗钉子，造成一个木筏。你叫它"康提基"。你给布阿兹讲远

---

① 此处按照英文译出。希伯来文说在字母"Chet"下寻找。

行到天涯海角的腓尼基人水手。讲北欧海盗。讲莫比·迪克和阿哈乌船长。讲麦哲伦和伽马的航海旅行。你教他系水手结，用你坚实的大手指导他的小手。接着是漩涡所造成的恐慌。那是我听你发出的唯一一声求救。接着是那些渔民。你用强壮的双臂从渔民船上把像母羊和小羊羔的我和布阿兹夹在腋窝下朝岸上走去。我们从海上逃生后，你用尽最后力气将我们放在沙滩上，我想我看到了你眼中失败的泪水。倘若那不是正好从你头发流到脸上的海水的话。

从侧厅里传来女子的声音，悦耳地问问题。过了一会儿，你儿子用平静的男低音回答了四五个字，我没听清楚。他慢悠悠的声音对我是那么的宝贵。和你的声音似像非像。要是他发现了我，我该说些什么？我为什么要到这里来？我听见他的声音就足够了。那时我决定神不知鬼不觉地悄悄溜走。

但院子里出现了两个穿凉鞋的姑娘，一个一身短衣打扮，又黑又胖，潮乎乎的 T 恤里透出发黑的乳头，她的同伴苗条、娇小，长裙里的身体像玉米秆一样在生长。她们开始用锄头铲茅草、蔓藤和长到台阶底下的喷瓜。她们用悦耳动听的英语交谈，一点也没有注意到我的存在。我依旧希望悄悄地走掉。从侧厅里飘来油炸东西的香味和烧桉树枝的气味。一只小山羊从房子里走了出来，后面紧紧跟着布阿兹，他手里牵着绳子：他让太阳晒黑了，甚至比上次我在耶路撒冷看见他时还要高，他浓密的头发像熔化的黄金一样泻落到他的肩膀，打着卷儿拍打他的前胸，他光着脚，只穿了一件蓝色的游泳短裤。莫格里狼孩，丛林中的泰山王。太阳已经晒白了他的睫毛、眉毛和下巴上的黄胡茬。他把山羊绑在一根树枝上，双臂交叉站在那里，嘴唇上露出一丝微笑。一个女孩子抬起眼帘朝红色印度人叫喊。她的伙伴将一块小石子投向他的前胸。就在那时，法国王储转脸看见了我，眨着眼睛。他慢慢地挠挠脑袋。你那好玩儿的、富有嘲讽意味的微笑出现在他的脸上，他就像认出一只普通鸟儿那样平静地说："瞧，伊兰娜来了。"

过了一会儿他用粗陋的英语补充说："这是伊兰娜·索莫。我的美女母亲。这是桑德拉和辛迪，也是两个美女。有什么事吗，伊兰娜？"

我站起身朝他走过去。走了两步我停住了。像个迷惑不解的小学生，摆弄着草编书包带子。眼睛看着他的胸脯，我说我只是中途停留一下，我要去白特阿弗拉罕姆看拉亥尔，我不想打搅他。

我为什么从说第一个字开始就骗他？

布阿兹的手指戳了戳耳朵根，又无意识地挠挠自己。沉吟片刻说："你一定走渴了。让辛迪去给你拿水。辛迪，拿水来。但水不凉，因为我们没有电。我们也没有水，但昨天，我在蓟草丛中发现了通往国家公园的水管，我就接了个龙头。小家伙怎么样了？还是像原来那样淘气吗？还吃糖吗？你干吗不把她带来呢？"

我说伊法特上托儿所了。米晒勒会去接她回家。他二人都问他好。这当然又是说谎。为掩饰尴尬，或者是出于尴尬，我把手伸给他。他微微弯下腰身，不慌不忙地将它紧紧抓住。好像在称一只小鸡的重量。"来。喝水吧。你看样子很干渴。我在帕尔德司哈娜路口把这两个可爱的人儿弄来。她们在某个基布兹做志愿者，完了呢在附近转转，所以我把她们带来帮助建设这个国家。告诉索莫没事的，他用不着担心，她们多多少少都是犹太人。"

我喝着辛迪用马口铁缸了为我端来的温暾水。

布阿兹说："我们很快就要吃一些鸽子。我在楼上的房间里抓的。今天你是我的客人。有面包和咸鱼，我弄了些啤酒，但也不是凉的。桑德拉，给客人做个煎蛋饼。怎么了？有什么可笑的？"

显然我无意识地微笑了一下。我结结巴巴地道歉，说什么也没有准备。"我不是个好妈妈。"我说。"是的，"布阿兹说，"但没有关系。"他把手放在我的腰上，引我走进房子。他小心地抓着我的身体，但很有劲儿。我们快走到毁坏的台阶时他说："当心点，伊兰娜。"

我们穿过走廊时，他弯了一下腰。房子里面阴凉、暗淡，有咖啡和沙丁鱼的味道。我抬起眼睛看着他，想到这个伟岸的人出自我的体内，在我的胸脯上沉睡，不禁愕然。我记得他四岁的时候，一场白喉险些要了他的命，阿里克，我们离婚之前他的肾脏又发生了病变。你打算捐肾给他。我无法解释是什么样的鬼使神差让我来到了这里。跟他说什么，我一个字也找不到。你的儿子什么话也没说，观看我窘迫的神态，审视着我，没有窘迫，有的是耐心，略微的好奇，像心满意足的野兽那样怡然自得。

最后我愚蠢地嘟囔着："你看着挺好的。"

"但你看着不好，伊兰娜。好像受到了伤害。但你总是这个样子。坐下来休息一下。我去炉子那里给你弄点咖啡。"

于是我坐在一个包装箱上，你的儿子用他一只赤脚给我把它擦了一下（上面有黄瓜、洋葱和螺丝刀）。在这种混乱中，在肮脏、凹陷的石板上，我能意识到这表示布阿兹已经慢慢地在那里奠定了一个奇怪的据点：烟熏火燎的平底锅，一些油布，一袋水泥，两口锅，一把旧咖啡壶，盛着油漆和刷子的罐子，几个旧垫子上扔着姑娘们的背包和他的行囊，以及一些乱七八糟的建筑器材、绳子、食品罐、他和她们的牛仔服、胸罩和收音机。在房间的一角放着一个帐篷和一叠帆布。也有一张临时用的桌子：那是一扇旧门板，油漆已经剥落，架在两个鼓上。我在桌子上看见几个深色的金属滚筒，还有一罐果酱、蜡烛和火柴、啤酒罐，有空的，有满的，还有一本大部头的书《光和镜头》、煤油灯、半条黑面包。

我问他是否一切都好，他是否需要什么东西。没等到他回答，我立即又脱口而出，问他是否还在生气或者痛苦。

神秘、高贵的微笑使他那张被太阳晒黑的脸上现出痛苦与宽容的表情，那表情立刻让我想起了他的爷爷。

"不，不痛苦。不管怎么样，我反对因个人问题一塌糊涂而叫苦的人。"

我问他是否恨你。随即便后悔了。

他什么话也没说。像睡觉时那样抓抓自己。继续在煤气炉上摆弄沾满煤烟的咖啡壶。

"回答我。"

他没有说话。摆手做了个姿势，手心朝上。咯咯笑了两声。

"我干吗该恨他？我不恨他。我反对仇恨。我这样认为：我和他没有任何关系。很遗憾他离开了这个国家。我反对国家遇到困难自己拔腿就走的那些人。即使我自己非常喜欢旅游——等国家没有麻烦了我立即就走。"

"你为什么会答应接受他的房子？"

"我干吗在乎从他手里拿钱？在乎从米晒勒手里拿钱？或者在乎从他们俩手里拿钱呢？这钱不是通过艰苦的劳动换来的，是树上长的。所以他们也应该给我一些。没问题。而且，我碰巧要钱有用。瞧，水开了。我们喝杯咖啡。喝了这个——你会觉得好一些。放过糖了，也搅过了。你为什么那样看着我？"

是什么原因促使我回答说我是多余的？说我不在乎死？说这样对大家都有好处？

"好了。冷静点。别胡说八道了。伊法特只有三岁零一个月。怎么一下子想死呢？你脑子有问题啦？你最好去做志愿者。照顾新移民。给部队织织帽子。你没事干吗？你怎么啦？"

"我……只是我接触的事情都很糟糕。你理解吗，布阿兹？"

"你要听真话？不，我不理解。可那并不重要，因为我脑子有点不好使。但我确实觉得你那是闲的。你什么事情也不做，伊兰娜。"

"那你自己呢？"

"像现在这样。现在我和这两个小宝宝在一起，让她们干活，给她们快乐，吃饭，干点活，性交，替他照管房子，换每

155

个月的工资，做一些零星的修理工作。再过一两个月，这个国家至少少了一座废墟。你干吗不也搬进来？比死强多了。无论如何这个国家里死的人已经够多了。一直是屠杀、死亡，而不是享受生活。不管你往哪里看，看到的都是聪明人开着坦克。今天我们开始弄一个菜园。你可以留下来。你一点也没有打搅我，我也没有打搅你。你在这里想干什么就干什么，你可以把伊法特带来，你想带谁就带谁。我给你活干给你饭吃。又哭了？生活对你还不够好吗？想待多久就待多久。这里总有活儿干，辛迪晚上给我们弹吉他。你可以做饭。要不看羊怎么样？它们很快就有棚子了。我教你怎么做。"

"我可以问你点什么吗？"

"问吧——这又不花钱。"

"告诉我：你爱过什么人吗？我不是说……性。你不必非说不可。"

他没有说话，把脑袋从右摇到左，表示否定，好像觉得我蠢到家了。接着，满含忧愁地轻声说："当然了，爱过。你的意思是说你从来没有感觉到？"

"谁？"

"你，伊兰娜。还有他。我长这么大的时候就把你们当成父母。你们争吵打架让我发疯。我想这些都是因为我。我怎么能知道？每次你自杀，他们把你送到医院，我都想把他杀了。你和他的朋友们性交，我想把他们毒死。于是，我见人就打。我是个傻瓜。现在我反对打人，除非他们先打我。而后我只是稍微回击一下。现在我只喜欢劳动，不急不恼。我只关心我自己，关心这个国家。"

"国家？"

"对啊。你没长眼睛啊？你看不出情况的发展吗？看不出这些战争和所有这些屁话？总是在争吵屠杀，而没有享受生活？伤心过度，打枪，放炸弹。我反对这种状况。我碰巧是不折不扣的犹太复国主义者，要是你想知道的话。"

"你是什么？！"

"犹太复国主义者。想让大家都好。每个人只为这个国家做一点点什么，甚至特别特别小的事情，每天只做上半个小时，他们就会感觉很好，感觉人们还是需要自己的。要是你什么也不做的话，你很快就会陷于烦恼。就拿你和你的两个丈夫来说。你们三个人都不懂人生的真正意义是什么。总是忧虑重重，什么也不干。看看那个圣人和他那些从占领地来的同党。他们靠《圣经》过日子，靠政治过日子，靠演讲和争论过日子，而不是靠生活。阿拉伯人也是一样。他们从犹太人那里学会怎样把自己的心吃掉，怎样你吃我我吃你，怎样吃人，而不是吃普通食物。我不是说阿拉伯人不可恶。他们可恶，坏。但那怎么啦？可恶的人也是人。不是屎。他们死是很遗憾的事。最终犹太人会把他们消灭干净，要么就是他们把犹太人消灭干净，要么就是互相把对方消灭干净，整个国家又只剩下《圣经》、《古兰经》、狐狸和焦土。"

"要是让你去参军你怎么办？"

"啊，他们没我这样的人也照样可以。不够标准而已。那有什么？我不在乎。即使不当兵，我也可以做我人生里其他的事：或者出海，或者搞光学。或者我开始在宰克龙这里给疯子们建立个社区。他们会在这里生产出东西，而不是净制造麻烦。这样国家就有吃的了。这是个疯子社区。我做的第一件事情是把这两个可爱的人儿带来的毒品烧掉。我反对麻醉自己。最好是整个白天都干活，夜晚享受。又哭了？我说错什么了吗？对不起。我不是有意想让你激动的。对不起。别忘了你不是第一个有孩子的神经病母亲。至少你有伊法特。只是别让索莫用他的《圣经》和他的屁话来灌输她的头脑。"

"布阿兹。"

"干什么？"

"你现在有时间吗？两个小时？"

"什么事？"

"跟我一块去海法。我们去看你爷爷。你记得你还有个生病的爷爷在海法吗？那个给你建造了这座房子的爷爷？"

他什么话也没说。突然闪电般迅疾地挥了挥他的大手，重重地朝赤裸裸的胸脯上击了一下，将捏碎了的马蝇扔到了地上。

"布阿兹？"

"是的。我记得。仅此而已。但我干吗突然去看他呢？我需要他什么？不管怎么样，甭管什么时候我出去，即使在宰克龙这里去买建筑材料，不是我惹别人烦，就是别人让我烦，要么就开打。告诉你：你可以告诉他要是他有什么东西就留着，他也可以给我钱。告诉他，这个傻瓜谁给什么都要。我喜欢造一台真正像样的望远镜。就像电影中演的那样。所以你夜里在这里可以看到宇宙飞船正在以色列的上空飞行。没有水的大海是在月球上；也许你听说了。如果人们稍微多注意一些星星以及诸如此类的东西，他们就不会特别把精力一直放在争斗上了。之后呢，我们再看。或者是艘游艇。这里不缺木板。我们可以到大海上巡逻。它会把你脑子中的杂质全部清除。

"好了，吃的东西来了。你瞧，窗户后面是我昨天修的水管。去洗把脸，我们把灵魂探索的事全忘了吧。你化的妆全毁了。我昨天晚上也把辛迪弄哭了。没关系，泪水可以净化灵魂。桑德拉，也给我妈妈弄些吃的。不吃？要走？和我待够了？因为我说'性交'以及诸如此类的东西？就是那么回事，伊兰娜。离后门二百码远的地方有个公共汽车站。所以往那边走。没准儿，要是你不来对你会更好一些——你来的时候好好的，现在哭着走了。等等，我在地下室里发现了这些钱币。在老人的锅炉底下。把它们交给伊法特，告诉她是我布阿兹给的，我要吃她的小鼻子。别忘记你什么时候想回来就回来，想待多久就待多久。像空气一样自由。"

你为什么这么做，阿里克？你为什么把他放到那个受鬼魂支配的房子里？你是不是渴望在米晒勒自己的游戏中打击他？想撕破我的小男人和那个长得过大的野人之间纤细的情感之网？把你的儿子放回到森林之中？像监狱看守把在囚室中结下友谊的几个伙伴隔离开来，把他们分头关押。"像飞机坠毁之后，"你就着氖灯灯光写信，"我们通过书信一起分析我们人生的黑匣子。"

我们什么也没有破解出来，阿里克。我们只交换了毒箭。

我对复仇的强烈渴望已经减退。都结束了。我放弃。只让我偎依在你的怀抱。将手指放在你的后颈。抚平你乱糟糟的灰发。用力挤压偶尔出现在你肩膀或下巴角上的黑头。在风驰电掣的吉普车上坐在你身边，驶向遥远的山间公路，从你的驾驶中感受到一种刺激，它像刀剑一样具有进攻性，然而像射球投网一样小心准确。早晨那几个小时里你在写字台上伏案工作，用牙科医生似的精确来翻译某些未经雕琢的神秘文本或其他，台灯光映红你的脸庞，我打着赤脚悄悄地站在你身后，把手指伸进你的头发。我将做你的夫人和奴仆。游戏结束了。从现在开始按照你的意愿行事。我等着。

伊兰娜

1976 年 8 月 9 日

亚·阿·吉代恩教授在小卡片上做的笔记：

185. 信仰来自信仰的失落：他心中的信仰毁灭得越多，他对救赎的疯狂信仰增长得愈加强烈，他对获得拯救的急迫需要也就更强烈。救赎者一方面非常强大，一方面又像你自己一样渺小、无价值、不重要。亨利·伯格森说：信仰可以移山是不对的。相反，信仰的核心是一种不去注意任何事情的能力，甚至连山在眼前移动都不注意。某种密封的屏幕，绝对符合事实。

186. 当他失去了自尊、以国家利益为重的理由和他人生的基本意义时，他的宗教、人民、种族、他执着的理想、他发誓效忠的运动的正当性就会被放大、抬高、美化、神圣化了。

186. 1）把"我"完全同化在"我们"之中，缩成一个巨大的、永恒的、无所不能的、崇高的有机体中一个看不见的细胞，直至融合到将自己否定的地步，达到最高极致，在民族中，在运动中，在种族中，仿佛信仰海洋中的一滴水。于是乎，各种各样的统一。

187. 一个人只要有他自己的事务，有自己的隐私，他就会在意自己的私事。如果无所事事，因为害怕生活的虚空，他就会热衷于别人的事。去纠正他们，去指责他们，去启蒙每一个傻瓜，去压制每一个异类。给他人以恩惠，或者是残酷地迫害他人。利他主义狂与杀人狂之间，当然有道德程度的差异，但性质没有区别。谋杀与自我牺牲只是一枚硬币的两面。控制与仁慈、侵犯与忠诚、压抑与自我压抑，拯救那些和你不一样的人的灵魂与消灭他们，这些不是一个个对立面，而只是人的空虚与无价值的不同表现方式。用帕斯卡（他也受到了感染）的话说，是"他缺乏自我"。

188. "因为对他空虚、乏味的生活无所事事，扑向别人的脖子，或者用手去抓别人的咽喉。"（埃里克·霍非尔，《真正的信仰者》）

189. 这就是为社会弃儿日夜操劳的慈善少女与意识形态强

盗、特务头子之间具有惊人相似之处的秘密，后者的生活完全是为了消灭对手、异己或革命的敌人：他们谦恭，他们简朴，他们的圣洁，从远处就能闻到。他们惯于暗自怜悯，因此其负疚感能发射出几兆瓦特的能量。少女与裁判官对任何事情所持有的共同敌意可被视为"奢侈"或"自我放纵"。虔诚的传教者与嗜血的清洗大师：同样温文尔雅的举止。同样华美的彬彬有礼。从他们二人身上散发出源头并不确定的相同气味。服装上相同的苦行风格。在音乐与艺术方面所拥有的同样品位（陈腐，感伤）。而且，尤其是，同样活跃的词汇表，其特征表现为陈腐的辞藻，装模作样的谦虚，避免了所有的庸俗——厕所取代了盥洗室，去世取代了死，解决取代了灭绝，清洗取代了屠杀。而且，当然还有救助、赎救。共同口号："我只是一件谦卑的器具。"（我是件"器具"，所以我是："齿轮"。）

190. 拷问者与牺牲者。裁判官与殉道者。擎十字架者与被钉上十字架者。彼此理解的奥秘。他们之间经常增长的私密友谊：互相依赖。暗中互相钦佩。通过改变环境轻松地变换角色。

191. "在神圣理想的祭坛上牺牲私人生活"不过是在私人生活已死的情况下对理想的一种绝望的坚守。

200. 换句话说：灵魂死后，行尸走肉变成了一种完完全全的公共存在物。

201. "职责的神圣性"：猛然去抓住够得着的正在漂浮的救生筏。救生筏的性质几乎成了次要的东西。

202. "清除所有自私的痕迹"：自私的生存策略，近乎盲目的本能。

美国芝加哥中西大学政治学系
阿·吉代恩教授

我亲爱的奇爱博士：

目前我并不十分清楚我是否已经被解雇。我们的买主准备付给你宰克龙祖产的百分之十三，发誓说这是最后的出价，威胁说要是两星期内得不到肯定的答复，就要撤销承诺。至于可怜的罗伯托，我差不多说服他情愿把你的卷宗归还给我。他显然已开始意识到他在和一个什么样的客户打交道。而从我这方面说，已经决定把唾沫擦去，接着干：我不会把患有精神病的你抛弃，也不允许你给自己招致灾难。显然，你怀疑我把你出卖给了索莫，可事实却恰恰相反。我所有努力的目的是想为我们收买他，系之以缰辔（以我女婿佐哈尔的形式）。与此同时，遵照你在给我的最后一封电报里的指示，此乃最新消息综述：据透露，巴伦的索莫正在耶路撒冷老城重新整修过的犹太区为他自己购买一套价格昂贵的房子。所有这些迹象表明他和他的某位族人正在进行一笔交易。此外他在学驾驶，打算购买一部车。他现在有了一套高档的西装（尽管他穿着他挑选的令人震惊的物品时，我很后悔曾建议他买这样一套衣服）。他的犹太人联合组织最近已经转变成某种侦察机构或是安全卫士，为一家名叫帐篷桩的投资公司服务，这家投资公司由他和佐哈尔与一群虔诚的投资者和巴黎的一些谨慎的支援者合股组成，对此在我确信你神志清醒之后再向你汇报。合资金额当然是由佐哈尔掌握（由我高屋建瓴进行精神指导）。各种各样虔诚的投资者对生意进行道德管理，也就是说，他们设法让税收部门相信他们是某种孤儿院，属于"慈善机构"。

　　与此同时，我们的索莫甚至做了外交部部长。他进行熟练的游说。像鱼和海藻一样围绕权力中心游弋。日日夜夜与政党中的小人物、议员、秘书长和总干事为伍，在他哥哥的法庭里来回周旋，向军事管理人员详细阐述犹太人的爱，在工业贸易部培植对救赎的渴望，在以色列土地管理局引起狂热的骚动，布道，恳求，哄骗，援引《圣经》，散布浓厚的负疚感阴云，一只手放在他的心口，另一只手放在与之对话者的肩膀，用《圣经》蜜将所有的东西抹甜，往上面撒上训诫的粉末，再加上一撮闲话做调料，卷起批文和证明，总之，不知疲倦地为最终审判日铺路，并迅速巩固了我们对南耶路撒冷的投资。在你那本杰出著作第三章的开头，你引用了拿撒勒耶稣说的一个警句，耶稣告诫他的徒弟们要兼备"像毒蛇一样狡猾，又像鸽子一样纯洁无辜"的特点。根据这一详述，索莫也许会被提升到高徒之位。不久，按照我们的好朋友施罗莫·赞德提供的信息，他打算携他的法国护照到巴黎执行一项紧急任务，我敢打赌他会满载好处而归。最终结果将是，感谢他，我们——也就是你和我，阿里克斯，将会得到两份去天堂的邀请，因为我们参加了国土的救赎工作。

我写这些是希望你立刻给我一点信号，我将把你正在休眠的现金系到众神的车辆上。我将操纵索莫，让他现在仿效我过去为你父亲做事的方式来为你做事。仔细想想，我亲爱的朋友：如果你的老曼弗雷德还没有完全衰老迟钝的话，那么你只得相信他的知觉，赶紧登上这股新的浪潮。这样我们便可以用个小小的百万杀死三只美丽的鸟：我们可以驾驭索莫，给你的格列佛创造财富（如果你真下决心选他做王子的话），并且将索莫的太太弄到手。因为赞德向我汇报说，当拿破仑朝金字塔进军的时候，黛泽蕾明显露出焦躁不安，她开始对是否有可能回到书店去工作感兴趣，当初，在王子离去、法国佬（青蛙）到来之前，即她自己最艰难的两年里曾在那里谋生。要是没猜错你想法的话，那么这一事态正朝有利于我们的方向发展。你想让我给她订张机票把她送到你那里吗？或者等我弄清楚她正在做这样的准备再动手？你要我派赞德查一查宰克龙的情况吗？主要是，阿里克斯：你是否让我卖掉那什么利益也没有、浪费你钱交税的那片废墟，用钱去敲打你自己的帐篷桩吗？请求给我发个简短的电报："肯定"。你不会后悔的。

管好自己的身体和思维。不要恨你唯一的真正朋友，他正等你给个理智的答复，现带着焦虑与挚爱搁笔——

你可怜的曼弗雷德
1976 年 8 月 13 日于耶路撒冷

（电报）

以色列耶路撒冷罗伯托·迪·莫迪那本人

禁止你让你同事干涉我的事务。查明并汇报谁是买主。继续付布阿兹钱。亚历山大·吉代恩。

美国芝加哥中西大学政治学系
亚历山大·吉代恩教授

亲爱的阿里克：

我从宰克龙去海法。卡麦尔山的养老院上空弥漫着一股浓烈的怪味，一种松香和来苏水混杂在一起的呛人气味。海港上不时传来轮船那悲戚的笛声。火车鸣叫了一声，而后陷入沉寂。轻柔的阳光笼罩着花园，花园沉浸在一种乡村的宁静中。两个老太太在一条长凳上打盹，肩靠着肩，像一对做成标本的鸟儿。一个用轮椅推着病人的阿拉伯男护士从我身边经过时放慢了脚步，眼睛淫荡地盯着我。花园的一角，传来青蛙的呱呱叫声。在浓密蔓藤搭起的凉亭下，我终于找到了你的父亲，他一个人坐在涂了层白漆的金属桌子旁边，一头先知式的白发在微风中抖动，他那未梳理的托尔斯泰式的胡子垂落在脏乎乎的睡衣上，他的脸是褐色的，枯萎得像个干腰果，他手上拿着勺儿，面前桌子上的盘子里有块蛋糕和半杯酸奶。蓝色的目光远去，与大海的蔚蓝交织在了一起。他深沉平静地呼吸，搅动着他当作扇子用的夹竹桃枝。

我叫他的名字，他赏脸似的转过头看着我。他慢慢地、威严地从座位上站起来，朝我鞠了两个躬。我送上在中心汽车站买的一束菊花。他把他的夹竹桃枝递给了我，把菊花拿到胸前，将其中一枝小心翼翼地插进他睡衣的扣眼里，将其他的毫不犹豫地栽种到他的酸奶杯子里。他管我叫洛维纳夫人，感谢我抽时间来参加他的葬礼，还带了花。

我把手掌放到他宽大的手背上，那上面纤细的蓝色血管交织成一个迷人的网络，渍着一小块一小块的棕色色素，像山水画，我问他好不好。你父亲用他严酷犀利的目光看着我，迷人的那张脸一沉。突然，他仿佛看穿了我的小把戏，但决定原谅我，咯咯笑了两声。接着他变得严肃起来，皱起眉头，要求我告诉他是否可以宽恕陀思妥耶夫斯基；这个上帝的子民怎么"能整整一冬天都打他的妻子，接着喝得酩酊大醉，在孩子就要死去时还像畜生一样打扑克"？

这里他显然是受到了自己不良习惯的冲击。他从酸奶杯子里一把把菊花抓出来，厌恶地朝肩膀上猛抽，把杯子推给我，问我喜不喜欢香槟。我把杯子举到嘴唇——暗淡的液体中流动着花瓣和尘土——假装喝了一小口。与此同时，你父亲贪婪地把残留的蛋糕吞下。待他吃完蛋糕，我拿出手帕，把他胡子上的碎面包屑掸掉。他则抚摸我的头发作为回报，用悲惨的声音朗诵道："风，美丽的姑娘，[①] 秋风，整天偷偷潜入花园。噢，它的神志不清！它不知道停息！被赶走了！夜晚，他们开始摇大铃铛。很快就会下雪，来吧！[②] 我们上路吧。"这时他迷失了

---

① 原文为俄文。
② 同上。

方向。他沉默了。轻轻打了个哈欠，脸上布满了愁云。

"你身体还好吗，沃罗迪亚？你的肩膀还疼吗？"

"疼？不是我！我哪也不疼——他才疼呢。听他们说他还活着，甚至在收音机里说话来着。我要是他，我就娶个媳妇让她生一打孩子。"

"你要是谁，沃罗迪亚？"

"你知道，那个小家伙，他叫什么来着。就是那个。小弟弟。便雅悯。就是那个带着定居点的第一批羊在布达鲁斯阿拉伯村庄前流浪的那个。便雅悯，他们习惯上这么叫他。就像陀思妥耶夫斯基小说中所描绘的那样。比现实本身还要真实！我以前也很现实的，但像个猪猡。我们在那里还有一个人，叫西欧玛。西欧玛·阿西欧玛，我们这样叫他。他是百万里挑一的人物。他身上一点毛病也没有。他来自我的故乡，舍基，在明斯克地区。现实不可能饶过他，用对女人的爱将他杀害。他用一把左轮手枪结束了自己的生命。我能做什么来阻止他吗？我有这个权利吗？亲爱的女士，你能给他一高脚杯女人的爱吗？他会用红、绿宝石来回报你。他会慷慨地回报你。用他的生命来换一高脚杯的爱！换半杯？换四分之一杯？不换？那么，好吧！没关系。没必要。不给了。每个人都是一个星体。无法穿过。只是在没有云彩的时候看着它在远处闪闪发光。现实本身就是猪猡。我可以送给你一朵花吗？为纪念那个可怜的、悲惨的人儿？为让他的灵魂升天？陀思妥耶夫斯基用我的左轮手枪杀死了他。他排犹！卑鄙！抽羊角风！每一页纸上他至少要把耶稣两次钉上十字架，他还指控我们。他毒打犹太人。亲爱的夫人，或许他是对的？我不是说巴勒斯坦。巴勒斯坦是——另一首歌。巴勒斯坦是什么？是现实？巴勒斯坦是一个梦。巴勒斯坦是一个噩梦，但还是一个梦。也许你屈尊听说过达尔西尼亚女士的名字。巴勒斯坦就像她一样。在梦里是没药树，是乳香，但在现实里是猪圈！悲惨的猪圈。早晨——瞧，那是利亚！什么利亚？疟疾？奥斯曼亚细亚。我只是个小孩子，一个逮麻雀的小孩子。我把两只麻雀卖一个戈比。我喜欢在大草原上漂泊。因此在草地上梦游。周围是——恐惧！森林！还有农民，和叫不上名字的什么东西，不是靴筒。这就是我们在舍基时的巴勒斯坦。河流也是巴勒斯坦。我可以在里面游泳。我小的时候，有一天，我到森林和草地上闲逛，突然在我前面的地里冒出一个农民小姑娘。梳辫子。小猪倌，对不起。大概有十四五岁的样子。我没有问她多大了。她一冒出来，没听一句话就开始——请原谅——掀起她的裙子。用手指向我示意。这不是一高脚杯女人的爱，而是整条河的爱。拿着，你会得到的。我只是个年轻小伙子，我愚蠢的血液在奔涌，我的脑子，对不起，沉睡了。在我的葬礼上我会欺骗你吗，夫人？不。欺骗是卑劣的。还有就是要下地狱的。总之，我不否认，我的鸽子，我在那片地里得到了它。由于那一罪过，我被发配到奥斯曼亚细亚。'继续流淌吧，约旦……'我父亲偷偷在半夜将我带走，这样他们就不会把我砍死了。在那里，巴勒斯坦———一片荒漠！墓地！恐惧！狐狸！先知！贝都因人！空气像火烤一样！再喝一口，对你有好处。喝吧，记住女人的爱。路上，我还在船上时，我把我的犹太教经匣扔进了大海。让鱼把它们吃掉长胖吧。我也把这个向你解释一下：我们快到亚历山大城之前，我和上帝大吵了一架。我们半夜在甲板上互相大嚷大叫。也许我们都过火了。他想要我做什么？做他的小犹太猪。就这些（没别的）。可是从我这边，我想做一个大猪猡。于是我们大吵，直到打更人在半夜来把我们一起赶下了甲板。他就是这样失去了我，而我也失去了他。这样一个二手的、脾气易怒的、性情乖张的上帝。就这样。他独自一个人待在那上边像一只狗在用八字胡哼哼，我待在这底下，像猪圈里的一头猪。所以我们分道扬镳了。我干了什么？不，告诉我如何处理人生中的礼物？我为它奉献了什么？我为什么要玷污它？我磨碎牙齿，我骗，我偷，更有甚者，我去掀石榴裙。从哪方面说都是一个肮脏的猪猡。现在，请原谅，亲爱的女士，我不明白今天你为什么屈尊来到这里看我。是便雅悯派你来的吗？他得到了可怕的惩罚。是谁惩罚的？是美丽的性！原因只是他不是猪猡。她们随便撕碎了他的心，但是却不让他抢着去接近她们的身体。即使触摸一下影子他也会因不好意思而缺乏勇气。他遭受了这么多痛苦，纯洁的灵魂已经逝去。借助我的左轮手枪！这位女士知道辛菲罗波尔城在什么地方吧？在那里进行了一场恶战。小伙子们像苍蝇似的死去。没死的也失去了上帝。不知道什么是上什么是下。为女人的爱而放弃了上帝，可他们没有找到女人。那时以色列土地上的女人很少。或许从这头走到那头只有五六个。也许有十个，要是你连芭芭雅嘎司那个女巫也算进去的话。但是——漂亮姑娘①——很难找到。小伙子们商量过后，他们躺在垫子上，梦想着敖德萨的妓院。这是因为上帝在愚弄我

---

① 原文为俄语。

们。他从来没有来过奥斯曼亚细亚，他停在舍基犹太会堂阁楼后面，躺在那里等待弥赛亚的到来。在以色列的土地上，没有上帝，没有对女人的爱。所以大家都给弄得神经不正常。还有那些结婚的人呢？啊，当然了，在山上——瞧那是利亚。他们又在远处敲村里的钟呢。很快就会下雪，我们就要上路了。这位好女士理解我吗？她原谅我吗？宽恕我吗？她孤单一人，我在田野里也是孤单一人，她撩起了裙子，用她的小手指示意我过去，我得到了她。所以我被带到了锡安。我是第一个从蜜蜂身上采蜜的犹太人。是《圣经》时代以来的第一人。疟疾（烧热）传到我这里，我撩起了裙子，像魔鬼一样！我是《圣经》时代以来第一次撩起女人裙子的人。假设《圣经》不是传说。为此我在辛菲罗波尔遭到惩罚。一匹马朝我扑过来，折断了我的腿。在图尔凯里姆，他们暴打我的脑袋，我朝他们的牙上还击。流了许多血。女士你知道吗？我的生活根本不是生活。到死去的那天有许许多多泪水。有一次我也爱过一个女人。甚至强迫她和我一起走向婚礼的华盖。尽管她心里并不渴望我。或许她渴望一些诗人？然而我——我怎么能够知道？——从肚脐眼往上，我爱，唱小夜曲，送上手绢和鲜花，但是从肚脐眼往下，我是猪栏里的一个猪猡。我在田野里左右开弓撩起石榴裙。而她，我的挚爱，我的妻子，终日坐在她的窗子旁边。她有一支小歌：'在那遥远的雪松生长的地方……'你知道这首歌吗？请允许我怀着敬意把它唱给你听：'在那遥远的雪松生长的地方……'小心这些歌，亲爱的女士。它们由死亡天使所作。而她，故意要惩罚我，在我眼前死去。气死人了。她离开我，去了上帝那里。她不知道他也是个猪猡。她跳出油锅又落火坑。把你的手给我。我们和解吧。守护已经结束了。犹太人为他们自己建造了一块国土。它不是正确的国土，但不管怎样是建起来了！现在我们等着瞧上帝对这一切怎么说？啊，现在已经够了：我要为你的麻雀付你一个戈比？付两个？再多我就不付了。我的整个人生一直在搏击与破坏。我玷污了礼物，裙子和牙床。所以我为什么要给你钱？你怎么处理你自己人生中的礼物？我要送你一枝花。一枝花加嘴唇上的一个吻。你知道我的秘密是什么？我从来就是一无所有。你呢？是什么把你带到了我这里？我做了什么竟获此殊荣？"

当他终于停下来时，目光从我转移到耀眼落日映衬的海湾。我问他需要什么，要不要我把他送回房间，或者是给他拿一杯茶。

但他只是摇那颗动人的头颅，嘟囔着："两个。再多我就不付了。"

"沃罗迪亚，"我说，"你记得我是谁吗？"

他把手从我手里缩回去。眼睛里充盈着伤心的泪。不，他不得不遗憾地坦白他想不起来了，说他没打听这位女士是谁，不知道她为什么要问他是否同意见她。于是我把他安置在椅子里，吻了吻他的前额，把我的名字告诉了他。

"当然记得。"他笑得像孩子一样可爱，"当然记得，你是伊兰娜。我儿子的遗孀。他们都在辛菲罗波尔给杀死了。谁都没有活下来看秋天的美景。不久就要下雪，我们——来吧！——我们将要上路了。远远离开这泪谷！离开那在女人死去时还酗酒玩牌的堕落将军们。你是谁，我可爱的女士？你叫什么名字？你是干什么的？虐待男性？你让我听你说话是什么目的？等等！不要说！你是冲人生的礼物来的。我们为什么要玷污它呢？我们为什么要糟蹋我们母亲的乳汁呢？你可以这样，夫人，但我不这样做。我，我的左轮手枪——完蛋了。我把它扔了，就这么完了。所以，愿上帝与我们同在，愿我们在和平中安歇。溜溜溜。这是那支摇篮曲吗？还是临终床上的曲子？所以你走吧。走吧。我只需要这个：活着并且希望。就这些。看下雪前秋天森林的美景。怎么样？两个戈比就够了吗？我甚至可以给你三个。"

他说着话站起来，在我面前深深鞠了一躬，要不就是弯腰去捡我的一枝菊花，灰尘和酸奶已经将它玷污了，他优雅地将菊花递给我："只是别在雪里迷失。"

他没有等我回答，也没说再见，转身大踏步地朝楼里走去，像上年纪的红色印度人一样挺拔。我的谒见结束了。剩下的只有去捡起黏糊糊的菊花，把它们插到垃圾筒里，乘车回耶路撒冷吗？

我坐在几乎半空的公共汽车上从海法返回，最后的日光依旧在西面海之尽头那参差不齐的云霞中闪烁。他那双火山山丘似的皱皱巴巴的棕色大手，在我的记忆里徘徊不去：与你方形的手既像又不像。我几乎产生了一种有形的感觉：感觉他的手从海法开始就一直放在我的膝盖上。我感觉到那种触摸的抚慰。到家时已经是夜里差一刻十点了，我发现米晒勒和衣睡在伊法特床脚下的垫子上，连鞋子也没脱。眼镜滑落到肩膀上。我不安地将他叫醒问他出了什么事。据悉，早晨我离开后，他给伊法特穿好衣服，正要送她上托儿所时，觉得有些不对劲，就给她量体温，果然不出所料。于是他决定打电话在最后一刻取消和国防部副部长的约会，这个约会他已经等了差不多有两个月了。他带伊法特去诊所，等了一个半小时，医生来给伊法特做了检查，说她得了轻度中耳炎。回家的路上，他在一家药店停下来，买了一些抗生素和滴耳剂。给她熬了鸡汤和西红柿糊糊。连哄带劝让她每隔一个小时喝下一点温奶和蜂蜜。中午，她的体温升高，米晒勒决定叫私人医生。私人医生证实了他同事的诊断是正确的，但收了米晒勒九十块钱。他一直坐到晚上，一个接一个地给她讲故事，接着他让她吃点鸡肉就米饭，后来又给她唱歌，她睡着之后，他摸黑继续坐在她身边闭上眼睛，用他的秒表给她测量呼吸，祈祷。之后，他给自己拉过一个垫子，躺在她的床脚下，以防她咳嗽或者是把床上用品踹到地上，直到他自己也睡着了。我没有感激他，佩服他的忠诚，吻他，给他脱衣服，安顿他上床，而是气愤地质问他干吗不给他那众多的女姻亲或堂表姐妹们打电话，让她们来帮帮忙。干吗取消他和副部长的约会？真的就是想让我因为出去而感到负疚吗？用这些手段不正表明要引起我的负疚感吗？见鬼，他干吗就觉得只在家里待一天就配得一枚英雄勋章，而我在这里厮守了一辈子？我干吗就得向他汇报我上哪里去了？我不是他的女仆。我们谈这个问题时，他应该马上认清我多么蔑视他圈子里的那些男人和他家里人对待他们可怜妻子的方式。我拒绝向他汇报我去了哪里，为什么要去。（我瞎发了半天火，却忽略了这一事实，米晒勒并没有问起。他肯定是打算问的，并且要数落我，我不过是先发制人而已。）米晒勒一面静静地听着，一面给我做了个沙拉，还倒了一杯可可。他打开热水器，所以要是我愿意的话就可以去洗澡了。还把床也铺好了。最后，我停了下来，他说："说完了？我们结束了吧？我是不是该放出一只鸽子，看看水退了没有？我们一点钟把她叫醒让她吃药。"他说着弯身轻轻抚摸她的前额。我哭了。

夜里，他睡着了，我躺在那里不能入眠，想着空旷的种植园里你幼时的唯一伙伴，那只恒河猴，你和你父亲给它打扮得像侍者一样，给它戴上领带，教它用托盘端石榴水。直到有一天它咬了你的脖子，现在还留着疤痕。亚美尼亚仆人奉命将其处死，你挖开它的坟墓作墓志铭。从那时起，就剩你孤单一人了。

我想到，你从来没有要求听我童年时代的故事，包括在波兰和这里的故事，我不好意思向你讲起。我父亲，和我的丈夫一样，是当老师的。我们住在一个拥挤的公寓里，房子里非常阴暗，在我的印象中，即使夏天也黑得像山洞。墙上挂着一个棕色的钟。我有一件棕色的外套。从地面楼层飘来烘焙的味道。狭窄的街道用石头砌成，有轨电车沿着它来来回回地跑。夜晚，我父亲的哮喘病不时发作，他不住地咳嗽。我五岁时，得到了去巴勒斯坦的许可。我们连续七年住在奈斯锡安那儿的一间木房里。父亲在一家建筑合作社找了个做粉刷工的工作，但是他从来没有改掉当教师养成的火暴性子，直到从脚手架上掉下来摔死。我妈妈不到一年也死了。她在植树节那天死于一种孩子得的疾病——荨麻疹。拉亥尔被送到她现在住的那个基布兹接受教育，而我则进了一家妇女工作委员会办的学校。后来我在部队当排里的干事。我退伍前五个月，你被派来管这个排。你什么地方抓住了我的心？为回答这个问题，我给你写下我们儿子的十诫，是他的原话，只是顺序有些乱：1）怜惜他们大家。2）多注意一点星星。3）反对痛苦。4）反对找乐。5）反对仇恨。6）坏人也是人，不是屎。7）反对打人。8）反对杀人。9）不要人吃人。用两只手做点事。10）沉住气。

这些有缺陷的词语恰恰与你风马牛不相及。你所流露的冷冰冰的恶毒就像一道蓝色的北极光，让军营里的其他姑娘恨你恨得咬牙切齿，而我却为之倾心。你那冷漠的主宰者的气质。你所流露出的残酷气息。你眼里灰色的光就像你烟斗里喷出的烟雾。对任何反对的迹象你唇枪舌剑。你看到自己散发的恐惧时产生了残忍的喜悦。你像火焰喷射器一样发出蔑视，像灼热的喷气式飞机一样扫向你的朋友、下属、那些一看到你在场就吓坏了的秘书和打字员。我被你吸引了，仿佛陷入了原始女性卑躬屈膝的泥潭不能自拔，那是在语言存在之前的古老奴役，尼安德特人女性的谦恭顺从，其生存本能和对饥饿和寒冷的恐惧使她拜倒在最粗暴的猎人脚下，这个毛茸茸的野蛮人将把她的双手反绑在背后，拖着她这个俘虏去往他的山洞。

我记得噼里啪啦从你嘴角迸发出来的军事语言：否定。肯定。是。垃圾。句号。滚开。

你连嘴都不带张地便发射了这一串连珠炮。总是接近于窃窃私语，仿佛你不是在用词语争吵，而是用声音和脸上的肌肉。你那掠夺成性的血盆大口，偶尔露出下牙齿，做出勉强微笑的苦涩、谦逊的怪相："这里情况怎么样，亲爱的？再没有比花部队里的钱坐在火炉上烤你们的圣殿更舒服的了？"要不就是："要是你脑子里装的是你胸部装的十分之一的话，爱因斯坦本人就会和你们一起注册来上晚自习。"或者："你给我列的存货清单报告就像果馅饼制作食谱。为什么不写一个报告让我知道你在床上是什么样子作为代替。或许你至少擅长点什么？"有时你的受害者会哭鼻子。而你则做出沉思状，像盯着死虫子似的看着她，发出嘘的一声："好吧，给她块糖吃，来人，告诉她，她刚从军事法庭上得到拯救。"接着，你像在弹簧上弹跳一样移动了一下脚跟，黑豹似的溜出了房间。而我呢，为某种盲目的冲动所驱使，有时会惹你发火，尽管有危险，或者也是因为有危险才这么做。比如，我说，"早上好，先生。这是你的咖啡。没准儿你喜欢和它来个小小的肚皮舞？"不然就是："先生，如果你真的想看我裙子下面是什么的话，用不着偷偷摸摸的，就给我下个命令好了，我将给你起草一份库存清单报告，把所有能看到的全写上。"每次说这样的俏皮话，我的代价是到军营里蹲禁闭，不然就是被扣假。有几次你惩罚我的冒犯无礼。有一次竟然让我在禁闭室里待了二十四个小时。第二天——你记住了吗？——你问："你驱除你的冲动了吗，俏妞儿？"我露出挑衅似的微笑回答说："正相反，先生。我正在炽烈地燃烧呢。"你张开了凶恶的血盆大口，好像要咬人，你从牙缝里咆哮着："你是想让我教你在这种情况下应该怎么办吗，俏妞儿？"姑娘们开始窃笑。她们倒背着手笑个不停。我没有笑："我应该等另一个命令来汇报吗？"

直到有一次，冬天的一个雨夜，你让我搭车进城。雷雨伴着吉普车沿着海边公路行驶，暴雨席卷着一切，不住地击打着我们，你让我遭受你冷冰冰的沉默的熬煎。我们行驶了半个多小时，没说一句话，我们的眼睛好像催眠似的盯着汽车自动雨刷器有节奏地抹去汹涌的雨水。有一次，吉普车打了个滑，在路上划了一条弧线，你没说一句话，将方向盘恢复了正常。又行驶了二三十公里后你突然说："怎么回事？你突然成了哑巴？"这是我头一次想象自己听出了你声音里含着犹豫，我充满了孩子似的喜悦。"否，先生。我只是想你正在脑子里酝酿征服巴格达的计划，我不想打扰你。"

"征服，没错，还有就是怎么征服！但怎么突然成了征服巴格达？巴格达是你的乳名吗？"

"阿里克斯，要是我们讨论征服的问题，你告诉我姑娘们说的话是不是真的？你是不是有点问题？"

你没注意我胆敢叫你小名。你那样子像是要往我脸上打一拳似的，转过头来嘘了一声："什么问题？"

"你眼睛最好看着路。我不想和你一起死掉。排里不是风传说你在对待女孩子上有毛病吗？你从来也没有一个女朋友吗？要么就是你和你的坦克结婚了？"

"那不是问题，"——你在黑暗中咯咯笑着，"那是答案。"

"那么你可能有兴趣知道，姑娘们认为对你的解决方案是我们的难题。我们应该做的就是牺牲我们当中的一个人和你交往，她愿意为其他人牺牲自己。"

吉普车柔和昏暗的灯光仿佛穿透了雨幕，你的脚踩在油门上，就着灯光，我仿佛感到你脸上一片苍白。"这是怎么了？"你问，没能在我面前成功地掩饰住你声音的颤抖。"怎么回事，开长官性生活的研讨会？"

那时，我们从北方进入特拉维夫的第一个十字路口，你突然沮丧地问我："告诉我，布兰德斯泰塔，你……真的恨我吗？"

我没有回答，让你过了十字路口后把吉普车停下来，把它开到路旁。我还是没有说话，把你的头拉到我的嘴唇边。我在想象中已这样做了有上千遍。接着，我含有敌意地放声大笑，说我看你真的得从零起步。因为你显然从来就不会亲吻。让你裁决谁是靶子，谁是扳机的时刻来到了。如果你下个命令，我会对你进行强化训练。

我确实发现你是个童男子。笨拙。呆板。说我的名字时你甚至会结巴。我脱掉衣服时，你避开目光。至少过了六个星期，你才让我开着灯观看你的裸体：苗条，年轻，你的军装仿佛是你肉身的一部分。你既强壮又胆怯，我的抚摩就像在给你挠痒痒，令你发抖。每当我的手在你后背上来回蠕动的话，你脖子后面的毛都要竖起。每当我触及你的雄性标志时，你仿佛像遭电击一样。有时在快乐的高潮时分，我放声大笑，你立即退缩回去。

还有在我们最初的夜晚你那不顾一切的、野蛮的渴望，你那势不可挡的欲望，不能止息，而是在得到满足后又重新点燃。伴随着一声厉声吼叫你达到了高潮，就像某人被枪林弹雨

179

击中。我也开始眩晕。我也不能自已。

每天早晨喝咖啡时，一看见你那挺拔的身姿，穿着一丝不苟熨过的军服，我的腰便会发软。如果眼睛碰巧看见了我尽力不去看的那个地方，看见你裤子拉链与军用皮带扣眼会合的那地方，我的奶头便会发胀。我们的秘密持续了两个星期。秘书和打字员当中便爆发了令人惊讶的闲言碎语。

我们的夜晚渐渐地充实起来。我从内心深处对在你面前所进行的这些实践感到欢喜。你是个求知欲很强的学生，我是个热情的老师。几乎直到破晓，我们像一对吸血鬼一样在互相吮吸。我们的后背布满了抓痕，双肩上是一个个爱的牙印。早晨，我们因为缺乏睡眠眼睛红红的，像一直在哭。在我的小房间里，夜晚，在欲望浪潮的间隙，你经常用浑厚的低音给我讲述罗马帝国。讲哈丁角上的战役。讲三十年战争。讲克劳塞维茨、封·谢里芬、戴高乐。讲你为以色列军队下的定义"形态学的荒诞"。我一点也听不懂，但我发现你变戏法似的在我床上所呈现的部队运行、军号、军旗、罗马人临死前的号叫，奇怪地吸引了我。有时，你话说一半，我便爬到你身上，哼哼着打断你的演说。

接着，你便停止了演说，同意和我一起去看演出。在星期五下午和我一起去咖啡馆。甚至去游泳。我和你一起出去到遥远的加利利谷地度过漫长的周末。我们睡在你的德国睡袋里。你的机枪扳起扳机，处于待用状态，一直放在你的脑袋旁边。我们的身体让自己也感到震惊。词语几乎不存在了。如果我问自己出了什么事情，你对我意味着什么，我们会怎么样时，我找不到答案的影子，只有我炽烈的渴望。

直到有一天，我的义务服役期已满，吉普车与闪电之夜过去大概有五六个月之久，刚好在吉代拉加油站附近的一个小破饭馆，你突然对我说："我们认真谈一谈。"

"谈库图佐夫？谈蒙泰卡西诺战役？"

"不。谈我们自己。"

"但主题是谈战场的优势？"

"主题是谈改变主题。认真点，布兰德斯泰塔。"

"是的，先生。"我说，似乎是在开玩笑；突然，我迟迟地注意到你眼睛里蒙着一层苦恼，便说："出什么事了，阿里克斯？"

你没有说话。良久地注视着廉价的盐瓶。后来，你没有看我，说你认为自己并不是个容易相处的人。或许我想做出回应，可是你把你的手放在我的手上说："让我把话说完，伊兰娜，不要插嘴。这让我觉得困难。"我没有说话。你又陷入了沉默。沉默之后，你说你"一直过着离群索居的生活，这是从语言的内在意义而说的"。你问我是否理解。问我在"这样一个……呆板的人"身上能够发现什么。没等我回答，你急急忙忙地接着说，有点结巴："你是我唯一的朋友。不论男女。我第一个朋友。你也是……我给你倒些啤酒好吗？要是我……说点什么，你介意吗？"你把我的啤酒倒光，心不在焉地独自喝了起来，你对我说你不打算结婚。"一个家——你知道我不知该怎么去处理。你热吗？你觉得我们该走了吗？"你梦想当战略家。或者是当军事理论家之类的人。不穿军装。离开部队，回到耶路撒冷的大学，完成第二和第三学位。"实际上除了你，布兰德斯泰塔。也就是说……到你强奸我以前……姑娘们并不完全是我的领地。什么都没做过。即使我已经是个二十八岁的大男孩。什么也没做过。也就是……除了……性冲动。这确实给了我许多烦恼。但除了冲动……没有一件事。我没有……交朋友。也没有研究过浪漫。实际上，我连男朋友也没有。别误会。在知识界，或者职业范围内，我有某种……圈子。多多少少。一群志趣相投的人。可是至于情感还有诸如此类的东西……总是让我觉得有压力。我问自己怎么该开始对陌生人产生感情。或者是对陌生的女人产生感情。直到我……遇见了你。直到你和我交往。实际上连和你在一起的时候我都觉得有种压力。不过，我们当中有些什么，对不对？我说不上来。或许我们……是同一类人。"

接着，你又开始说自己的计划：到1964年之前完成你的博士论文，而后专攻理论。搞战争研究。或者搞某些比较一般性的东西，研究历史上的暴力。指各个历史时期。寻求一些共同点。或许可以得出某些个人结论似的东西。也就是说，个人就解决哲学基本问题所做出的结论。你又继续说了一会儿，突然你对侍者嚷嚷说这里有一群苍蝇，你开始打苍蝇，你闭上了嘴巴。你问我的"反应"。

我和你第一次用了"爱"这个字。我对你说，我多多少少爱的正是你的忧郁。你在我心里搅起了一种情感野心。你和我，我们两个人，也许真的属于同类。我想和你生个孩子。你是个令人着迷的人。要是你想娶我，我会嫁给你的。

就是在那天夜里，我们在吉代拉的加油站谈过话后，男子气概令你躺在了我的床上。你陷于惶恐与极度的耻辱中，我从来没有见过你这个样子，以前没有，以后也没有。你的焦虑与不好意思不断增长，当我用手摸到你的器官时，它缩了回去，缩到了壳子里，像小孩子的一样。而我，几乎要流下幸福的眼泪，我用我的吻覆盖了你的身体，整个夜晚将你漂亮的平头搂在怀里，我甚至连你的眼角都吻到了，因为那个夜晚你对我如此宝贵，好像是我赋予了你生命。接着我们合而为一。我们融为一体。

几星期以后，你带我去见你的父亲。

到了秋天我们已经结婚了。

现在你该这样对我说：我为什么向你写下这漫长的已经忘却很久的事件？去挠旧伤疤？什么也不为地去再次打开我们的伤口？去破译一个黑匣子？整个再把你伤害一遍？去撩起你的思念？或许这也是再次设计将你捕入我的网中？

我承认所有六项罪名。我知道不会出现情有可原的情况。也许一种情况除外：我爱你，不是任凭你残酷，我爱的是龙。在那些安息日的晚上，我们招待五六对耶路撒冷夫妇：身居要职的军官、聪明年轻的大学讲师、大有前途的政治家。你常常在晚上开始的时候端上饮料，和一些女同事说俏皮话，蜷缩在角落里你书架阴影下的一把扶手椅里。你流露出压抑着的讽刺表情听大家讨论政治，但是不参与。讨论热烈起来后，你的嘴角便浮现出隐隐约约像狼似的龇牙咧嘴的笑。你悄悄地把杯子一个个斟满，回去集中精力装你的烟斗。讨论达到高峰后，他们将对方驳得体无完肤，吵得面红耳赤，你会以芭蕾舞演员的那种准确性选择时机，温柔地插了一句："等等。对不起。我没听清楚。"吵嚷声会立即停下来，所有的目光都集中到你身上。你吊儿郎当地拖长了每一个音节，说："你们都让我有点听不明白了。我要问个基本的问题。"接着你会缄默无言。你会集中精力装一阵子烟斗，好像屋子里只剩下你一个人，而后，透过浓浓的烟雾，你会向你的客人们发射一组喀秋莎火箭炮。要求给他们随意使用的术语下定义。用冰冷的凿子将某种潜在的矛盾暴露出来。用几句话便勾画出一些聪明而具有逻辑性的大体轮廓，像描绘几何图形。引导了对屋子里某位名士的一个强有力的辩驳，对最默默无闻的出席者的观点表示理解，令我们大家非常震惊。建立紧凑的论证，用防御性的攻击手段对它加以强化，以抵御任何可能出现的反驳。结论令大家目瞪口呆，指出你证明过程中一个可能出现的弱点，它无疑逃过了大家的眼睛。沉默降临到了房间，你转过头来对我说："女士，这些好人太腼腆，不告诉你他们想喝咖啡。"接着，又开始摆弄你的烟斗，似乎在说休息已经结束，该重新开始办正经严肃的事情了。我让你彬彬有礼的无情吸引住了。最后两个客人走后，刚关上门，我便猛地将你干净平整的漂亮衬衣从灯芯绒裤子里抽出来，将手指插进你的胸前，伸向你胸口的毛。只有到了第二天我才整理洗刷餐具。

有时，你凌晨一点军事演习归来，从旅级野战演习归来，从夜间监视驾驶新坦克的行动中归来（你们那时击中什么人了吗？英国百夫长？美国巴顿？），眼睛红红的，一身沙漠风尘，脸上的胡子里沾满尘土，头发里、脚掌上全是沙砾，带咸味的汗水将衬衣粘在后背上，像夜贼进了保险箱那样活跃而有生气。你会把我叫醒，要吃些晚饭，洗澡不关浴室的门，出来时身上滴着水，因为你憎恨把自己身子擦干。你穿着汗背心和运动短裤坐在桌子旁边，你吞下面包、沙拉和我一并为你准备的放了两个鸡蛋的蛋饼。你毫无睡意，将维瓦尔迪或阿尔比诺尼的唱片放到留声机上。你给自己倒一些白兰地或者威士忌，让我穿着睡衣坐在扶手椅里，你坐在对面的椅子里，把光着的脚放到咖啡桌上，带着某种压抑着的可笑狂暴开始给我讲课：诽谤你愚蠢的指挥官们，将"帕尔马赫乌合之众的心态"说得一文不值，勾勒二十世纪末战争戏剧的特点，自言自语地说武装冲突的"普遍共有特征"，等等。你会突然间改变话题，告诉我说有个小女兵那天傍晚想勾引你。挺想知道我会不会嫉妒。开着玩笑询问要是你任人诱惑"来个将计就计"我该怎么办。随便似的盘问在你之前我所拥有的男人。要求我"给他们打分，从一到十"。询问是否有陌生人恰巧打动我的心。让我给你的长官、战友、星期五晚上的客人、水管工、蔬菜水果零售商、邮递员等来一个"刺激评级"。最后凌晨三点钟，我们爬上床，或者是一头倒在毯子上，放射出火花，我把手放在你的嘴唇上免得邻居们听到你的吼叫，你把手放在我嘴上不让我发出尖叫。

我四肢松松垮垮，沉浸在快感当中，头痛，目眩，筋疲力尽，我要睡到第二天下午一两点钟。在睡眠中，我听见你的闹钟六点半响了。你起床、刮脸，再洗一个澡，这次是用冷水。即使在冬天也是如此。你会穿上我为你浆熨过的干净制服。狼吞虎咽地吃下一些面包和沙丁鱼。站在那里便将咖啡一饮而尽。接着，砰的一声把门关上。两级两级地跳下台阶。传来吉普车的启动声。游戏于是开始。我们床上出现了第三个人的影子。我们幻想某位男人赢得了我的青睐。你扮演他。有时你扮演你们两人，你和那个陌生人。我的角色是把我自己轮流或同时献给你们。怪客阴影的出现带着某种灼热混乱的震颤刺穿我们，从我的腹腔和你的胸膛攫出尖叫、誓言、恳求、痉挛以及除去生孩子从未遭遇过的感受。也许在死亡时会体验这种感受。

布阿兹两岁那年，我们的地狱之火已经燃起了黑色的火焰。我们的爱中充满了仇恨。它毁灭了一切，但形式上还是爱。在那个白雪纷飞的1月晚上，当你暴躁不安地从大学图书馆回到家里，发现浴室的凳子上有个打火机，你陷于疯狂的大笑之中。你狂笑吼叫，像打着饱嗝，你用拳头打我，刨根问底，让我供出一切，连丝毫的细节和颤抖也不会放过，你没脱我的衣服，站在那里就把我奸污了，好像在用刀子戳我。在这过程中乃至以后，你还是一个劲儿地盘问我，你又一次把我按倒在餐桌上，用牙齿咬进我的肩膀，用手背捆我，像在惩罚一匹难以驾驭的烈马。于是我们的生活开始亮起了磷火。不管我顺从与否，不管我显出病恹恹的渴望，还是显得十分冷漠，不管我描述我以前做了些什么，还是固执地保持沉默，你依旧疯狂地发怒。你会连续几天几夜不回家，将你自己囚禁在你在俄国大院附近租下的那套房子里，攻你的博士学位，如风暴席卷敌人工事，没有预先通知，你通常在早晨八点和下午三点来访问我，把布阿兹锁在自己的房间里，对我进行刑讯逼供，用你欲望的洪流弄得我筋疲力尽。接着，便是用安眠药和煤气自杀。你和扎克海姆联手，你同你父亲斗，为耶非诺夫那可诅咒的房子、我们的热带地狱斗。一条条脏毛巾。穿着臭袜子满口脏话龇牙咧嘴的男人。散发着大蒜、萝卜、烤肉串的腐臭。喝完可乐或啤酒后打着饱嗝。让廉价的烟卷呛得透不过气。淫荡男人身上黏糊糊的汗酸。他们的裤子垂到脚脖子，毫不费劲地脱掉衬衫；有的甚至懒得连鞋子都不脱。他们的涎水流到我的肩膀上，头发里。在我的床单上留下一块块污渍。低声说着猥亵的话，嘶哑地发出淫荡的呻吟。他们说着充满色情的没有任何意义的语言。接着，可笑地寻找他们埋在铺盖里的内衣。一旦情欲满足后，他们的脸上便流露出滑稽的、傲慢自大的神情。心不在焉地打着哈欠。一个劲儿地盯着他们的手表。他们使劲地抱着我，好像他们在我身上正在征服所有的女性。像复仇者。或者好像他们正在给雄性排行榜打分。或者他们正在掐算发动机运作时间。只有很少的几次来个陌生人想听我的身体，创造一支曲子。或者有个年轻人让我在持续的厌恶中感觉到一丝转瞬即逝的悲悯。极度憎恨的浪潮还是拥着你。直到我变得令你和我本人都感到厌倦的时候你同我离了婚。在我放化妆品的抽屉的一角，我保留着你亲笔写的一张纸条。在法院判决我们从此相互之间不再有任何权益的那天扎克海姆将它亲手交给了我。你给我抄了阿尔特曼的四句诗："你是我秃头的悲哀／我年迈脚爪的愁思／你会在你墙壁的灰泥中／在夜晚你地板嘎吱嘎吱的声响中听到我的声音。"

你在法庭上写了这些话，让扎克海姆交给了我。你没有加上你自己的任何一个字。整整七年。为什么你现在像幽灵一样来到我新生活的窗前？回到你自己的狩猎场去吧。乘着你的黑白太空船到寒星当中去吧。走吧，不要再回来。即使在梦里也不要回来。即使在我身体的渴望中也不要再回来。即使在墙壁的灰泥、地板的嘎吱嘎吱声响中也不要回来。远离木雕和黑色的兜帽。为什么不穿过白雪封冻的原野，敲开第一家茅舍的屋门，索要光和温暖？娶你那位戴眼镜的女秘书。或者娶任何你的爱慕者。找个妻子安家。确定在冬天里真的有壁炉里的火。有个小花园。玫瑰花。鸽子房。或许你会再有另外一个儿子，晚上你下班回家后，可以坐下来和他一起坐在你黑色的写字台旁边。从《地理学杂志》上给他剪图片，抚摩他的头发，用口香糖将它弄得一塌糊涂。你妻子会把她的手放在你疲倦的额头上。晚上给你按摩脖子上的肌肉，写作与孤独使得你脖子上的肌肉僵硬。你可以放上一张唱片。不是维瓦尔迪，不是阿尔比诺尼——也许是某种满含哀愁的音乐。外面暴风雨大作。水流进了水沟。隔壁的房间里飘来爽身粉和香波的气息，那是孩子在就寝时间的气味。你们两个躺在床上，倾听风怒吼着吹过紧闭的窗子。每人读一本书。不然就是你悄悄对她说话，讲拿破仑战争。不久灯灭了，她的手指开始抚摩你胸口上的毛。你会闭上眼睛。接着我也会来，像飒飒的风儿般落在你们中间。在黑暗中，你和我会一起悄无声息地大笑。我的魔鬼，我的瓶子。

现在已经快到早晨六点钟了。我给你写了整整一夜的信。我要洗个澡，换件衣服，给我的小女儿和丈夫做饭。世界上有幸福可言，阿里克，痛苦不是幸福的对立面，这是一条充满荆棘的道路，我们沿着它匍匐向前，来到沐浴在优美月色银光下的明澈森林，它在向我们发出呼喊，等待我们。别忘了。

伊兰娜

1976 年 8 月 15 日

（电报）

芝加哥中西大学吉代恩

在法律上提醒你注意阿里克斯。布阿兹尚未成年。由他母亲监护。你的行动可解释为绑架。索莫正在考虑对你进行犯罪诉讼。若你答应卖祖产或许他会重新考虑。建议你让步。扎克海姆。

·

（电报）

芝加哥中西大学吉代恩

我同事正在多方施加压力。情况微妙。请三思。罗伯托·迪·莫迪那。

（电报）

罗伯托·迪·莫迪那本人

倘若你想要个不恰当的解脱，以我的名义给索莫家和扎克海姆另外五万。作为回报，让布阿兹平静生活。阿里克斯。

（电报）

芝加哥中西大学吉代恩

让我卖掉祖产。并保证布阿兹留下。如果你拒绝，他可能会进监狱。不要忘记他已经得到了缓刑处理。罗伯托正在离开你。不要愚弄人。接受帮助。不要拒绝你唯一的朋友。其他的人只是在等着你死要你的遗产。不要发疯。运用一下你有名的脑子。要是我死于溃疡是你的错。曼弗雷德。

（电报）

以色列耶路撒冷扎克海姆本人

原谅你。条件是别再唠叨。不卖宰克龙祖产，授权你将麦格代尔的房子和土地卖给你的客户。要是再耍什么狡猾伎俩，则让你无法喘气。最后一次警告。阿里克斯。

（电报）

芝加哥中西大学吉代恩

我已经将你的卷宗全部还给我的合伙人。没有感觉不好。罗伯托·迪·莫迪那。

（电报）

芝加哥中西大学吉代恩

一切均已安排。布阿兹由我呵护。我正在给索莫好处。但控制严格。保重身体。曼弗雷德。

（电报）

耶路撒冷塔纳兹大街7号索莫

决定改变遗嘱。你可以得到四分之一遗产。其余归布阿兹。条件是同意将布阿兹的法律监护权交给我。直到他成年。请尽快答复。亚历山大·吉代恩。

（电报）

芝加哥中西大学吉代恩先生

尽管对阁下尊敬之至，但布阿兹先生不是减价商品。他母亲对他负责。我对她负责。如果你希望他康乐。也希望为你可怕的罪愆做出补偿。请捐款给我们去收复土地，把孩子还给我们监护。米晒勒·索莫。

（电报）

芝加哥中西大学吉代恩

已经将麦格代尔的房子卖给索莫，他代表资助人、巴黎百万富翁宗教狂热者同法国修士交换西岸的土地。我女婿也经营此事。他们建议将你的现款与他们一起投资在占领区购买土地。未来就在那里。你应该学学你父亲在他辉煌岁月中的所为。等待指示。曼弗雷德。

耶路撒冷塔纳兹大街7号

伊兰娜·索莫

亲爱的伊兰娜：

你的来信让我感到伤心，它伤害了我。谁没有梦想飞翔的时候，飞得远远的，让远方的火焰炙烤？你没有理由取笑我：我并没有发明在火与灰之间的固定选择——我有我自己封闭的圆周。也许我要和你说件事。大约半年前，轮到我打扫俱乐部。那是一个早晨，下着雨，一个我不认识的小伙子，是从冰岛或者是芬兰来的志愿者，他戴着眼镜，皮肤黝黑，头发湿湿的，他陷入沉思，四周一片香烟烟雾，独自一个人坐在角落里写一封航空信。除了"早晨好"和"对不起"，我们什么话也没说。完全是一片沉默，灰蒙蒙的雨水打着窗棂。我洗洗涮涮，把地板擦干，甚至擦到了他的脚下，将他的烟灰缸倒空后擦干净，又给他拿回来，他立即朝我微笑，含着忧愁、讥讽和怜悯，仿佛他了解整个事实。要是他说句，坐下吧，要是他挥挥手，我是不会停下来的。我会把一切全部忘记。但我忘不了。在任何方面都隐藏着可笑的人、可笑的事，隐藏着微小的屈辱、自责、对腋下狐臭感到不安、害怕扣子出问题、尴尬、拉链、湿地板、纽扣、胸罩带、晨光、敞开的门、寒冷、送洗衣机房的窗帘、氯气的味道、羞愧。就像要塞的一堵墙。这件事除你之外我没有告诉任何人，实际上连你也没有告诉，实际上没什么可说的。尤阿什出去到格兰高地服后备役，九点四十五分我得带伊夫塔去看牙医。除去意识到痛苦之外什么事都没有：像要塞的一堵墙。像无法收回的失落。那天晚上，我把阳台上的家具漆白，等尤阿什回来的时候给他一个惊喜。我给孩子们做了些自制巧克力冰激凌。晚上，我不停地熨衣服，一直干到广播结束收音机里没有台了，打更人从我敞开的窗子前走过时笑着说，天晚了，拉亥尔。没什么可说的，伊兰娜。伊法特上托儿所时，到你的书店里工作半天。报名参加函授课。给自己买些新衣服，别再穿那条棕色裙子了，我从你的来信中看出你确实恨它。要是你愿意就叫我刺猬好了。要是你不愿意回复我就别回复我好了。尤阿什晚上在牛棚里干活，我累了，洗碗槽里放满了脏餐具。就写到这里吧。

你的姐姐　拉亥尔

1976 年 8 月 17 日于白特阿弗拉罕姆

我给你写信确实还有另外一个原因：想告诉你尤阿什昨天到宰克龙待了几个小时；帮助修理出逃路线上的铁丝网，做了一些农业指导，得到的印象是布阿兹在他自己新建立的社区内干得挺不错的。下次我们要先订一部车带孩子一起去。你、米晒勒和伊法特没有理由不常去看看他。

亚·阿·吉代恩教授在小卡片上做的笔记：

258. 所有这些人，都以自己的方式从破坏家庭制度开始。柏拉图。耶稣。早期共产主义者。纳粹分子。军国主义者，以及激进的和平主义者。禁欲主义者以及纵欲派人士（古典的与现代的）。第一步是救赎：消灭家庭。切断人与人之间所有的亲密关系，支持完全融入"革命家庭"。

261. 自我——痛苦的焦点。救赎——自我的湮灭。完全融入大众之中。

266. 犯罪——负疚感——需要宽恕——为一种理想献身——更多的负疚——在追求理想过程中的另一种犯罪——更需要宽恕——加倍黏附于理想——等等。恶性循环。

270. 于是，突然或者渐渐地，生活被磨损、摧毁、变得空虚。尊重取代了友谊。自我否定取代了尊敬。服从取代了参与。隶属取代了兄弟关系。热情取代了情感。大喊大叫与窃窃私语取代了演说。猜疑取代了怀疑。痛苦取代了欢乐。压抑取代了渴望。苦行取代了冥想。背叛取代了别离。子弹取代了争论。屠杀取代了纠纷。死亡取代了变化。清洗斗争取代了死亡。"不朽"取代了人生。

283. "任凭死人埋葬他们的死人。"①——活人将埋葬活人。

284. "用刀杀人的必被刀杀。"——直到弥赛亚手持旋转的燃烧着的刀到来。

285. "要爱邻舍如同自己。"②——立即去做，不然我们将让你中弹。

286. "要爱邻舍如同自己。"——但你已经遭到自我憎恨的

---

① 《新约·马太福音》第 8 章 22 节。
② 《新约·路加福音》第 10 章 27 节。

侵蚀，这一圣训本身便负载了致命的讽刺意义。

288. 复活？什么是许诺给我们的复活？总是没有肉体。

290. 至于你的灵魂，将与其他人的灵魂完全结合在一起。被舒缓地吸收进公共宝库。"聚集到民族的怀抱中。"或者是到已故祖先的心中。或者是到种族的大锅中。或者是到运动的珠宝库中。它在那里将成为新的、净化的铸造原料。阿那克西曼德的"无限"①。犹太人的"生命束缚"。基督教徒的大熔炉。培尔·金特②的铸纽扣的人。

291. 肉体呢？不过是短暂的令人讨厌的东西。装满泛着恶臭幽默的容器。忧郁与感染之源。我们得背负的十字架。我们得经历的审判。我们注定要遭受的惩罚，在"完美的世界里"便会得到解脱。在过去的抽象纯洁与未来的抽象光辉之间插入的一块现在浊物。

292. 剥掉肉体的外衣：灭绝肉体。无论是逐渐通过自我苦行，还是在某种迫近救助的神龛中的一次性救赎。

293. 因此："都是出于尘土，也都归于尘土。"③

---

① 原文为希腊文。
② 培尔·金特，易卜生同名剧本的主人公。
③《圣经·传道书》第3章20节。

294. 因此："Viva la muerte"意思是"死亡万岁"。

295. 帕斯卡又说："世界上的所有邪恶源于我们不能静静地待在一个房间里。"我们的无聊来了，把我们给毁灭了。

耶路撒冷塔纳兹大街7号
米晒勒·索莫

嗨，米晒勒。我在宰克龙给你写这封信。我不在乎伊兰娜看不看这封信，但是你要先看。我想你肯定生我的气了，认为我是个忘恩"福"义的东西，认为你对我是百分之百的正确，我打乱了你的计划，听美国人的安排到了宰克龙。要是你生我的气，就把这封信扔到垃圾筒里，不要答复，只是别再向我进行布道了。你不是米晒勒上帝，我也不是你的傻瓜。不管怎么样浪费时间告诉别人在生活中做什么不做什么是愚蠢的。这是我的观点。对不起。但不管怎么说这封信并不是要改变你的。我反对改变人。但为什么写这封信呢？是为了伊兰娜。

听我说米晒勒。我觉得伊兰娜正在陷入烦恼。她来看我的时候我看出了这一点。百分之百正常她从来没有过，但现在她的正常也许下降到百分之五十以下了。我建议她和伊法特应该到宰克龙这里来待上一段时间，在菜园子里干些活，从你的传教活动中摆脱几天。你别生气，米晒勒，我知道你是个可爱的好人。唯一的问题是你鬼迷了心窍，要大家都像你一样，和你不一样的人你觉得他们不是人。你认为我是个无赖，认为伊兰娜是个孩子，认为阿拉伯人都是动物。我开始害怕你以后会认为伊法特是橡皮泥做的小姑娘，你可以任意由着自己扭来扭去。接着伊法特百分之九十到最后会出毛病，你百分之九十会埋怨所有的人，只觉得你没有错。你给伊兰娜、我和这个国家所做的好事，米晒勒，并不是特别的好，除非你让大家都按照自己的方式生活。像你送我去的克亚特阿巴，那地方景色挺不错的，什么都有，唯一的问题是对我这样的人不合适，我不信教，不认为国家应该不断地去征服阿拉伯人，把他们的地盘抢过来。我认为，我们应该不去管他们，他们也别来管我们。但我给你写信不为这个。我建议伊兰娜带伊法特来这里住上一阵子，摆脱你的统治，摆脱耶路撒冷的所有疯疯癫癫的东西。我已经给她们准备了一个确实干净漂亮的房间，有家具，什么都有，我让六个人在这里干活，事情进展顺利，扎克海姆先生开始总跟我捣乱，现在好多了，现在他在镇上为我们弄到了使用水电的许可证，用美国人的钱我买了洒水器、植物、工具和小鸡，整个生意已经开始成形，包括房顶上的一台望远镜已经快弄好了。让她带伊法特来吧，她在这里会很舒服的。五星级的。我们每天干活，然后去海里游泳，晚上我们唱唱歌，夜里我替你好好照顾她们。我们这里有个大厨房，要是伊兰娜愿意的话，我不在乎给她们一块地方守合礼。我一点也不反对。自由随意。这里不是克亚特阿巴，谁想做什么就做什么，只要他们努力工作，好好与人相处，别妨碍别人，别布道。

你怎么说，米晒勒？我给你写这封信是因为在你们家里你是老大，你说了算，可要是伊兰娜也看这封信的话，我是不会介意的。现在我要带着感激与尊重来结束此信了，因为该说的说了，该做的做了，你是个不错的人，米晒勒。我必须说我本人从你那里学到了一些东西，不要打人，不要抄筐，即使在开始的时候，各种各样的警察、检察员来这里捣乱制造麻烦，我因为想着米晒勒的话没动任何人。向伊兰娜问好，捏一下伊法特。我在这里要给她弄好秋千、滑梯、沙坑和一切。我也有活让伊兰娜做。这里的一切都很可爱，甚至像个小基布兹，大家都不管别人的事情。要是你给我们捐款的话，也邀请你来，为什么不呢？你可以来。没问题。

布阿兹

充满感激与谢意

宰克龙雅考夫

吉代恩宅

布阿兹·布兰德斯泰塔

亲爱的布阿兹：

你妈妈和我迅速将你的信看了两遍，简直不相信自己的眼睛。我急忙一一作答。首先，我必须告诉你布阿兹，我不生气，因为你是这样一个忘恩负义的东西（你要写"负义"，而不是"福义"，你这个大傻瓜！）但是没足够的地方校正你的拼写和句法错误。然而这事不该我做（像拉比所说）！

我为什么要生你的气呢？要是我劳累伤神生那些错待我的

人的气，或者生那些对我忘恩负义的人的气，我就会把整个人生浪费在黑色狂暴里。布阿兹，人类可分为无耻地从别人那里索取和不计代价给予别人的两类，我一直是，自打从孩提时代开始，我就属于后一类人，我从来不生第一类人的气，也不嫉妒他们，因为那里不幸人们的比例比这里我们这群人的比例要高，其原因在于不计代价的给予会带来骄傲与快乐，而那些习惯于恬不知耻地从别人那里索取的人会遭到天国的惩处，蒙受羞辱与虚空：忧伤与耻辱是结合在一起的。

关于你，我已经竭尽微薄之力，这是为你妈妈，为你，当然也是为天国之故，倘若不是从上苍那里得到如此多的帮助，我还有什么怨言？就像《箴言》中所写的那样："智慧子使父亲愉悦，愚昧子令母亲伤悲。"[①] 你迷人的父亲没有资格愉悦，布阿兹，你可怜的母亲已经为你伤透了心。至于我本人，只有部分满足的份儿。我确实想引导你走一条截然不同的道路，就像古训中所写的那样："心想往哪里走，就被往哪里领。"[②] 所以你现在渴望成为一个农场主或天文学家吗？为什么不？尽你自己最大努力，我们不会为你感到羞愧的。

你来信中的许多方面也深深地打动了我们，首先是你写你对我百分之百满意。你对我做出良好的评价，布阿兹，这点我无法忘记：如你所知，我们的记忆力很好。然而，要真是这样就好了。告诉你，布阿兹，我自己经常在夜里躺在床上痛苦地想到我

---

① 《圣经·箴言》第15章20节。
② 出自《圣经后典》。

可能对你那些年轻人的过失与不当举动起过作用或负有责任（出于无心！），我在这里姑且不说。或许从一开始，从我荣幸地和你亲爱的妈妈结婚那一刻起，我的神圣职责是对你严加管教，而不是在你不听指挥，或者是当你对《托拉》和尘世职责这一对管束表现得满不在乎时，默默地接受。我应该用蝎鞭来折磨你，直到你回到笔直狭窄的道路上。然而我自作自受，我怕自己对你要求严格，你会走掉。我可怜你流泪的母亲就不打你了。也许是我错了，我违心地允许你在一个非常成问题的世俗学校浪费了你的读书时光，在那里，他们甚至连读书写字、遵守戒律、给父母增添光彩上也没有明智地教给你什么。我采取的是容易的办法。我没有向你灌输《托拉》、戒律和善行，对你的愚蠢行为视而不见，基本上是"眼不见，心不烦"。即使你，布阿兹，从来没有从我的脑海里消失过。片刻也没有消失。也许当连续三次去阿尔马力亚督察那里代表你祈求怜悯时我就错了？也许让你用艰难的方式接受教训，倘若不是通过大脑去了解有报答惩罚、有正义与法官之类的事也要从侧面去了解这些，对你来说是一件幸事。不要形成这样一个习惯，认为人生中的一切都是允许的，认为犹太人的人生只包括过得快乐，正像你极端愚蠢地在信中写给我的那样。我后面再谈这一重要方面。今天我得坦白我的罪愆，布阿兹，我怜悯你，由于你小时候从那个邪恶的男人那里遭了很多罪，即使今天我也没有克服自己怜悯你的情感。正如所述，"以法莲是我的爱子吗？是可喜悦的孩子吗？"[①] 这一段话精确地描绘了我对你

---

① 《圣经·耶利米书》第 31 章 20 节。

的情感。或许不符合你最大的兴趣？

但是，似乎由于这种种原因，我的祷文会被听到，他们在天堂关注一点你的脚步。你亲爱的赫赫有名的父亲计划将你引上邪恶的道路，让你离开克亚特阿巴，去往那座废墟，在那里犯下了七大罪行。瞧，上帝插手将他的邪恶计划转化成良好的结果。我满意地强调扎克海姆告诉我的事情，你正和一些年轻的犹太男人和女人履行戒律，收回国土，用自己额头的汗水换来面包。干得非常好，布阿兹：一个里程碑式的进展！在我的印象中你正在按照国家的法律正直地劳动，尽管令我们伤心的是，你显然继续违反一系列源于《圣经》的禁令，顽固地坚持做个精神笨蛋。要是你至少遵守安息日，尤其是多遵守一点正派行为的规则就好了。我不是在以布道的方式写这话，而是像书中所述："朋友加的伤痕，出于忠诚。"[1] 你不要对我发脾气，——就像我在控制自己（很困难！）不像你发脾气一样。好吗，布阿兹？同意了吗？我们还继续做朋友好吗？

我想告诉你关于罪孽的另一件事，乃是我们时代的产物，属于共同伤悲之类的东西：只要国家法律继续比《圣经》中的律法宽松，我们已经清晰听见其脚步的弥赛亚，就必须在门外等候。他不能迈进我们的家门。我们将所有的权利留给比我们聪明的人而不是留给我们自己，与此同时，我将有一点点满足：你只是遵守国家的律法，我们将为此感谢上帝，我们将此视为上帝的恩典。更为特殊的是关于你扔掉菜筐等等：你自己

---

[1]《圣经·箴言》第27章6节。

举动的好坏，布阿兹，将决定你的命运，你自己良好的行动将来会给你带来荣誉，我们将带着深爱与满足予以关注。

我像你这么大的时候，日子过得比较拮据，我不得不努力通过读书的方式来支付生活费用，就像我所有的兄弟姐妹一样。我们的父亲，他有残疾，在地铁里卖票，我们的母亲（上帝宽恕你！）在一家犹太人开的医院里做清洁工。我也做过清洁工：每天晚上五点钟，我一出学校（孩子们在那里还会挨打），通常从下课起工作到十一点。有个看门的，是个罗马尼亚来的犹太人，让我把校服换成工作服，我把工作服装在书包里。接着，我便打扫楼梯。你必须记住，我不是像你那样是个笨重的大英雄，而是一个简直可以被描述成比较矮小瘦弱的三等残废。然而，我性格执拗，甚至有点愤世嫉俗。我不否认。流氓对我产生了青睐，有时他们毒打我。我呢，亲爱的布阿兹，我习惯忍受，并且克制自己，我咬紧牙关忍受，出于羞愧与不好意思，我不告诉家里任何人。"一点问题也没有"，这是我的座右铭。当我做清洁工的事情传到学校，我那些可爱的朋友开始叫我破布袋（相信我，布阿兹，这个词在法语中意思更加糟糕）。后来我找到了另外一份工作，在一家咖啡馆里擦桌子，在那里他们叫我艾哈麦德，因为他们把我看作小个子阿拉伯人。这实际上是我开始戴上无檐便帽的唯一原因。至于形成信仰那是后来的事情。夜晚，我经常在后半夜在马桶座上坐那么一两个小时——原谅我——布阿兹——因为我们六个人住在一间半房子里，只有在那个地方，我才在大家睡熟后打开台灯做作业。我每天在厨房的床垫上只可以睡上五个小时，直到现在，我甚至都没有对你亲爱的妈妈说起我为什么常常不睡觉，躺在那个床垫上又气又恨地抽泣。我对所有人充满了憎恨。我常常梦见自己变得富有，受人尊敬，向人生报仇雪恨。我经常在院子里逗猫，有时在大街上，我经常在夜里给停在那里的车子放气。我是个顽皮的令人不快的孩子。

所以，布阿兹，我的情况可能也将我变成负面的因素，但是有一个安息日，我和同一条街上的两个朋友普罗斯珀和詹尼（你认识这两个人：弗克司夫人和阿尔马力亚督察）一起出去，去参加贝塔青年运动的集会，里面有个来自以色列的使者。相信我，那只不过是共产主义者（别这么想！），或者是更糟糕的东西，天理不容，但是按照上帝的旨意它将是贝塔。从那时起我就变成了一个新人；我再也不哭了，再也不伤害任何人了，甚至连猫也不伤害了。因为，布阿兹，我从那时起便理解了，生活不是让我们来享乐的，而是要将你自己拥有的一些东西奉献给他人，奉献给民族。为什么呢？因为付出将会把你置于一种真正的境界，即使你只有五英尺半高；令你昂着头，即使你只是个破布袋。对那些牢牢把握住它的人来说是一棵生命之树。然而，要是你像给我信中所写的那样只是贪图享乐，那么你就是个可鄙的人，不是一个男子汉，即使你本人像布兰克山一样高大伟岸。你最好让你的整个人生像点犹太人，而不是像那卑鄙龌龊的小人。这是我对自己信念的概括，布阿兹。你不管怎么样也应该理解，无法从脑子里理解就从心里理解，无法在克亚特阿巴理解就在宰克龙雅考夫理解，无法从宗教角度理解就在世俗角度理解，这样还是有机会使你用好习惯战胜坏习惯的，你知道你的坏习惯已经很严重了。悔悟的大门像原先一样敞开着，永远也不会关闭。

既然我谈到了你的坏习惯，就不可能不说你的傲慢自大和莽撞无礼：你怎么这么无理，说你妈妈（天哪！）"不正常"？你的手怎么不发抖啊？怎么，你自己正常吗？你正常吗？你去照照镜子！你这个畜生！在说你妈妈之前请把鞋子脱掉！尽管我猜想你像个阿拉伯人那样打着赤脚在那里走来走去。

另一方面，我意识到你亲爱的父亲现在已经按月给你发工资了。你要注意他所给你的一切都是你的，不是他的，因为七年间他像只渡鸦残酷地对待你和你妈妈，不认你们两个，不给你们财产，否认由于他恶劣地伤害、羞辱你们给你们所造成的损害。他现在送给你的不过是他那里的一个零头，放在桌子上的几个小钱罢了，仅此而已。但我现在并非想挑动儿子和老子对着干，天理不容。我为什么要提钱呢？只是指出来，我亲爱的布阿兹，这一次你不应该再将钱浪费在某种靠不住的消遣上吧，我就不举以前的例子了，而是要把它投资在他丢弃不管的废墟上，并且建立一个农业定居点。因此我说我们在看你的来信时不能相信自己的双眼，即使有拼写错误和说话不当之处，因此我也看出这里适合附上一张两千五百块钱的汇票。于是从现在开始，我会每个月给你点什么，条件是你得信守诺言，开始读书写字，也许少亵渎一下安息日？用简单数字表示的话每年约给你三万块，直至你长大。你用不着接受那个做坏事的人的钱了。这么着行吗，布阿兹？

还有关于信用方面的事情，某种无法类比的事情。你似乎已经开始，然而没有引起痛苦，爱邻舍如同爱自己。我指的是什么呢？指的是你信中那些幼稚的说法。幼稚，但即使这样也还是深为感人。你还不值得让你母亲和妹妹去拜访你——首先你得改善自己、证明自己——然而我们被这一建议感动了。我几乎可以描摹下圣训中的话："这就是我们祈祷盼望的那个男孩。"只有你自己在上帝之光的照耀下仍旧要经过漫漫长路从邪恶走向上帝眼中的健全，直到现在，你只攀登了一两级。那是事实，布阿兹，我并不介意你是否生气，说我飞扬跋扈，是否继续朝我喷出丑陋的谎言，比如，说我将你母亲管得服服帖帖，说我憎恨阿拉伯人，或者说憎恨尚受蒙蔽的犹太人，哪有这样的事。

你疯了吗，布阿兹？我什么时候对你妈妈犯过罪？你说我"统治她"，或者说统治你，指的是什么？我能用链子把一个人拴住吗？我伤害谁了？我朝谁抬起过手？朝谁举过篮子？我让谁遭罪了？在天堂的分户账簿上无疑有几个黑点刻在米海尔·索莫的名下。我不说没有。毕竟我只是个庸庸碌碌之徒，是个普普通通的犹太人。但你说我做过坏事吗？对任何人做过坏事吗？即使小小的坏事做过吗？

你对我不公正，布阿兹。很幸运我并非很容易便被冒犯的那种人，一切都可以宽恕。我要是你，至少得因诽谤我之罪而祈求宽恕。

顺便说一句，布阿兹，相信我，即使对于那些你在信中谴责我诅咒他们的阿拉伯人，我也真诚地希望他们按照自己的习惯和平地生活，允许他们像我们一样迅速地回到自己的土地上。只是我们赤身裸体、两手空空，甚至不体面地离开他们的土地，然而我建议他们带着尊严与财富离开这里，我们不向继承人那样去侵吞他们的财富，一根鞋带也不会要的。我甚至提出给他们出好价钱，来换取他们用刀在我们这里夺取的财富。简单地讲，像我这样的人不会梦想损害犹太人头上的一根毫发，即使他是活生生的最大恶棍。你为什么朝我大喊大叫？接着竟厚着脸皮要我不向你布道，妄自尊大地宣告"改变人是错误的"！真是新鲜事！

你什么意思？人是完美的吗？你自己是完美的吗？即便是选民，就没有什么要改变的吗？没有什么需要纠正的吗？无稽之谈，布阿兹。我们有义务永远互相影响。并肩作战，免得倒在路旁。每个人都是他兄弟的守护者。每个犹太人当然也是！

至于你妈妈和妹妹，大概我们可以到你那里待上一会儿，但条件是你要开始再来耶路撒冷过安息日。你是走掉的人，所以迈出向我们走来的第一步要看你自己的了。几个月以后，我们就要搬到老城犹太区一套宽敞漂亮的房子里，我们将给你准备一个房间，你什么时候来都行。这是一。可她们该来，待在你父亲给你的那座废墟里吗？在那些很可能成为天使的人物中，可我就不知道她们和她们的家庭吗？这是怎么回事？你要从我的魔爪中拯救你的母亲和妹妹吗？我还是原谅你——你的动机是好的。

现在谈你来信中写给我的危险观点——生活中最重要的东西是享受生活。我很震惊；对此我不想隐瞒。显然你是从你聪明的父亲阿里克那里受到这一毒害的，接着又用你疙疙瘩瘩的希伯来文将其公布给我。这一观点，布阿兹，是万恶之源，你最好像躲避瘟疫一样地躲避它。生活中最重要的事是做好事。这确实非常简单。不要让你的父亲和其他与之类似的聪明人士开始哄骗你，使你相信好事是相对的，没有人能够真正区分好与坏，甲方的好是乙方的坏，反之亦然，一切均视时间地点而定，以及诸如此类的诡辩论。我们已经听得够多的了。我们对那种奇异的哲学无能为力，那不过是只开花不结果，就像圣人所说，对那种有毒的花也无能为力。对那种污染无能为力。我告诉你，布阿兹，那个从内心深处不懂得什么是好、什么是坏的人还没有出生呢，包括阿拉伯人和罪人。我们从母亲的子宫里就知道什么是好。从上帝的形象中知道它，我们是按照这个形象被创造出来的。我们非常懂得善待他人为好，而恶待他人为坏。没有更为明智的论辩。整个《托拉》的支柱只有一个。当然，不幸的是有某种专业性的嘲笑者，对诡辩家与无辜者进行愚弄说：拿证据来。那好啊，为什么不呢——有充分的证据。比如说，我从你那里得知你在那里为自己安装了某种望远镜，在夜间凝视群星。好啊，通过仪器好好地观察吧，你的心将开始为造物主的杰出创造唱颂歌，你将亲眼看到证明。在繁星闪烁着的苍穹，布阿兹，在雄踞于我们头顶的七重天上，我们看见了什么？那用超大型字母在天空中刻下的是什么呢？

所以，你现在沉默了吗？确实非常好。假装星星只是光学和天文学领域的东西。愚弄傻子。很好，那么让我来告诉你那里写着什么：秩序！计划！目的！天空上写的是这些东西。每一颗星星都有分配给它的精确运行轨道！而且，那里也写着人生是有目的的。有统治者和指导者，有正义和审判员。我们，像天国的主人，必须时刻注意，按照造物主的意愿行事。星星与昆虫，没有什么区别，创造我们每一个人都有其目的，我们必须依循分配给我们的路径前行。

确实在天空中我们也读到下面的话："当我们思考你的天堂，你手指的杰作，你匆匆忙忙指定的月亮与星星时，什么是你所想到的人，什么是你所召集的人类之子呢？"也就是说，我们非常渺小，你比我高一英尺多也就像蒜皮一样微不足道，但另一方面，天上也写着我们被按照他的形象创造出来，世间万物均按照他的词语创造出来。

如果你用自己的全部心灵倾尽自己所有力量向上望去，你就会用自己的双眼看到那天空确实表明了上帝的荣耀："他让天空蔓延如同帘帐，他赋予灵光宛若穿裹衣裳。"那些用心灵的目光来进行观察的人知道什么能做，什么不能做，什么是人性。即使我们不够聪明绝顶，我们对此也了解得淋漓尽致。自我们从品尝智慧树——《托拉》中的全名叫善恶智慧树上的果子起，就对此了解得淋漓尽致。即使你的父亲也深为了解——更不用说你了，有其父必有其子！所以关注一些繁星，关注一下你自己的意识，这样你将求助于上帝与人所立的约，即使恶行占优势时仍不要偏离方向，不要像流星那样偏离轨道，不要像飘零的落叶。

要是扎克海姆先生还没有告诉你的话，你也许有兴趣从我这里得知我现在已经放弃了教师生涯，几乎夜以继日地从事制订赎回国土的法令，和我一同从事此项事业的有犹太人基金会的同志们，他们致力于我们的复兴活动，有的人，你在耶路撒冷或者克亚特阿巴见过，也有一些新朋友，我们甚至有三个悔改了的罪人，有个人在左翼的世俗基布兹长大，但现在已经完全与那里脱离了关系。你能不带任何任务地来上几天亲眼看看？也许你的犹太火花能够迸发出烈焰？不久，上帝保佑，我将为赎回土地的事情去往巴黎，我回来后我们见面。如果你想和我们一块干，将非常欢迎；我将把你从克亚特阿巴跑掉的事忘得一干二净，不问那么多问题。你能有一份有意思而且重要的工作，比如说做保安。你学一点《托拉》，做做祷告。只是告诉我一声就行，我来给你做些安排：谢谢上帝，我建立了许多新的联系，拥有很多新的可能性。

与此同时，一定得给我写信，即使有错误也没有关系。你我亲如父子。我附上一些拼贴画，是你妹妹做的，她说："送给布阿兹。"我也想说你的来信让你妈妈放声大哭，那不是耻辱的泪，而是释怀的泪。她要在后面写上几行字。我们想念你，我们盼望你永远选择正确的道路。要是需要什么，包括小额的钱款，尽管告诉我们，别不好意思，我们看看该做什么。

你亲爱的米晒勒

5736年阿布月十九（1976年8月15日）

于耶路撒冷

又及：仔细想想，你是否接受支票。要是不接受的话，没有关系——这一次无论如何得接受。要是接受的话，就像我所说，你会按月如数接受前面所提到的钱款。你会考虑考虑吗，布阿兹？会动动你的脑子吗？你妈妈想附上几句话。

亲爱的布阿兹，我没有看米晒勒写了些什么。我看了你写给他的信，因为你说过我可以看的。我觉得你在你祖父住宅里所做的一切都很棒。你比我们大家都强。我和伊法特去你那里不可能不伤害到米晒勒。而且我赤手空拳。我没有什么可奉献的。若是失败了怎么办？布阿兹，我一切都很失败。完完全全地失败。只剩下能够爱，即使是个失败的女人，即使是个不正常的女人。即使这爱是苦涩的。

你不恨我，这让我颇为震惊。要是我有可能，没有这种可能性，给予你一些什么该有多好。至少可以为你织补衣衫，洗涤内衣。你不必答复。如若可能，别轻视我。你比我们任何人都强，都纯洁。好好照顾自己。妈妈。

耶路撒冷塔纳兹大街7号
米晒勒和伊兰娜·索莫

米晒勒、伊兰娜和可爱的伊法特：
我收到你们的来信和钱了。真遗憾你们为我着急，为我的事情大惊小怪。我百分之百没事，没什么可担心的。你的辩论让我头痛，米晒勒，我决定全部放弃了。你信中百分之六十的话我非常同意，从别处引用的那些话除外，百分之三十你所期望我做的东西我一点也不懂，你是个可爱的人，但你和你的宗教和你的政治混在了一起。你到巴黎去上一阵子真的很不错，你应该好好利用一下，自己好好地享受一下，从你的那些拯救中摆脱出来。告诉你，星星不会说话，它们自然也不会布道。它们只是让你的灵魂感到宁静，这是很特别的事。我正跟这里的一个女孩子学习写作，我们在安息日的时候几乎干不了什么，所以我把钱收下了。告诉你，我买了一架喷雾器、一台割草机。要是你可以，请给我们再送些钱过来，因为我们急需买一辆小拖拉机，否则我们就无法继续工作了。伊兰娜，只有你自己知道自己什么地方是对的。不要再哭哭啼啼多愁善感了，真正开始做点实事。我在信封里给伊法特装了一些孔雀的羽毛，因为一个老太太送给我们一只孔雀，它在院子里走来走去的。现在说再见吧，一切顺利。

布阿兹·布

美国新泽西普林斯顿大学暑期项目 / 政治学
亚·阿·吉代恩

我亲爱的阿里克：

要是正赶上你平静下来，结束了雷电交加的阶段，进入情绪明朗期，你最终可以发现这封信挺有意思，可令你思考。倘若与此相反，你正朝曼弗雷德大光其火，往树木与石头上发泄你的一腔怒气，按照你父亲最好的鞑靼传统沉湎于自我怜惜之中，那么我必须让你坐下来耐心地听我致歉。

我不难猜出你现在是怎么来看待我的。事实上我几乎要给你写下所有有悖于我的情况，只是兴致所致。老曼弗雷德将要以"穷人的伊阿古"的身份出现，如你所言（或许"富人的伊阿古"也许更为合适些？），某种海德堡的马基雅弗利，他为你而背叛了你的父亲，为你那具有撩人激情的前妻而背叛了你，为了她和蔼的丈夫而背叛了她，直到最后再次和你背叛索莫而完成了他的恶性循环。扎克海姆·伊阿古正方体。你自己鼻孔中、耳朵里喷出黑烟不足为奇。我没有忘记你小的时候一阵阵发脾气：首先你揪出自己的头发，弄碎你昂贵的玩具，而后把牙齿固定在手背上，直至手背出现一圈血印。就我而言，你可以继续生产这样的血印。或者打开同义词词典，按字母顺序从那里找出你对我所投掷的侮辱。在我身上操练前三代古顿斯基的所有节目，我欣欣然予以相应的回报。我只想请你记住，我亲爱的，至少在你的潜意识里记住，要不是我聪明的脚踏在你错误的刹车上，你很久以前就将被剥得一丝不挂，分文皆无，一无所有，像狗一样被送到最近的济贫院里死去了。

　　而且，阿里克斯，要不是这同一个可怕的曼弗雷德，你父亲的所有财产将会消失在他年老糊涂的手中，十年前就会在死海海水脱盐等项目，或者是给贝都因部落建造意第绪语大学中挥霍一空了。我是那个为你从沙皇魔爪中攫取财产与大部分金钱的人，从布尔什维克觊觎你的那各种各样的税收当局的鼻子底下，将战利品走私到安全可靠的地方。所有我现在提醒你的这些，啊我的最爱，不是为在枪林弹雨中表现得英勇无畏而从你那里赢得一种迟到的赞扬，而是为确立这一事实，作为以我名义担保的依据：我没有背叛你，阿里克斯，尽管你劈头盖脑地对我进行无休止的指摘与侮辱。相反，我一直在谦卑地站在你的身边竭尽全力将你从情感勒索，从邪恶的圈套，尤其是从你自己近来的疯癫中将你拯救。

我为什么要这样做呢？这是个极好的问题。我对此没有答案。至少没有轻而易举的答案。蒙你允许，我在这里提供事实依据，因而我们至少能够就系列事件达成共识。在2月底，犹如晴空一声霹雳，你突然叫我卖掉宰克龙的房产来资助索莫拉比的十字军东征。我承认我看到这是冷却你鲁滨逊般怪异念头的良好时机。我费劲巴拉地搜集整理信息，让你进行重新考虑。我希望机智而灵活地将你从所攀缘的坚果树上哄骗下来。作为回报，你劈头盖脑地对我进行指摘与侮辱，倘若你父亲能记起你是谁、我是谁、他是谁的话，你这样做会让他高兴。至于圣徒般的曼弗雷德，则抹去你吐在他脸上的唾沫，虔诚地照你的指示办事：卖出房产，付钱，一言不发。

我进行此番告白，毫无遗憾：在这方面我允许自己走了捷径。我在重炮袭击之际做出提议，自己决定卖掉你另一处产业去支付保护费，但为你保住了宰克龙。我定是受了先知灵感的影响：你得承认，我以惊人的准确性预见到你下一次的发作。我尚未来得及说"疯狂的古顿斯基"你就改变了主意，死死抱住宰克龙祖产不放，似乎这是你的命根子。拍拍心口想一想，阿里克斯：要是我在2月或者3月就履行你的旨意，把冬宫给卖了，你会扭断我可怜的脖子，或者至少要拔除我残存的头发。

我得到了王侯们的何种酬谢呢，得到了世袭爵位吗？你把我逼到墙角朝我发起攻击。仅此而已。卡普特！不管怎样，我接受了裁定，不再管你的事情。（为辉煌的古顿斯基房产无条件地服务了三十八年之后！）我甚至感觉到一种解脱。但是还没来得及抽完一根烟，你给我发来一封急电说你又改变主意了，恳求得到我的宽恕，多多少少需要我强烈的情感支持。宽宏大量的曼弗雷德又是怎么做的呢？他没有把你连同你异想天开的想法与狂念弃之不顾，而是站起身忙不迭地当天便赶到伦敦。在伦敦，他在你的脚下坐了一天一夜，遭受你集中起来的迫击炮火力的攻击。（"卑鄙的家伙"，在决定将我的头衔提升为拉斯普京之前你这样称呼我。）最后你稍微平静了下来，签署了一系列新命令：突然你要我使"美人"和他的"怪兽"分离，"给绅士购买一切，不管价钱如何"。为什么？没有原因。"国王在他所辖议会里的命令"，仅此而已。

所以呢，在得到一场真正严厉的训斥之后，亲爱的曼弗雷德军拉着他的秃头，夹着尾巴回到了耶路撒冷，开始在幕后操纵。然而，在所有这一切当中，他得到了一种启示。既然要驯悍，干吗不在索莫神圣的嘴头套上一个笼头，用根小绳子将其拴住，这样你父亲的财产，就不会浪费在以色列的土地上建什么东欧居民点或者俄国人社区上了，而是明智地去进行真正的坚实的房地产投资。我的罪状就是这些。记住目前所说的财产是靠扎克海姆的血汗储存起来的，就像它凝聚着沙皇的梦想一样。我同古顿斯基家族几代人无人照管的财产具有一种感伤的联系，这似乎是我的不幸。我投入了我一生中最好的年华来建构这种联系，我从来没有用自己的双手去毁灭这种联系。

1949 年，我在做副军事律师时，有一次我给一个名叫纳吉·桑托斯的士兵做代理，请求减刑，他从基地上拿了一颗手榴弹，声称他花费了一年半的时间用印度钢笔小字将整部《诗篇》写在上面。显然我本人也变成了某种桑托斯。

所以我用衣夹严严实实地封住鼻孔，深深地置身于民众之中。我付出了巨大努力，培养圣人索莫迷恋耶稣会，而不是迷恋神风队，因此溃疡发作。相信我，亲爱的阿里克斯，我认为这是一种难以预测的压力：传教布道如此众多迫使我忍住不没完没了地去管你的账目。

就这样，当你依旧咒骂我、解雇我的时候，拉比拯救了我的灵魂，我试图将索莫的手脚绑在女婿佐哈尔·爱德加身上，使他转向，即使不是一百八十度的大转弯，至少也是九十度，多多少少吧。其结果，眼下你的十万正在按照法令生长增值，不久就会变成二十万。

现在你会问我为什么要管这事？确实我可以只对自己说：瞧，曼弗雷德，要是你那发疯了的伯爵真的喜欢在猪鼻子上挂一个金戒指，就将你的使命平静地搁置一边，让他从房顶上跳下来。在这方面，出现了某种柔情。扎克海姆·伊阿古不可能对三十枚（或者更多）银币不屑一顾，可他出于某种原因不愿将他的主人送去遭受被钉在十字架上的苦难。善良的曼弗雷德也不愿参与剥夺无依无靠的人们。我们是朋友。或者是我这么想的。你七八岁时，是个性情沉闷的怪孩子，给恒河猴造塑像，让它咬镜子中的自己，雕塑者绞尽脑汁来满足你父亲的要求。我们两个一起营造一个一无所有的王国。那始于喧嚣不已的三十年代。那一天会来临的，我渊博的客户，当我终于坐在这里书写我充满深情的回忆录时，你会发现，为了你的父亲，我在堕落的阿拉伯上流社会人士中，在污浊的英国啤酒中，在犹太代办处那些带鼻音的官员说出的布尔什维克词语中，摸爬滚打，等等，目的是狡猾地一亩一亩地，一块一块石头、一镑一镑钱地增加土地与财富，增加你从我这里收到的放在银制托盘上、用礼品纸包好、系有蓝丝带的一切。要么拿取，要么丢弃，我的朋友；想到你将这些全浪费在为占领地的阿拉伯人废墟安装金门柱经卷，将经匣系在被上帝遗弃的阿拉伯山丘，以及诸如此类的盲目崇拜上，我就受不了。相反，就在我的眼皮底下，展开了一幅引人入胜的画面，用索莫来更新我们的岁月，与过去如出一辙，用最便宜的价格在没有白人光顾的地方购买一块块的土地，把我们的马车拴在这头弥赛亚的驴子身上，让他为你料理一切，比我当年为你父亲所做的要多上一倍。这样做是出于防卫，阿里克斯。只剩下一两点没说了。

通过近乎殉道的努力，我让索莫（相对说来）走上了正道和窄路。我把这个黑色的皮格马利翁①变成了一个真正的犹太复国主义房地产商人，并且让佐哈尔去盯他的梢儿。我希望总有一天你会冷静下来，稍微清醒一些，授权我爬上我以你的名义建造的运货马车。我相信，喧哗与骚动过后，你最终会开始像个真正的古顿斯基那样行事。在我的打算里，你的金钱加

---

① 皮格马利翁，希腊神话中的塞浦路斯王，善雕刻，热衷于自己所雕刻的少女像，爱神见其感情真挚，赋予雕像生命，二者遂结为夫妇。

上我的大脑，加上索莫那些穿甲的堂兄弟姐妹，加上佐哈尔的推动力，我们会使我们大家都发迹，从此以后我们会幸福地生活。简言之，引用小摩西的话，总的来说，我是努力想从强悍之中带来些许柔情。就是这些，我的朋友。因此我才同索莫及他的巴黎轴心联系，同图卢兹交往。因此我才请你同意用宰克龙的产业与将来立脚的希伯伦进行交换，宰克龙没给你赚一文钱，只消耗财务税。反过来想，阿里克斯，我们的布尔什维克已经奄奄一息了。索莫、佐哈尔及其同人掌握这个国家的时日已经不远了。接下来，约旦河西岸和西奈的土地将用于城市开发，每一块土地的分量将会用黄金来衡量。相信我，亲爱的，为了这诸多区区小事你父亲会在我过生日时送给我一辆小型的梅赛德斯和一箱子香槟酒。

可你是怎么做的呢，我亲爱的？不是将曼弗雷德的芳名载入圣书，不是每天对将王权与宰相俾斯麦一并馈赠给你的父亲三次致谢，不是送给我梅赛德斯和香槟，而是又一次将我解雇。你在电报里像个醉醺醺的农夫那样对我横加谩骂。而且，你又把你的新的疯狂行为强加于我：将布阿兹从他们那里收买了过来。就像莎士比亚戏剧中所说："我骏马的王国。"（不是驴子的王国，阿里克斯。）你毕竟是应你前妻的请求强迫我这么做的吧？怎么突然跑出来个布阿兹？究竟是为了什么？这是怎么了？

这样说是为了你好。"忠言逆耳利于行"，仅此而已。北方宾亚米纳地区法国化的俄罗斯贵族打碎了水晶高脚酒杯，我们这些仆人不得不谦卑地将碎片捡起来，擦干净地毯上的污渍。

我在履行自己的慈善使命时表现出一种延宕，以防你会重新考虑你不理智的命令，你又一次将我解雇，换上了罗伯托。就像你将你父亲扔进垃圾筒，就像你将伊兰娜和布阿兹一并扔进废料堆，就像现在你已经决定将你自己扔进地狱：像扔掉一堆破袜子。给你服务了三十八年！我，建立了古顿斯基的公爵领地，结果却一无所有！你听说过因纽特人将他们的老人丢到外面雪地里的故事吗？啊，即使这样他们也不会再往他们脸上吐唾沫的。罗伯托！那个写遗嘱的人！那个总管！

那时，你瞧，亲爱的曼弗雷德大叔，是灵魂伟大的李尔王与高老头的显圣，尽管遭受了打击，却依然坚守在岗位上。对解雇之耻辱视而不见。"我就站在这里，我做的仅此而已。"在军事诉讼法庭上，我们遇到这样一个案子：有个士兵拒绝在战场上开迫击炮，可是他自己是签过字要当炮手的。

与此同时，你收买了布阿兹，甩掉了罗伯托，再次求助于我想要重新开始。你知道，我的天才，在这种疯癫中有序可循。你先是伤害（伊兰娜、布阿兹、我，甚至索莫），接着你又道歉，你摇尾乞怜，你抛散钱财与借口，你平息下来开始寻找带有逆转性的赦免。甚至祈求怜悯。这是干什么，是民间基督徒吗？泪水伴随着欢笑？"流泪撒种的，必欢呼收割。"[①] 是凶手，又被束缚住了手脚？

你立即又强迫我去执行一项新任务：以你的名义用你的钱去得到那个重要的孩子，协助他在你父亲那废弃了的土地上建立某种嬉皮士殖民地。（顺便告诉你，那个格列佛即使全然神

---

① 《圣经·诗篇》第 126 篇 5 节。

经错乱，甚至达到了古顿斯基家族的水平，但显然喜欢拥有优裕的物质生活。）曼弗雷德，完全拜倒在你脚下的恋人，又一次咬紧牙关，但是执行了你疯狂的指示。像眼镜蛇循着笛声舞向小贩。他致力于处理宰克龙事务。他提出申辩。他付钱。他行贿。他摆平了地方警察。显然我的某些腺状组织依然秘密地对你怀有感情，不住地担心你的健康状况。要是你允许，我提醒你即便是伟大的莎士比亚本人也不会让哈姆莱特在伤害众人情感的一场戏里，出于无意地去伤害他忠实的霍拉旭。依我愚见，并非我欠你一个解释，而是阁下你至少欠我一个正式的歉意（倘若不是一箱香槟酒的话）。顺便说一句，你还欠我的：我每月按照你的吩咐投放约二百五十美元给你的歌利亚巨人[①]。可你竟鄙夷不屑忘了你在这里没有现金。（你何时才能记得这些琐事呢？）另一方面，现在因我之故，你威廉·退尔的账户上按照麦格迪埃尔-图卢兹协议有了一大笔钱。从崇高的道德盘点下降到平凡的金融泪谷，并非惬意之事，但我还是要请求你不要忘记。不要再向我挥动你那著名的遗嘱，里面含有对我外孙有利的一些条款：老曼弗雷德或许有点上了年纪，但离衰老还远着呢。与此同时他也没有自愿去参加救世军。

或许他毕竟是参加了但没有意识到？并不知道为拯救可怜的亚历山大竟加入持有荣誉勋章的杂牌军。不然的话，该如何解释他竟怪里怪气地忠诚于你和你那一系列怪念头呢？

见你的鬼去吧，阿里克斯。去和索莫联姻吧，将你的前妻

---

① 歌利亚巨人，《圣经》中的一位巨人，被年少时期的大卫王杀死。

当母亲来养，将她的小无赖当成恒河猴，将罗伯托当成你的副官。滚开吧你。我以前需要一遍遍地对你讲述这一切。去将你的裤子捐给为朱迪亚和撒马利亚组织起来的改革派女性色情狂协会吧，将地狱从我可怜的背上搬走吧。

不幸的是，对过去的伤感总是战胜我单纯的理性。对旧日的回忆像手铐一样将我和你绑在一起。你像一颗生了锈的无头钉子穿进了我的灵魂中。我显然也穿进了你体内，但是穿进了装备你的钝齿轮里，而不是穿进了你的灵魂。但愿有朝一日你就着一杯威士忌酒向我解释你是怎样向我施展你的黑色魔术的。你怎样一遍又一遍地将我们大家，包括愚蠢的曼弗雷德大叔玩弄于股掌之间的？1943 年，当我在英国部队里还是个小小的二等少尉时，有一次在半夜被召到昔兰尼加沙漠的司令部，给英国元帅蒙哥马利翻译一些德文文件。为什么在你面前我总是有当时和他在一起时的那种感觉呢？你究竟有什么值得我特别关注的呢？我一遍又一遍咔的一声（象征性地描述）立正，顺从地对你所有的不正常命令与侮辱低声说"是的先生"。是什么样的咒语让你束缚住我们大家，甚至当你在大西洋上空飞翔的时候也束缚着我们呢？

也许是冷酷与无助的神秘组合。

我眼前还在浮现我们上次夜晚在伦敦尼克尔松家中见面时，你懒洋洋地斜倚在沙发上的情景（即使你现在回到了美国，倘若不在锡兰或廷布克图的话）。你那富有贵族气息的容颜坚定地不动声色，向我隐藏起痛苦。你的手指攥着一只茶杯好像你随时会把里面的东西泼在我脸上，不然就是将杯子在我的头上碾碎。你声音清晰而冷酷，说话像在指挥士兵。你时不时地慢慢闭上眼睛，仿佛一座中世纪的城堡在升起吊桥、放下闸门。而我则等着你赏脸再次对我予以关注，我看着你坐在沙发上的呆板后背，看着你毫无表情的苍白面孔，看着那总是镌刻在你嘴唇周围的令人作呕的苦涩表情，有那么一刻，仿佛是从坦克的射击孔中窥探，我可以分辨出那个我记忆中四十年前的孩子：一个长得硕大受到溺爱的孩子，一个颓废的小皇帝，他可以立即用下巴颏懒洋洋地朝他的仆人示意砍掉我的脑袋。就是这样。像夜间一个小小的娱乐活动。因为他对我已经不感兴趣了。

在伦敦时，我眼中的你就是这个样子。我体验到顺从与朦朦胧胧父亲似的悲悯混杂在一起的感觉。肉体上的敬畏夹杂着突然要将手指放在你额头的冲动。像你在孩提时代时那样。

你那古罗马斗士般的躯体，变得瘦骨嶙峋，一副受难王子的表情，灰色的眸子里具有一股力量，你饱受折磨的精神之光，坚忍不拔的意志外包裹了一层冰冷的外壳。或许这就是你脆弱的残酷。你不能防卫自己的暴虐。你给失去玻璃罩的手表赋予了那种幼稚的残忍。你就是这样来迷惑我们大家的。甚至都令我这样的人对你产生一种几近女人气的情感。

即使你勃然大怒，我这次也不会不让自己写下此话，我们在伦敦时你唤起了我心中的某种怜悯之情。仿佛我是一棵老桉树，树皮已经剥落，突然间生出了无花果。连自己也感到吃惊。我为你感到遗憾。为你在生活中的所为感到遗憾，为你现在消极等死的人生态度感到遗憾。的确，你让疾病有所发展，像自己投向自己一枚致命而精密的炮弹（我从内心深处确信你完全可以做出选择，是战胜疾病还是全然向疾病屈服）。现在你会噘起嘴角，干巴巴地朝自己一笑，没准儿自己会记下来，曼弗雷德这个坏蛋又虚伪地在你面前搔首弄姿了。可是曼弗雷德在为你担心。为那个孤独的怪孩子担心，这个怪孩子在四十年前习惯叫他曼弗雷德大叔，爬到他腿上，掏他的口袋，有时会从里面找出一块巧克力或者一块口香糖。我们曾经是朋友。现在我自己也成了怪物。虽然只是狂欢节上的怪物。每天早晨起床刮脸时，从镜子里看到站在我面前的是个又秃又丑、满脸皱纹的色狼，终日拖着丑陋的身子行走，为的是有朝一日将自己的钱施赠予自己心爱的外孙们。你所心爱的是什么，阿里克斯？你在镜子里所窥见的又是什么呢？

我们曾经是朋友。是你教会曼弗雷德大叔怎样骑驴的（这会是夏加尔[1]笔下的一部不朽之作！），而我呢则教给你用手指在墙上投影，制成一场完整的动画片。我是你们家的常客。时不时在你睡觉前给你讲故事。我还记得我们一起用纸牌所做的游戏：名叫“黑熊”。游戏的目的是给大家配对，跳舞的男女主角是一对，男女裁缝是一对，农夫和农妇是一对；只有黑熊没有伴侣。黑熊剩到了谁手里，谁就输了。每一次我都会输，这是毫无例外的。不止一次我都被迫进行复杂的设计，让你确信自己的取胜并非由我的弃权所致，倘若不这样，让你输了，更糟糕的是让你察觉到你的取胜是别人赐予

① 夏加尔（1887—1985），犹太画家，生于俄国，后移居国外。作品多取材于民间传说与《圣经》故事。

的，那么你就会可怕地发怒。你就会开始摔东西，扔东西，痛苦不堪，谴责我欺骗你，将自己的手背咬出血，要么就是陷入阴郁的绝望中，像一只埃及獴一样爬行，藏到楼梯底下漆黑的狭小空间里。

然而，每当我在游戏中输了，你都会按照某种奇怪的公正准则，对我进行过分的补偿。跑到地下室给我拿来一杯凉啤酒。送给我一块大理石，或者是一筐你费尽艰辛在院子里搜集起来的白色蜗牛。你会爬到我腿上，将你父亲的一根雪茄悄悄塞在我的口袋里。有一次在冬天，你溜进壁橱，将我橡胶套鞋上的泥巴擦去。还有一次，你父亲冲我大声咆哮用俄语骂我，你用一块破铁片酿成一起短路事件，让家里在他爆发雷鸣电闪的当口陷于一片漆黑。

四十一岁那年，我自愿参加了英国军队。连续五年在巴勒斯坦、开罗、昔兰尼加和意大利辗转，从意大利又去往德国和奥地利，从奥地利去往海牙，从海牙去往伯明翰。那些年，你一直想着我，阿里克斯：每隔两三个星期，勇敢的曼弗雷德士兵就会收到你寄来的一个邮包。是从你那里，而不是从你父亲那里。有糖果、毛袜子、希伯来文报刊，在来信中为我画出充满想象色彩的武器素描。我每到一个地方，也会给你寄去一张明信片。我收集邮票和银行印制的钞票给你寄去。当我四十六岁回来时，你为我腾出了自己的房间，直到你父亲在耶路撒冷为我租了我的第一套住房。直到现在我的写字台上还摆放着1947年4月拍摄的那张照片：漂亮、忧郁、有点凶相的你像个梦幻中的角斗士扶着我婚礼华盖下的撑竿。七年过去后，罗丝琳达遇害，你和你父亲将小多莉特请到宰克龙住了整整一个夏天。你在一棵松树梢上，用树枝给她造了一个小棚子，还造了个绳梯，将她的心永远拴在了那里。你到耶路撒冷读书后，我把房子的钥匙交给了你。你在袭击北方加利利的一次战斗中后背负了伤，又一次和我们一起住了两个星期。是我帮你准备德文和拉丁文考试。接着便是你那场昙花一现的婚礼，不久你父亲开始将他的财产散发给各种各样的慈善基金会，将支票签发给那些能人，这些人使之相信他们能够代表丢失了的以色列十大部落。直到有天夜里他派他的切尔卡西亚人对邻近的基布兹进行了一场夜袭（指失去了意识），从此我们走到了一起，想出了一条妙计。我们没有忘记，你和我，我代表你打了十一场官司，才保住了财产，将沙皇送进了精神病院。你不可能忘记在你打离婚官司时我为你所做的一切。我简单罗列这些条目是想告诉你，从你是个小娃娃起到现在，到你奠定了国际声誉，你的书被翻译成九国文字，你的曼弗雷德大叔一直把你背在背上。你为多莉特和佐哈尔出了在日本度蜜月的钱，甚至我每个外孙一出世，就给开个账户慷慨地存上一笔钱。这真的只是一笔笔计算好的冷血投资吗？要是你能点拨一下的话我将不胜感激。要是你能以书面形式，至少是在辱骂与伤害的字里行间，确认我在这里所写的一切确有其事，我将不胜感激。不然我将被迫做出结论：我们当中的一个已经老朽产生幻觉了。我们是朋友吗，阿里克斯？你说是还是不是。只是对我们做一个忠实的记录。重要的事情：向我做出指示，我将卖麦格代尔的钱去投资购买伯利恒的草地。注意身体，写信告知我能帮上什么。

　　　　　　　　　　　　曼弗雷德大叔

　　　　　　　　　　　　　管印章的

　　　　　　　　　　　　1976 年 8 月 20 日

（电报）

以色列耶路撒冷扎克海姆本人

　　从我账上扣除你付给布阿兹的工资另付两千作为小费别再
摇尾巴了。阿里克斯。

（电报）

新泽西普林斯顿夏季项目吉代恩

　　我是个十足的傻瓜。你败局已定。我已经取出五千附上详
细账单。罗伯托绝对拒绝再次接管你的事务。要求紧急指示有
关转移文件的事宜。或许在他们给你穿上紧身衣之前你最好主
动地进入精神病院。曼弗雷德。

（电报）

以色列耶路撒冷扎克海姆本人

　　你的辞职不予接受。命你继续管理财产，条件是别再多管
闲事，停止窥探我们大家的生活。你管理事务，不是管理霍乱
病毒。我将继续将你的外孙保留在遗嘱里。鬼知道是为了什
么。阿里克斯。

（电报）

新泽西普林斯顿夏季项目吉代恩

辞职依旧有效。我和你做了永远的了断。再次要求指示转交文件事宜。曼弗雷德·扎克海姆。

（电报）

以色列耶路撒冷扎克海姆本人

曼弗雷德消消气。我去纽约西奈山医院接受为期一周的放射治疗。我的房地产将由我儿子、她女儿和你的外孙们分享。现在不要离开我。倾向于在治疗后回以色列。能否为我安排一家拥有化疗设备的安静的私人诊所。若能留在我身边，则让你自由掌管我的财产。不要太残忍了。阿里克斯。

（电报）

纽约西奈山医院吉代恩

继续昨天我的电话，告知倘若决定前来一切均已安排停当，包括一家出色的私人诊所、一位医生和一个护士。已经指示赞德将索莫一家和布阿兹的事情搁置起来。正在将你的现金投到帐篷桩但未涉及真正的房地产。理解你不想要我告知伊兰娜或布阿兹你的病情。倘若别无指示，多莉特和我将于周末赴纽约看你。承蒙允许。拥抱你。曼弗雷德。

（电报）

以色列耶路撒冷扎克海姆本人

谢谢。请勿前来。没有必要。新遗嘱已经寄出。我会来。或者不来。不要觉得不好。求你们让我休息一下。阿里克斯。

（电报）
巴黎卡斯特里洛加木本饭店索莫

米晒勒不要生气。我和伊法特来到宰克龙。我需要来。望你理解。为了你的缘故我将守安息日吃经过合礼的食物。你不需要缩短行期。布阿兹向你致以深情的问候，要你自己过得愉快。不要担心。爱你。伊兰娜。

（电报）
以色列宰克龙雅考夫附近吉代恩家索莫夫人

伊兰娜，不要待在那里，立即和孩子一起回家或者我请阿尔马力亚用巡逻车将你送回去。我得在这里待上几天处理生死攸关的大事。要是你今天回家我则原谅你宽恕你。我没有对不起你的地方，这样对我不公平。万分伤心的米晒勒。

罗马特哈沙龙来蒙街4号
詹尼·弗科司夫人

亲爱的詹尼：

我给你打了两天电话，今天晚上我亲自来到你们家，发现门窗关得严严实实，还上了锁。我从邻居那里得知，你们参加了旅行团到罗得岛旅行，说凌晨乘以色列航空公司的飞机从雅典返回。由于我得到埃拉特执行公务，所以决定将此信放在门下，但愿你们能够看到。是关于我们的共同朋友米晒勒（索莫）的事。他执行公务去了巴黎（并探望他的父母，他们现在住在马赛他姐姐家附近）。前天回来后，他碰到了非常糟糕的情况，他的妻子擅自做主带着孩子去和同前夫所生的儿子住到了宰克龙雅考夫和宾亚米纳之间一幢年久失修的建筑里。有消息说，可能在米晒勒回来之前的前一天她的前夫（移民到美国的一个学者）也出现那里。她和前夫同居，招致许多流言蜚语，眼下拒绝回家找米晒勒，米晒勒的世界坍塌成一片废墟，可想而知，米晒勒受到了多么大的震撼，我们那些索莫家族的朋友不晓得因这不体面之事遭受了多么大的耻辱。

　　我昨天和米晒勒的哥哥以及另外两个朋友一起去找她谈，可你知道结果怎样？她甚至拒绝和我们见面。我们就这样两手空空地回到了耶路撒冷，又伤心又失望，同索莫全家一起坐到凌晨三点半，想出了这样一个办法：米晒勒提出诉讼，指控她未经米晒勒同意便将女儿带走，近于绑架。

　　令人伤心的是，尽管米晒勒遭受着可怕的精神苦痛，但固执己见，拒绝签署指控他妻子的文件。他说宁愿去死，也不能那么做，还说了某些更厉害的诸如此类的话。我看他完全崩溃了，甚至已经绝望。我这方面没有他正式的指控做事就受到了限制。他哥哥和堂兄弟们正想去那里，采取鲁莽的行动，我甚至不愿意在这里以书面形式提及，我费尽了九牛二虎之力让他们不要这么做。

　　总之，我亲爱的詹尼，鉴于你和布鲁诺同方方面面的关系，也就是说和米晒勒、伊兰娜、伊兰娜的儿子布阿兹的关系都很好，布阿兹在我把他捞出来之后和你们一起住了一段时间，鉴于布鲁诺曾在那个前夫手下服役，从那时就开始认识他，或许值得你们到那里跑一趟同他们谈谈。赶在丑闻随报纸、随诸多不快与耻辱公开传播、给米晒勒和整个索莫家族造成重大打击之前，天理不容。我以家庭和朋友们的名义强烈地请求你们。我们大家将这最后一线希望寄托在你们身上！

要是你们觉得需要我和你们一起做的话（以便衣的身份），我当然准备从埃拉特一回来就和你们一同前往。只打电话让特拉维夫地区总部给阿尔马力亚督察留个话儿，他们就会立刻告诉我。但是，我们还是不要浪费时间，由你二人直接早点赶到那里比较好吧？还有请詹尼立刻给米晒勒打电话，他情绪很糟糕，你跟他谈谈，告诉他不要犯傻，不要听馊主意。非常感谢，希望你们成功，当然致以一如既往的友谊。

阿尔马力亚谨上

8月31日

宰克龙雅考夫吉代恩宅
吉代恩先生

先生：

此信将由专人在安息日仪式开始之前送到你手上，这样我们便给了你大约三十个小时来审视你的内心世界，因为星期天上午九点半我的几个朋友将会到你那里将我的女儿玛德琳·伊法特接回家来，或者彬彬有礼充满敬意，或者采取其他方式，这要依照你的举动而定。至于那个也住在你屋檐下的可怜女人，她必须直面自己的命运。我内心一片茫然，怎么还能凝视她的面庞？按照昨天夜里鲍斯吉拉拉比对我的解说，她的身份需要澄清：按照犹太人律法，确属不被丈夫和情人接纳的女人，得从这两个世界里被驱逐。我眼下的全部愿望就是要回我的女儿玛德琳·伊法特，无论是按照宗教法还是国家立法，你对她没有任何权利、任何责任或要求，因此星期天上午你平和地将其送还比较好，不要迫使我们采取其他方式。警告你，先生。

（签字）米海尔（米晒勒－亨利）·索莫

5736年以禄月初八圣安息日夜（1976年9月3日）

于耶路撒冷

又及：即使让我用性命做赌注，我也无法理解你的行为竟如此可耻！如此残酷！即使在异教徒、在土匪强盗帮里这样的事也闻所未闻！先生，你听说过先知拿单 ① 的故事吗？听说过大卫王和拔士巴 ② 的罪恶吗？也许如今我们的现代教授用不着了解《圣经》里写了些什么吧？

_____

① 拿单，《圣经》中的人物，大卫王和所罗门时期的一位宫廷先知，通过比喻谴责大卫王与乌利亚的妻子拔士巴通奸。

② 拔士巴，《圣经》中的人物，原为乌利亚之妻，后大卫王驱其夫乌利亚战死沙场并娶之为妻，生所罗门。

三天四夜以来，我一直在耶路撒冷的街道上徘徊，脸上挂着守丧者似的胡子，因为我怎么有心思刮脸呢？我边在大街上徘徊边问自己你究竟是犹太人还是亚玛力①人？是按照上帝形象创造出来的人还是，但愿不要这样，某种恶魔？你过去对女人和孩子所犯的罪同你近来的发作相比酷似风吹积雪。即使所多玛和蛾摩拉②人也不会将你收留到他们当中的！你虐待妻子抛弃孩子还不满足，又将魔爪伸向穷人的羊羔，让我也一同流血。

我确实存有疑问，一个像你这样的人，一个已经被证实了的恶棍，为彼勒③精神所渗透的无赖，是否会惧怕上帝，甚至拥有某种惧怕上帝的意识。显然没有。我在耶路撒冷听人们说起过你，说你是阿拉伯人的伟大信徒。按照你的观点，这里显然是以实玛利的土地，是上帝许诺给易卜拉欣（即犹太人的先祖亚伯拉罕）的，木撒（即犹太人所说的摩西）从遥远的地方窥视它，达乌德（犹太人所说的大卫王）统治它，我们犹太人在这里一无所有。在这种情况下你也许会把我当成一个阿拉伯人？也许你至少会用按照对待他们的良好主张来对待我？你会带走阿拉伯人的妻子吗？带走他的女儿吗？带走他的独生女儿吗？要是有人胆敢对阿拉伯人这么做的话，你肯定会给报纸写文章披露此事，组织示威，签请愿书，弄个天翻地覆。可我们则像不法之徒，生命得不到保障。我们已经在赎罪了，吉代

---

① 亚玛力，犹太人出埃及前后生活在迦南南部一带的一游牧部落。
② 所多玛和蛾摩拉，《圣经》中所述因居民罪恶深重而被上帝焚毁的两座古城。
③ 彼勒，《圣经》中魔鬼的别名。

恩先生，你最好能够记住有人会让狂妄自大之徒得到应有的报应，在他面前没有狂笑与轻率之声。或者我生活在错误中？或者，但愿此事不会发生，天国什么都没有。没有审判官、没有正义？也许整个世界就是没有主人的道具？

实际上，我从一开始就怀疑你心怀叵测。从你和那个可怜的女人突然开始进行超乎常规通信的那一刻开始。从你的支票像丰腴的雨水降临到我们这里的那一起。深夜，我让恐惧折磨着，唯恐你正在向我们的脚下撒网要将我们擒拿。这是怎么回事？是你突然洗心革面了？还是撒旦在我们面前跳舞？他为什么向我们抛撒这么多的钱？或许就像《诗篇》中所描述的那样，一切安排停当后他躺在那里等穷人收网时将其抢夺？但我对自己说，也许我有责任经受住考验。没有陷于怀疑中不能自拔。让你在疑虑中获益，将悔罪的大门向你敞开。我的眼睛太纯洁，看不清邪恶，这就是我，没有把这个肮脏的计划扼杀在萌芽中。

我是不是也有罪呢？我因贪财而瞎了眼？

我今天在这里承认，我违背了圣书中"为人不要太善"的话。而今，上帝重重地惩罚了我。给了我一个教训，不要将后背送去鞭挞，不要将另半张脸送上去，这不是犹太教所倡导的方式，而是按照逾越节哈加达所说的去对付恶人。现在我受到了惩罚，而你只是鞭挞我后背的鞭子。五六年来米晒勒·索莫一直高昂着头，五六年来一直以父亲、丈夫和人的身份站在那里，现在要他连本带利地予以偿还，再次一无所有。再次回归尘土，他曾厚颜无耻地在尘土中尝试着崛起。

日落时分，夜幕开始降临之际，我到特拉皮尤特的丛林里站了一会儿。目光停滞在山丘上，看哪里可以帮我。哪里是索莫，哪里是山丘。山丘沉默不语，不肯劳神地晓谕我这样一个古老的话题，恶人到底欢乐到何时？整个世界上的审判官都不公正吗？山丘没有作答，而是将自己裹在黑暗之中。我该去怨谁？鲍斯吉拉拉比指导我满怀爱心地接受这些苦难。提醒我说，前面的问题甚至在数千年前就由比我伟大而优秀的人提出，可一直没有答案。山丘裹在黑暗中，对我不加理睬。我在那里又站了一会儿，奇妙的是风儿竟然劳神地抚摩像我这样的人，令我惊愕不已的是，星星竟然将光洒在并非伟大之士的小人物身上，天凉了下来。接着，我朦朦胧胧地感到索莫非常渺小。他的伤悲仿如影子流逝。不要让他去探讨令其感到过于奇妙的事情吧。因此要是我有那么一刻冥想赎罪的途径，有那么一刻我厌倦了人生，追问死亡，甚至可怕地想到要亲手将你杀死，那么这一刻过后我便感到后悔，决定放弃了。月亮出来了，我的思绪也宁静下来。我的日子如影随形，我本人将像青草一样枯萎。

　　可你呢，先生？你怎么不害怕？你在什么地方眨眼？你的双手沾满了鲜血吗？

　　实际上，你也许是阿拉伯人伟大的辩护者，仇恨以色列，但是你在战争中甚至在阿拉伯人与阿拉伯人之间的战争中让他们血流成河。而我，所谓的沙文主义者和极端主义者，一辈子也没有让人流过血。一滴血也没有让人流过。即使我和我的先人饱尝辱骂、唾弃，乃至更为糟糕的事情，可我们没动过阿拉伯人的一根毫毛。我没给任何犹太人或任何异族人带来伤害与痛苦，我克制着自己一言不发。但情形又怎么样呢？你被视为伟大的人道主义者，富有同情心与宽容意识，而我则被当成残酷的狂热主义者。你为世人所接受，而我则被当成目光短浅、心胸狭隘之徒。你被视为和平阵营的人，而我则被当成邪恶圈子里的吸血鬼。这种诽谤怎么能够猖獗呢？因为你和你的同僚值得称颂，而我和我的朋辈只配默不作声。当然是因为你让阿拉伯人流了这么多血，你成了屠戮者。我们在年轻时代是怎样的崇拜你！从内心深处是怎样的敬重你啊！如此的英雄！如此受人崇拜的豪杰！犹大支派的新雄狮！可是我为什么和你争论，将我所蒙受的屈辱讲给你听呢？你必须在星期天早晨将孩子归还给我，之后，就接受地狱之火的炙烤吧。也许你在阅读整封信时一直在嘲笑我，模仿我的口音，咯咯笑我的心理状态，她会指责你让你停下来，说嘲笑可怜的人不好，可是连她自己也掩饰不住笑容。失去的已经失去了。

大卫王不仅被禁止去建造圣殿，而且上苍提醒说他手上沾满了无辜者的鲜血。但是这一惩罚本身无法慰藉那些流血之人。大卫王时期的索莫们当然不会满足自己所获取的封地。我们是随风飘荡的草芥，是踩在你脚下的门垫。

亲朋好友与熟人前来和我从早坐到晚表达吊慰之情。他们走进陈放着我这具死尸的屋子时低垂着头，紧紧握住我的手，跟我说要坚强，要有勇气。我像个吊丧的，只是心里不情愿为她来揪扯我的衣衫。或许还有怀疑的阴影？我将这种怀疑作为给她的一种恩惠，当然其前提是我将规定她遵守鲍斯吉拉拉比做出的法律裁决。但至于孩子你得在星期天早晨归还给我，一个小时也不能晚，不然你将迫使我采取极端行动。我甚至想拿着一块标语牌站在你的家门外，上面写着："以色列的丑事！"亲戚朋友甚至说出了更为致命的抗议你的方式。也许是上帝止住了我的手。我没有沦落到你那个水平。

我哥哥那位可爱的妻子在我这里陪了我整整一天。她把自己的孩子丢在家里，来陪我度过这伤心的时刻。她给客人送上冰镇苏打水、咸点和黑咖啡，倒空烟灰缸，严厉指责我要我吃东西，我听从她的话就着泪水吃下了面包。那些好人费尽心机要将我的注意力从痛苦的煎熬中转移开去。他们跟我讲政府，讲阿格拉纳特审判长，讲拉宾，讲基辛格和侯赛因。我尽力装出听他们说话的样子。就连扎克海姆先生也来到了此地。他说话得体，提出由他来做中间人。我们干吗需要中间人呢？只是把孩子还给我，而后你要直面自己的命运。那个女人也要直面她的命运。昨天夜里最后一批客人走了以后，我哥哥手上攥着瓶白兰地来到这里，他拥抱我、亲吻我，伤心地说：我们从来就不应该和他们结婚。他们沾染上某些我们既不了解也不知晓的东西，我们需要保持自己的本色，避免同他们接触，免得遭到传染。他这样说过之后，就带上他的妻子走了。我也从家里出来，到大街上溜达。我走上小山，观看落日，追问不应该发问的问题。我得到的唯一答案是飒飒的风声。或许一切都错了？或许伊甸园、大洪水、以撒的献祭、火焰中的荆棘从来就没有出现过，不过是象征隐喻而已？或许伟大的先贤们证明错了，古代的耶路撒冷不在这里，《圣经》中所描绘的以色列土地也不在这里，而是在一个全然不同的地方？在黑暗的山峦之外？这样的错误不能发生吗？科学家们从来不会搞错吗？也许这就是为什么在这个地方没有上帝吧？

月亮从山后升起，我来到家中。我没有和月亮打交道，免得某种本能的东西再次在我身上占了上风，让我对人生感到绝望，或者将先生你给勒死。回到空荡荡的家中，我只给自己倒了一杯我哥哥留下的白兰地，打开电视机，摸黑坐在那里观看行动轻快敏捷的侦探们携带手枪在美国的夏威夷追捕罪犯。我心不在焉：夏威夷能够说明什么是正义吗？在他们跳跃、射击、奔跑追逐中，我站起身离去。他们不会对我有任何好处。让他们自己在黑暗中闪烁跳跃去吧。我来到阳台，看看以色列出了这等丑事后，世界有没有走样，看看月亮是否依旧散发着银光。人行道的行人打此经过，和妻子、孩子们一起回家，我的目光追随着他们的身影：或许我可以找地方洗清我的耻辱？

最后，大街上空无一人，我回到屋里，发现与此同时夏威夷的一切都有了圆满的结局。或许我应该带着孩子住到夏威夷去？

我面对着她挂在挂钩上的围裙坐在厨房，数旁边邻居和楼上邻居家里人的脚步，漫无目的地翻着《诗篇》，以寻求安慰。即使这时读《约伯记》可能会适合我。我为什么如此心高气傲？我为什么娶了个生性高傲的女子为妻？我为什么把目标定得这样宏伟？我目光黯淡地看着经文："愿那寻索我命的，蒙羞受辱；愿那谋害我的退后羞愧。愿他们的道路又暗又滑，因他们无故地为我暗设网罗，无故地挖坑，要害我的性命。你的公义好像高山，你的判断如同深渊"①等等。我心既然已经死去，读这些经文又有什么好处？事已至此无法改变，已经弯曲者无法变直。耻辱属于我自己，不属于那些寻觅我灵魂的人。犹如荒野里的一枝柽柳遭到抛弃。我的人生遍布着黑暗，稍不小心便会滑倒，而你则微笑着看待人生。这是为什么？一个深渊。我对先生你究竟犯了什么罪？如果大卫王到最后得到了些许惩罚，那么赫悌人乌利亚又得到了什么好处呢？甚至在三千年过去后的今天，我们唱颂耶西之子大卫王的赞美诗，而从没有出现过有关乌利亚的哀歌。或许有过哀歌，但是已经被忘却，甚至有关它的记载也已经失传。上帝偏爱亚伯和他的供奉，而对该隐及其供奉则不屑一顾。可对亚伯又有什么好处？亚伯死了，而该隐活了下来，他额头上的印记使其拥有了豁免权，任何东西都无法阻挡他变得富有、出名，享受一切快乐。

我站起身在屋子里来回转悠，我打开柜子，里面有她的衣服。我到盥洗室洗脸，那里有她的化妆品。我从孩子的床前经过，有只小熊在注视着我。那只小熊是你儿子在逾越节过后买来送给我女儿做礼物的。你把她还给我吗，先生？

我为什么要请求你？土地被移交给了邪恶之人。你们是大地之盐，拥有财富与强权，拥有智慧与审判权，我们是你们脚下的尘土。你们是祭司、是利未人，而我们是抽水的。你们是

---

① 此段经文出自《圣经·诗篇》第35—36章，中间有遗漏之处，足见索莫心绪烦乱。

以色列的光荣，而我们却是乌合之众。你们是选民，被奉献给神，成了神子，而我们则是后娘养的。赋予你们显赫的声名、迷人的魅力以及堂堂的仪表——整个世界为你们惊愕不已——而赋予我们的则是卑微的精神、猥琐的外表，和阿拉伯人只有一点点区别。或许我们应该对降临到我们领地上的这种恩惠表示感激：诸如砍伐你们的木材，厚颜无耻地吃你们剩下的残羹剩饭，住在你们已经厌倦了的房子里，做所有令你们已经鄙夷不屑的事情，包括国土建设，偶尔娶被你们抛弃了的妻子，承蒙你们允许我们喝你们唾弃过的井水，学到你们的行为方式，这样或许能取悦于你们。要是你知道我，一个普普通通的犹太人准备原谅与宽恕你的话就好了。但不是现在——只有当你们全部拿了杯子，得到应有的惩罚后，在你捶胸顿足坦白说你有罪之后，在你从邪恶的道路上返回，不毁坏国家、不只管自己的家事，甚至不在众多的世人面前毁谤这个国家，为国家服务之后。我并不把你所得到的世界声誉和廉价赞赏放在眼里：你在写给异族人的书中为以色列招致坏名声，我没读过那本书，也没梦想着去读它，我在晚报上读了《犹太复国主义者的困扰》这一篇文章就已经足够了。你怎么能够这样呢？你的手怎么不发抖呢？用英文写作也是这个样子吗？这不是在为我们的仇人庆贺吗？

　　我年轻的时候在巴黎做招待，有一些客人，包括犹太人，错把我当成阿拉伯小孩。他们管我叫艾哈麦德，那时阿拉伯人已经对我们做了所有的事。所以我移民来到了以色列，深信在以色列我们大家都是兄弟，弥赛亚将来统治我们。告诉你，这个国家就是这样接受一个来自索尔邦大学的带有理想主义色彩的年轻人的：让他当建筑工人、巡夜的、电影院卖票的、准警察，简言之，当狐狸尾巴。我这辈子是个十足的蠢驴，教授先生，得感谢你，要是你能想象出，它现在成了一头额头上长出犄角的蠢驴。要么就是被夺走了骨头的一条狗，骨头是他自己在桌子底下找到的。

但我又忙不迭地说这又怎么啦？干吗不？与此相反，我将用羽翼护住他的儿子。他不要了，而我捡了回来。他践踏在脚下，而我则养育扶植。我做你儿子的父亲和老师，这样一来我可以以德报怨，可以为以色列拯救一个灵魂，或者两者兼而有之。我很简单。或者说很愚蠢。圣书上所写"方式简单则幸""上帝保护傻子"没有错，但这些话似乎没有那么简单。写这话的人并没有想到索莫，而是想到了状况比较好的人。"不义之徒兴盛""土地交到坏人手里"——这些话确实具有普遍性。我接受这一裁决。只是要把孩子还给我。你没有权利拥有她。

不管怎么说，你的权利是什么呢？是战争英雄？洗鲁雅[1]残暴的儿子与邪恶的亚哈[2]也是大英雄。在历次战争之间，你为国家做了什么？亵渎它？将其卖掉换取一顿浓汤？还是将其尽情地吃掉？

所以你时间不多了。你的钟声正在敲响。现在已经是后半夜了，星期五的凌晨到了，在耶路撒冷南方这里你可以听到钟

---

[1]《圣经·撒母耳记上》第26章6节。

[2] 同上，第16章28节。

239

声。你的王权结束了，先生。它将传给你的邻居，他比你好。

我从来没有说过我完美无瑕。或许我错在向女子求婚，而她注定要为一个地位高于我的人所拥有。她比我高大、漂亮，而我算什么呢？我和她结婚这么多年，你那污浊的阴影从来没有在我们当中消失。不管我多么努力地不去在乎，我也能够听到你在黑暗中嘲笑我。现在看来上帝决定要惩罚我了。或者，但愿没有此事，这里根本就没有上帝？他搬到了夏威夷。实际上这封信掺上了我哥哥留下的四分之一瓶白兰地和我在抽屉里找到的两片安眠药。那是她的抽屉。那里还放有一张从报纸上剪下来的旧照片，你身穿军装，佩戴着各种各样的军衔与徽章，像天神一样英俊。

我最好就此搁笔。我已经写得太多。早晨，我姐夫将开标致牌卡车前来把这封信拿走送到宰克龙面交给你。而我则要到哭墙做午夜祈祷，即使不知道我这样的人的祈祷是否能够在那里留下印象。或许只会留下一个坏印象。但没有坏就没有好，就像圣书中所写："左手受了伤，右手则会痊愈。"既然我在世界上已经无牵无挂了，那么从现在开始我将投身于伟大的救赎土地的运动中，让我以此来复仇，即使你和你的同僚反对，也将要进行救赎。直到索莫的苦难全部结束，召唤他升天休息，离开他的工作与未竟的事业。也许即使在来世，也需要做饭的和准警察，所以你可能会看见我在阴阳交界之处向你致敬，但你肯定注意不到。还有一件事情：你至少这一次对她应该体谅一些，怜悯一些了吧？不要再责骂她，因为她已经经不起什么了。

痛痛快快地将女儿还给我。我将带着冷漠的蔑视签字。

米·索

5736 年以禄月初八（1976 年 9 月 3 日）

于耶路撒冷

耶路撒冷塔纳兹大街 7 号

索莫先生

亲爱的索莫先生：

1. 昨天你姐夫给我送来了你那封躁动不安的信。你的怀疑没有根据：没有人欺骗你。不过我对你的敏感之情表示深深的理解，在某种意义上这对我不足为奇。实际上，是你妻子自愿决定留下来在这里多待几天照顾我，等我到医院（很快）去做化疗，她自然就会立即回到你的身边。我希望你，索莫先生，在她回去后不要过于难为她。在你信的末尾，你说她"已经经不起什么了"，我表示同意。所以我别无选择，只能将你的请求奉还：好好待她。

2. 看来我是从哈达萨医院出不来了。一年前，我患了肾癌，做过两次手术。现在癌细胞已经扩散到了腹腔。纽约的医生诊断说没有再做手术的意义了。我的状况非常可悲，你从这点上可以推断，你充满嫉妒的狂想没有任何根据，没必要成为赫俤的乌利亚，或夏威夷的乌利亚。此事足以回溯到几年前。正如你所知，我和伊兰娜在 1957 年 9 月结婚，那主要是出于她的意愿，而非我的本意。几个月过去后，她怀了孕，并自行做主生下了布阿兹：我觉得自己不适合做父亲，从一开始就把此话告诉了她。后来我们在一起的生活就变得复杂起来。显而易见，是我使得她遭受痛苦。或许是她愿意这样（我在这方面不是专家）。由于性格弱点，我一直拖延到1968年9月才离婚。离婚对双方来说都很残酷，对我甚至更为逼仄，我的行动为仇恨所左右。后来我离开了以色列。断绝了所有联系。我间接得知了你们结婚的消息。今年年初，她请求我帮忙，或者是你们两个人请我帮忙。原因我不是十分清楚，但也许是因为我的病情不断恶化，所以我想应该表示同意。现在随着生命即将走到尽头，有一两件事情开始让我后悔。于是我上个星期（未事先通告）回到了以色列来看布阿兹，住在我度过童年时光的那所房子里。我在这里看见了伊兰娜，她选择了承担多少像护士的角色来照顾我。不是我请她留下来的，但是我找不出任何理由将其再次遣送出门。而且，房子现在已经归了布阿兹，尽管正式文件上还是署我的名。索莫先生，我和她的关系不是那种传统意义上的男人和女人的关系。倘若你需要，我可以给你的拉比做口供证明你妻子的清白。

3. 我已经在更新了的遗嘱中做出说明，保证关心布阿兹和你们家的将来。要是你不把钱浪费在弥赛亚似的投资上，等等，你的女儿将免于遭受你所经历的贫穷与困顿，对此你在信中做了如此众多的丰富多彩的描述。顺便说一句，我看这个小女孩既文雅又大方：比如说，今天早晨，住在这里的所有人都在睡觉，她来坐在我的床边，给我发明了一种药（显然是用煤油和桑叶做成的），还将装在塑料袋里的一只死蚱蜢送给我做礼物。作为交换条件，她要（得到了）三只小纸船。我们就水的自然属性做了一次富有哲学色彩的小小会谈。

4. 至于你的其他牢骚，既包括你用第二人称单数说我，也包括那些你用第二人称复数框进去的一些人，就理念与政治观点而言，我只有对多数指控表示服罪。条件是首先得给我机会驱除某种带有情绪色彩的夸大之词，我想这是由于你的愤恨与淤积的苦闷所致。简单地说，索莫先生，我不但觉得你人比我好——这没什么特别了不起的——而且我也觉得你是个好人。在过去的一年里，我一直在发现你的出色之处，尤其是这几天里从伊兰娜和布阿兹那里了解得更多，还有间接地从对你女儿所做的专心致志的研究中也了解到了（她刚才又来到了我的房间，由我帮忙在我的小赫尔墨斯手动打字机上噼噼啪啪打出了她的名字，这一次她送给我装在杯子里的六只蚂蚁，邀请我跳舞。这一次我不得不拒绝，既因为我生着病，也因为我从来没有学过跳舞）。

5. 即使你对我感到"冷漠的蔑视"，这里引用的是你的话，我依然对你感到某种尊重，至于我们的不同政见则姑且不论。这里我为因自己的存在而带给你烦恼表示歉意。

6. 你指责我狂妄自大是对的。索莫先生，我不像你，我一直瞧不起人，这或许是因为我所到之处，愚蠢行为都很普遍，或许是由于我自幼以来就一直得到人们的尊敬。既然我不能完全睡去，也不能完全清醒，似乎错在此处。小心而踟蹰地表述我和周围人的关系（即使我不确定他们意识到了没有）。要是有更多的时间，我会建议我们哪天见上一面，从基本平等的角度看待对方。我们可能不会觉得无聊。只是，正如你凭敏锐的直觉在信中指出的那样，我的时间确实不多了，索莫先生。钟确实为我敲响了。

我说的钟并非带有比喻色彩，而是在实际生活中存在着。布阿兹把瓶子悬挂在楼上的屋顶，做成一种乐器。海上阵风吹得它每每产生连续不断的悲音。有时这乐声会驱使我从木板床上欠起身。昨天夜里，凭着布阿兹给我做的那根拐杖，我支撑着起来走下楼梯，走进漆黑的花园。八个住在这里的年轻人将蒺藜与杂草拔除，堆起一堆堆羊粪（刺鼻的气味令我想到了童年的某种气息），挖掘土地。我父亲过去栽种洋玫瑰的地方，而今变成了菜田。伊兰娜主动扎了稻草人（我看鸟并非特别引人注目）。你女儿每天用我差人去城里给她买来的洒水壶给菜浇两遍水。

花圃中间，重新修复了（鲤鱼代替了金鱼）的大理石池塘旁，我找到两把柳条椅子。伊兰娜给自己端来了咖啡，给我端来了薄荷茶。要是你对细节感兴趣的话，我二人背朝住宅，面向大海，一起在那里坐到天黑。除了必要的话我们什么也不说。伊兰娜定是让我苍白凹陷的面颊吓坏了。也许我再也找不到要对她说的话了，只说她裙子漂亮，她留长发很合适。我不否认没离婚时我从来没有那样对她说过话：为什么这样呢？索莫先生，你赞美她的衣裙吗？你希望她称颂你的裤子吗？

她把一条毯子盖在我的膝盖上。起风后，我用毯子也盖住了她的膝盖。我又一次注意到她的手也衰老了，尽管面庞依旧年轻。可我一句话也没说。我们在黑暗中约莫坐了有一个半小时。远处，羊圈附近，传来你女儿的笑声与尖叫声，因为布阿兹将她举过肩膀，举过头顶，接着又把她放到驴背上。伊兰娜对我说，你瞧。我说，是啊。伊兰娜说，不用担心。我说，不。我们又陷入了沉默。你知道吗，先生，我和她现在所使用的语言是，不，好啊，真冷啊，茶挺不错的，我喜欢这件衣服，谢谢。像两个不太会说话的小孩子。要么就像战后我在康复中心所见到的惊魂未定的士兵。我在这些细节上徘徊是要再次强调你的疑虑纯属荒谬。她和我之间甚至连真正的语言交流都没有。与之相反，我倒有给你写这么多页内容的冲动。即使我不知道原因何在。你本打算用来伤害我的那封信却未能将我伤害。相反倒确实让我愉快。为什么会这样？我不知道。

七点钟，太阳落山了，暮霭渐渐降临。厨房里传来口琴和吉他的声音。飘来了烘焙的气味（他们在这里自己烤面包）。八点钟或者稍晚一点，一个打着赤脚的姑娘给我们拿来一盏煤油灯，从烤炉里拿出来的热乎乎的皮塔饼、橄榄油、西红柿和酸奶（也是自己做的）。我强迫自己吃一点，这样伊兰娜也会吃了。她漫不经心地一点一点地咬，鼓励我吃。九点一刻，天太冷了。伊兰娜说，是啊。她又说，咱们进去吧。我说，好吧。

她帮我上楼回到房间，脱衣服（牛仔裤和一件画有大力水手的汗衫），把我安顿在木板床上。走出房间的时候她要我保证倘若夜间疼痛发作一定要叫她。（布阿兹给我在床边拴了根绳子。我一拉绳子的一头，他拴在一楼她床头的铁缸子就会叮当作响。）但我并未遵守这一诺言，而是站起身，拽过一把椅子，在黑暗的窗前坐上几个小时，窗玻璃上粘着绷带条。我努力吸收黑夜，检查月亮对东面的麦拿山在做些什么。我母亲在她生命的最后一个夏天就是这样坐在那里的。你能想象得到把三只手雷扔进满是埃及人的掩体里是什么感觉吗？想象得到接下来的便是机枪扫射，夹杂着叫嚷、哭号和呻吟？想象得到你衣服、头发、脸上溅满鲜血与脑浆的样子吗？你的鞋子踩到过爆裂了的冒着黏稠气泡的肚子吗？

我一直在窗前坐到凌晨两点，听布阿兹那群人的声音。他们围在花园里点燃的红彤彤的篝火旁，唱着我所不熟悉的歌。一个女孩子在弹吉他。我没注意到布阿兹，也没听见他的声音。或者他爬上了房顶独自和他的望远镜在一起呢。或许他下海了。（他有一只小木筏，造木筏时一根钉子也没用，他可以将它扛到离岸三英里远的地方。他小的时候，我教他用绳子将一种轻质木料系成木筏。显然他没有忘记。）

两点钟，住宅里一片黑暗静谧。只有青蛙还在叫。远处传来犬吠声。院子里的狗也在回应。狐狸与胡狼也在嚎叫，我小的时候它们在这里出没，现在消逝得无影无踪了。

我一直在窗前坐到凌晨，像做祷告的犹太人一样在身上裹了条毛毯。我想象自己听到了大海的声音。尽管这或许只是风在吹打着棕榈树。我在思考你信中的怨艾之词。要是我还有更多的时间，我将会把你带出你的哨所。让你做将军。将钥匙交给你。到沙漠中做哲学研究。要么就去做你电影院里的工作。你愿意和我换个位置吗，索莫先生？

在我四周，一小群嬉皮士在按照惯例行事，即使在白天也低声说话，踮着脚尖走路。仿佛我是个从地窖里出现、住在房间里的幽灵。这里房间充裕。许多房子还空着。无花果和桑葚树的树枝伸进了窗口。我发现布阿兹在这里主持工作的方式——或者说不是主持工作的方式，而是生存方式，非常迷人，在平等的人士当中位居第一。我喜欢听他们在厨房或者夜半时分在院子篝火周围干活时的歌唱。喜欢听口琴吹出的旋律。喜欢闻他们做饭时炊烟的味道。甚至喜欢鸽子军中的雄孔雀像蠢笨自大、高高在上的指挥官一样在走廊与楼梯上行进。喜欢安放在房顶的望远镜（我想登上房顶。我想让布阿兹邀请我做个小小的星际旅行。即使我几乎一点天体知识也没有，只知道它可以帮助人们夜晚在沙漠中航行）。主要的困难是我已经无力去攀缘绳梯了。我很容易头晕。即使当我试着在床与窗之间移动自己的时候也是如此。还有，布阿兹避免和我交谈，只说早上好，你好吗，你需要城里商店的什么东西吗。（今天早晨我要了张桌子放我的小赫尔墨斯打字机，这样就可以写这封信了。一个半小时之后，他给我拿来一张用包装箱和桉树枝做的桌子，还有一只斜面搁脚凳。他还自行做主给我买了一个电风扇。）多数时间他显然都在将旧日花园覆盖了的灌木丛里干活：劈开树根，锯断树枝，搬运石头，他用裸露的肩膀扛着石筐，像提坦神阿特拉斯，他掘地，推装满粪肥的独轮手推车。不然就是站在一旁用铁锹或锄头搅拌水泥、沙砾和细沙，将混凝土倒入用铁棒交织而成的网状结构中，铺出新的地面。有时，傍晚时分我在父亲五十年前栽种的一棵老桉树旁看见他，他高高地躺在他为自己造的二十五英尺高的吊床上摇来摇去，令人吃惊地读书。要么就是数天上飘来的云朵。要么就是用鸟语和鸟说话。

有一次我在工具房外叫住他。问他在看什么。布阿兹耸了耸肩膀勉强地说：

"看书啊，怎么啦？"

我想知道他在看什么书。

"语言书。"

"也就是说？"

"简化语法。以完成拼写，等等。"

"是否有可能把语言书当作阅读材料，以消磨时光？"

"词语嘛，"他慢慢地朝我微笑起来，"就像了解人。他们从哪里来。谁和谁有关系。在各种各样的环境中个人怎么行动。还有，"他停顿片刻，右手顺着大脑袋绕了一大圈，挠挠左面的太阳穴，这姿势不合逻辑，但有几分帝王气，"就没有消磨时光这回事。时间没有被消磨掉。"

"没有被消磨？这是什么意思？"

"我哪里会知道？也许恰恰相反。我们随时间消磨。我哪里会知道？或许时间在消磨人。你愿意坐下来给我挑种子吗？种子在棚子里。在阴凉处。要是你愿意做点什么就好了。或许你可以叠空布袋？"

就这样我多多少少被列进了他们工作者的花名册。（每天早晨坐在那里干上半小时左右，要是疼得不是特别厉害的话。有时，我在那里打盹儿。）

住在这里的姑娘有两个美国人，一个法国人；一个似乎是个出身不错的以色列学生，大概充满罗曼蒂克色彩地逃离了家庭，或许在实现自我。要么就是以此来代替自杀？她们好像都是他的情人。男孩子们或许也是。我这样的男人怎么能够理解这些呢？（我像他那么大时，还是个只会手淫的童男子。我想你也是这样的，索莫先生。甚至到结婚时也是一个童男子。你是吗，先生？）根据我的估计，布阿兹至少高达六英尺半，体重至少有两百磅。不过动作轻快敏捷，一天到晚光着脚，身上除了条褪色的围腰布一丝不挂。一头没有光泽的金发打着卷儿垂到肩上。他浅黄色的柔软胡须，半睁半合的双眼，两片微微张开的翘嘴唇，令他看上去像斯堪的纳维亚人画的耶稣。

可是他好幻想。又不完全如此。不爱说话。即使他身材高大，我一点也找不出我父亲那酷似壮熊的影子。而是有些像伊兰娜。也许是因为他说话声音轻柔。步伐矫健。要么就是他的笑容中含着倦怠，让我感到既精明干练，又有几分稚气。"你要重修喷泉吗，布阿兹？""不知道。也许吧。干吗不修呢。""修原来房顶上的风标吗？""也许吧。风标是什么东西？"

我房间的窗外是一挂挂大葱和绿辣椒。母鸡来回走动着觅食，分明是一幅阿拉伯村庄的图景。几条杂种狗被从远方吸引过来，在这里找到了吃的和自己的所爱。还有桉树、松柏、橄榄树、无花果树和桑葚树。接下来是宽阔的田野。五百码开外的对面山坡上，坐落着红顶屋。麦拿山。丛林。一层云霭抑或一缕薄雾在东方地平线上飘动。甚至楼上房间（四十一年前我母亲就死在那个房间）里由瓶子传出的钟乐声也似乎准确无误。然而只有我发出怪音。要是你曾想象这里是个贼窝，你老婆就着贼窝里忽明忽暗的光在恶魔的怀抱里起舞，实际上根本没有忽明忽暗的光：有的只是夏天刺眼的强光，或者是黑暗。至于魔鬼，多数时间是由于服用了他从美国带来的止疼药而昏昏欲睡。（除此以外，是他的小赫尔墨斯、睡衣和烟斗，所有的东西依旧装在放在房间角落里的几只箱子里。甚至烟斗也是用来咬噬，而不是用来抽烟的——抽烟让他犯病。）他不睡觉的时候呢？他躺在木板床上发呆。他坐在窗前发呆。他坐在院子的凉棚里挑种子，直到力气用尽。一个被废黜的魔鬼正在服刑，因服药而稀里糊涂。一个彬彬有礼、安安静静的魔鬼，努力让自己不成为别人的负担，举止大体上让人愉快。也许像他的父亲，在卡麦尔山的疗养院里从一只熊瞎子变成了小绵羊。

　　不然就是拖着身子慢慢地溜达，拄着他的新拐杖，脚上踩着儿子用绳子将轮胎条绑在一起给他做的拖鞋，身上穿着褪色的牛仔裤和印有大力水手图案的儿童衬衣，褴褛的衣衫裹着病弱的躯体步履蹒跚地从一个房间走到另一个房间。从门口走向大厅。从修复的侧厅里走向花园。停下来和你女儿谈话。教她玩五子石游戏。将自己的手表套在她的手腕上。继续将儿童时代与青春时代的影子进行自我清数与编排：这里是他养蚕的地方。这里是他杀死与埋葬鹦鹉的地方。他在那里开（随后是引爆弹药筒里的火药）父亲从意大利给他买来的电动火车。有一次父亲踢过他后，他在这里待了两天一夜。在这里手淫过。在那里用别针和剑在地图上征服过西欧。这里他将捕鼠器上的老鼠活活烧死。这里他给人看自己的阴茎，在半发晕的状态下摸过美国女仆孙女的裤裆。这里他帮助火星侵略者着陆，这里他秘密检测过以色列的核炸弹。有一次他在那里骂过自己的父亲，鼻子上挨了一拳，像头猪似的躺在那里流血。这里他藏过从母亲家当里找出的一双漂亮的拖鞋（两天前他确实看见压在一块松动了的地板底下的烂拖鞋）。他把自己和儒勒·凡尔纳关在那里去征服荒岛。这里，他在后面楼梯脚下缩成一团，平生最后一次流下眼泪：那是因为父亲杀死了他的恒河猴。因为这是他长大的家。现在他回来了，要死在这里。

也许就像这样：差二十分八点，太阳落山了，在海平面上闪烁的火光，还没有熄灭。在毗邻山坡的破旧长凳上，在悬崖的边缘，面对果园，果园已经长成了亚热带森林，但布阿兹已经开始将其修复到从前的模样。可看见一座小石山，那里曾有口水井。那并非真正的水井，而是个水洞，是父亲挖来储存雨水的。伊兰娜坐在他身旁。他两只变得冰凉的手被攥在她的手中：因为有时她和我就是这样像两个害羞的孩子，默默地握手。你心胸开阔，不会认为她这样做有什么不好。

而且，当我给你写这封信时，我渐渐开始倾向于听我儿子的话了，昨天他用平缓冷漠的声音对我说，不要去哈达萨医院，烂在那里，他们一点也帮不了我，最好待在这里抓住（如他所说）宁静。

我的出现没有打搅他们吗

"你付出嘛。"

他们想要我努力做点有意义的事情吗？我可以上上课？做做讲座？

"但是这里谁都不肯听别人说要自己怎么做。"

怎么做？我在这里好像没有什么可做的？

"你最好是：平静地坐在那里。"

我确实要待下来。平静地待下来。你能大度一些让她二人再多待一段日子吗？我将让你的女儿天天高兴。我将用手指在墙上给她演皮影戏。（那是我六七岁时扎克海姆教给我的。）我将继续和她交流什么是火和水的自然属性，蜥蜴的梦想是什么。她将用泥巴、肥皂水和松球给我制药。每天，我将在微风中和伊兰娜一起坐在长凳上，倾听松声瑟瑟。

问题是时间很短。

你要完全行使否决权让她们立即返回吗？

顺便说一句，布阿兹建议你来和我们一起住。如他所说，你可以来这里将你做建筑工人的经验奉献出来，条件是你不能让每个人都吃经过合礼的食物。布阿兹是这么说的。你意下如何？

要是你要求，我将立即叫出租将她们送到耶路撒冷，不说半个不字。（我有什么权利埋怨呢？）

先生，你知道，我的死看来非常合乎情理。不要误会我的意思：我不是说死亡愿望或类似的事（那样不难做到：我有一把绝棒的手枪，是五角大楼的一位将军送给我的），而是与此截然相反的愿望：一点没有活过。去除我以前活过的那些日子。这样我则没有出生。从一开始便以其他模式出现，比如说，桉树。或者是加利利的一座秃山。或者是月球上的一块石头。

顺便告诉你，布阿兹将最好的房子给了伊兰娜和伊法特住：他给她们挑了一楼一间半圆形的房子，从法式窗子望出去，可看见我们下面的基布兹的房顶、香蕉园、绵长的海岸线和大海。（黎明前可看见海鸥。中午享受灿烂的日光。晚上领略蔚蓝色的云霞。）这间房子一度是我父亲气派的书房（我从未看见他翻过一本书）。现在他们把墙漆成了刺眼的容易引起幻觉的蓝色。老渔翁的渔网装饰在高高的房顶上。房间里有四张床，上面铺着我的军毯，还有一只表皮已经剥落破旧不堪的五斗柜，一堆装有化肥的口袋，几桶煤油。一个迷恋布阿兹的姑娘利用整整一面墙壁为布阿兹画了一张裸体像，布阿兹光彩照人，闭着眼睛在一泓静水上行进。

他现在没有走在水上，而是正经过我的窗前，坐在他最近买来的那辆小拖拉机上（用我的钱买的）。拖拉机后面拖着圆盘耙。你的女儿，像只小猴子，坐在他的腿上，两手放在他操纵方向盘的双手当中。顺便告诉你，她学会了骑毛驴，几乎是无师自通。那是头非常温顺的小毛驴。（昨天夜里，我在黑暗中竟然把它当成一条狗，简直要抚摩它。我从什么时候开始抚摩狗？或者说抚摩毛驴的？）有一次，在西奈比尔塔玛代赫附近一头愚蠢的骆驼闯进了我的射程内。它在两千码以外的地方沿着一道低矮的垄脊慢慢走着。险些站在我们用作靶子的水桶前。炮手朝它开了两炮，没有打中。装填手请求射击，也没有打中。我的好胜心被激起。下到炮手的位置上开炮，也没有打中。骆驼停下身，冷静地思忖着炮弹落在了哪里。打到第四炮，我把它的脑袋打了下来。透过双筒望远镜我清楚地看见血喷涌出来，有一两尺高。掉了头的脖子继续来回摆动，仿佛在寻找那颗断头，脖子背转过来，喷射出血淋淋的肉峰，像一头大象用鼻子向自己喷水，最后骆驼优美而缓慢地收拢起它细长

253

的前腿，收拢起后腿，跪下身子，肚子匍匐在地，将喷血的脖子搁置在黄沙里，像尊怪异的雕像隆起身子僵卧在那里，我又白费了另外三颗炮弹轰炸。突然从死骆驼的方向蹦出一个挥动手臂的贝都因人，我命令停止开火，立即撤退。

海风又将乐钟吹动。我停下来，将小赫尔墨斯放在一旁，问自己是不是脑子出了问题。我为什么将自己的一切一股脑儿地向你倾吐？我为什么要给你写一个告白？这是否是一种病态的愿望，令你觉得可笑呢？或者，与此相反，会得到你的赦免？总之，索莫先生，是什么因素促使你盲目地相信"至高无上的上帝"？相信赎罪？相信报应与惩罚？或者说相信魅力？你从哪里挖掘出来的？请你提供一下证明好吗？施展个小小的奇迹？将我的手掌变成一条蛇？或者将你的妻子变成盐柱，也许能做到吧？或者干脆站起身承认整件事情不过是蠢笨、愚钝、心胸狭隘、欺骗、屈辱与恐惧罢了。

扎克海姆将你形容成一个狡猾而野心勃勃的狂热之徒，尽管并非缺少耶稣会会士的才干与良好的政治本能。按照布阿兹的说法，你只不过是个本意还好但让人讨厌的人罢了。伊兰娜，用她惯有的风格，多多少少将你当成天使长加百列一类的圣人。至少带有某位秘密圣人的光环。尽管她以不同的心态查明你身上所具有的黎凡特人特征。你唤起了让我想去了解的好奇心。

但什么叫作神圣呢，索莫先生？我已经浪费了我人生中的九年时光，徒劳地追寻某种合乎理性的、多多少少不含有情感因素的定义。或许你会赞赏我所说的话，同意对我进行启蒙？因为我还没有想法。就连字典上关于神圣的某种界定也让我觉得空洞与肤浅，倘若本质上并非拐弯抹角的话。我依然需要成功地破解某些东西。即使我已经来日无多。但即使这样，什么是神圣？什么是目的？什么是荣耀？狼伸长脖子朝月亮嚎叫，它理解月亮的含义吗？飞蛾自己扑向火光，它理解火光的含义吗？什么是屠戮骆驼者的救赎？你能帮助我吗？

只是没有伪装成神圣的说教，你这个伪善的家伙，竟敢跟我吹嘘你从来没让人流过一滴血。你从来没碰过阿拉伯人一根头发。你靠一点一点的蚕食将圣地收回。靠蛊惑诅咒和我的钱将所有的外人统统赶了出去。用纯净的橄榄油来洗涤我们祖先财产上的罪孽。占有我的妻子，继承我的房产，拯救我的儿子，用我的财产投资，接着又用《圣经》上的劝诫之词来指责我道义上的龌龊。我简直让你给弄得筋疲力尽了。你像蚊子一样躁动不安。你没给我说出什么新鲜玩意儿。我以前跟你了结了的东西现在又显得复杂了。拿上钱滚得远远的。

而我呢，除快要死了之外还能给你点什么？你在信中希望"传杯子给我"——是的，杯子确实在"传"，实际上几乎空了。你指控我偷了"穷人的羊羔"和你的残羹剩饭。而在实际生活中我一直在从你守合礼的桌子底下捡面包屑。你威胁我说不久我将"站在那里面对我的命运"，可实际上我几乎站不起来了。你可以听到钟声，可钟声恰恰响在此处，响在我的头顶。你还有什么要求，先生？要吃死人的祭品吗？

关于死者的祭品，尊敬的扎克海姆估算说约有二百万美元。所以即便将布阿兹的那一半刨除，你分的也委实不少。你可以开着轿车从"救赎的第一步"走向第二步。扎克海姆和他那个黄头发的女儿正在威胁着要在本星期前来拜访：他已经决定"甚至用武力"将我用他的车子带到耶路撒冷哈达萨医院去做化疗，在同一次旅行中也将你失去的绵羊送还。然而，我，在写这些纸张时，终于决定要留在这里。我到耶路撒冷去寻找什么？死在陆续而来的先知和咆哮不已的弥赛亚似的疯子当中？我和儿子待在这里。我要叠口袋，直到生命的最后一刻。我要给萝卜分类。缠绕旧绳子。或许我会派人把我海法的父亲、那个小丑请到这里：我们可以来场家庭台球马拉松，直到我死。你可以让她和我多待一阵子吗？求你了，也许将为你行善积德赢得一张赠券。

布阿兹有一次噘起嘴唇，略带几分厌烦与轻蔑地说，他在这里的一个情妇有一次将水倒在威斯康星一位上年纪的老祖鲁的手上，她自称能够借助蜜蜂蜇噬来医治毒症。现在，令我吃惊的是，今天早晨我竟用棍子捅了个马蜂窝来进行消遣。可是布阿兹的马蜂，像我本人一样慵懒倦怠，要么就是像他一样热爱和平，在我周围嗡嗡乱叫但不叮咬我。也许黏附在我身上的死亡气息让它们感到很不愉快。要么就是它们不愿屈尊来拯救没什么信仰的人。

所以我们现在又不经意地让我的老问题困扰了：将每只飞来飞去的蜜蜂变成理论问题的载体，只有带着问题咬牙切齿地袭击它，将它捏碎。从其空虚的粉身碎骨中衍生出新的问题。急忙用直截了当的一击将新问题粉碎。九年了，我一直和马基雅弗利决斗，将霍布斯和洛克肢解，充满热望地要去证实，绝对不是我们天性中的私欲，也不是卑琐与残酷将我们变为毁灭自己的物种。我们毁灭了自身（不久将毁灭我们整个物种）恰恰是因为我们"比较高的期望"，因为理论上的痼疾。因为强烈需要被"挽救"。因为痴迷于救赎。什么是痴迷于救赎？不过是为缺乏基本生活才能而罩上的一个面罩。这种才能每只猫都具备。然而我们，像鲸鱼带着某种要进行集体自杀的冲动冲到岸上，遭受着生活能力的先天退化。因此，就有了把我们已经拥有的一切进行毁坏与灭绝的普遍冲动，这样则劈开一条根本不存在也无法行得通的救赎道路。为了我们眼中的"应许之地"这样一个朦朦胧胧的虚假幻术，为了心目中某种"比生命本身珍贵"的这样一个海市蜃楼，愉快地奉献我们的人生，心醉神迷地将他人灭绝。到底是什么比生命本身珍贵？十四世纪乌普萨拉城里的两个和尚在一夜之间屠杀了九十八个孤儿，而后又自焚身亡，原因在于一只蓝狐出现在他们寺庙的窗口，成了圣女在等待他们光临的征兆。于是，"用我们迸裂的脑浆铺就地毯 / 像白色的玫瑰花"一遍遍地铺盖地面？这块地毯注定为某位不大可能出现的救赎者的纯洁无瑕的脚步铺设（根据当地一位宗教狂热者的诗句，这位宗教狂热者的头上挨了英国人二十发子弹，成功地让自己的脑浆喷溅）。或者根据当地另外一个变异了的版本："因为宁静只是尘泥 / 为了某种秘密的荣誉 / 摈弃了灵魂和血。"何谓秘密的荣誉，索莫先生？你脑子有毛病吗？有时看看你的女儿：这是唯一的秘密荣誉。没有其他的秘密荣誉可言。真遗憾和你浪费辞藻。你会害了她。你会害了周围的一切。你会将其称作"弥赛亚降临的苦痛，接受上帝审判"。你甚至会超过我：做到杀人不见一滴血。你将用橄

257

榄油烹煮，三次咕哝"神圣"。

我刚刚稍微午休了一下。一个叫桑德拉的姑娘赤着脚来到我的房间，茫然地朝我微笑，在我面前放上一把铝壶，壶里盛满弥漫着芳香的草药茶，还放上一只用盘子盖住的盘子，里面有一只切成两半的坚硬的煮鸡蛋，橄榄油，西红柿和黄瓜片，洋葱圈，两片自己做的面包，上面散落着飘着蒜味的山羊奶酪，装在袖珍瓶子里的蜂蜜。我一点点地咬着食物，一点点地呷着茶，又给自己倒了一些茶水。身穿带风帽斗篷的桑德拉一直站在那里，以毫不掩饰的好奇看着我。也许她接受指示要数数我咬了多少口。不过，她好像是怕我，一直靠门口站着。她没关门。

我决定试着和她进行简单的交谈。尽管一般情况下，我不想和陌生人贸然进行谈话。她是哪里人，如果不介意的话？

奥马哈，内布拉斯加州。

她父母是否知道她在那里，在做什么吗？

事情是这样的：她的父母并非她真正的父母。

什么意思？

她父亲的第二任夫人和母亲的新丈夫给她一笔钱出去旅行看世界，条件是她保证年底回来上大学。

她想学什么？

她还不知道。不管怎么说，她在这里学到了很多东西。

学到什么，比如说？原始农业入门？

了解自己。一点点。而且了解了一些人生的含义。

愿意向我透露一些吗？人生的意义是什么？

可是，按照她的说法，"不可言传"。

那么她或许可以只给我讲讲人生的一般含义，某种暗示？

"这需要每个人自己去体会吧？对不对？"

她有种怪癖：每句话都以问号作结。仿佛不是在提问，而是为自己的话感到吃惊。我依然坚持要求她回答人生的意义是什么。

她有些难为情。眨眨眼睛。仿佛用微笑请求我别问了。非常可爱。羞怯。令人难以置信的天真烂漫。我建议她坐一会儿，她脸一红，耸耸肩。我儿子的情妇，或者说情妇之一，驻足待在门口，像一头能够嗅出捕捉味道的麋鹿。奔逃令她皮肤颤抖。她说了句什么便要走开。但是我坚持道：

"应该从哪里开始，桑德拉？"

"我想：就从最初开始吧？"

"我想：大概从你记事的时候算起？"

"远至我举行割礼的时候，够远的了吧？或者可以追溯到比这更早的时候？"（我厌倦了这些陈腐的话。）

"远至他们最初让你蒙受耻辱，对吧？"

"令我蒙受耻辱？等等。坐下。我碰巧是个羞辱者。而不是被羞辱者。"

可是她不肯坐下来。他们在楼下等着她。布阿兹。还有他的朋友们。今天他们找人把堵住的水井，那个水洞，打开。

"所以或许我们可以回头再谈？顺便说一句，你手头有点紧吧？不要误会我的意思。怎么啦？今天晚上我们聊聊天怎么样？"

"可以。"她愕然地说，回避提钱。在做出又一个朦胧的反应后，她谨慎地说："有什么可谈的吗？"

她收拾起碗碟，收拾起我几乎未动的饭菜，扭扭捏捏地迈着碎步走了出去（仍然，她善意地把茶壶和蜂蜜给我留下了）。她在外面黑暗的走廊里用英语补了一句："不要紧。平静一下？能做到吗？"

半吊子。也许是麻木了。几年后俄国人会来把它们当早饭吃。

但是无论如何：哪里是人生的开始？

我孩提时代的最初记忆是一幅焦灼的夏日画面，笼罩在院子那边燃烧桉树苗发出的呛人浓烟里。隐约有几分热浪降临的味道。黑压压的蚂蚁飞舞着——也许是蝗虫？——落在孩子的头上、肩膀上、膝盖上、短裤裆上，落在他的赤脚上和正忙着推鼹鼠丘的手指上。要么，用一块他在花园里找到的用来聚合太阳光的小玻璃片点燃了香烟包装纸，（西蒙·阿兹达特？）浓重的烟雾向他袭来，遮蔽了世界。他的父亲。将火踩灭。像《圣经》中的耶和华那样勃然大怒，朝他劈头盖脑地打来。

还有花园：这里什么不长呢？海葱和酢浆草应季而生。仙客来、羽扇豆、千里光冬天绽放。春白菊。罂粟。薰衣草类。但父亲对这些鄙夷不屑，将其全部清除，种上了他最钟爱的玫瑰，从远东，也许从安第斯山引进的稀有品种。还遍布着昆虫、爬行动物、蜥蜴、教堂倒挂似的蜘蛛网、乌龟和蛇，孩子将这些东西逮住放进地下室的瓶瓶罐罐里。偶尔它们会逃出去，藏在石头缝里，或者是逃到房子里面筑巢。他在茂密的桑葚树上采蚕茧，希望做成蝴蝶，但出来的往往是臭烘烘的烂东西。厨房里的茶炊外表粗糙，是个气喘吁吁的恶魔。玻璃柜门内摆放的晚餐瓷器像战斗中部署的身着迷彩服的士兵。屋顶上的蝙蝠像远方发射过来的火箭。书房里，放着一台卧式棕色收音机，黑暗中一只恶魔般的绿色眼孔在维也纳、贝尔格莱德、开罗、昔兰尼加的波段上闪光。还放有一台带有操纵杆和喇叭的留声机，留声机里有时传出令人心醉神迷的音乐，并伴有他父亲的吼声。孩子经常赤着脚，像盗贼一样猫着腰，爬到房子或花园的角落里。在某个生锈的水龙头下，用泥巴给自己建造城市、乡村、桥梁、城堡、水塔、宫殿，用松球进行空中炮击，在毁灭这些建筑的过程中得到一种快感。远方的战争在芬兰、阿巴西尼亚、芬兰等地肆虐。

有一次，他生病得了白喉。发着高烧的他在半梦半醒间似是而非地看见父亲光着上身走进房间，宽阔黝黑的胸脯上长有不规则的灰色卷毛，朝护士扑了过去。接着传来呻吟声、恳求声和不顾一切的窃窃私语，而后发着烧的他睡着了，记忆在破碎的梦境中被淹没。

晚夏的早晨，像这个安息日的早晨，阿拉伯农民经常从乡村来到海边。携着温顺的毛驴，身着黑色长袍，用舌后音发出的请求声吵成一片，胡须颤抖不停，他们打开自己的柳条篮子。一串串的紫褐色葡萄。大枣。动物粪肥。青里透紫的无花果。房子里弥漫着一种淡淡的女人气息，这种气息直到她们走后还久久不散。父亲会略略发笑：这些阿拉伯农民比俄罗斯农民强；他们不酗酒，不赌咒发誓，只是脏兮兮的，搞点小偷小摸，大自然的子孙，但我们要是让他们忘记自己的地盘时，他们则非把喉管割断不行。

有时，孩子会在骆驼的叫声中早早地醒来。那是加利利来的旅行商队。要么就是从沙漠来运建筑石头的。有时要么是运西瓜的。他从窗子里可看见他们柔软的脖颈。看见他们表情中带有轻蔑的悲伤。看见他们大腿的纤细线条。

夜晚，父亲举办聚会时，他可以在二楼的最里面他自己的房间里听到热闹狂欢的声音。英国官员、希腊和埃及商人、黎巴嫩来的房地产代理人（除了扎克海姆，几乎没有一个犹太人光顾这里），他们聚集在大客厅一起度过男人的夜晚，酗酒，逗笑，打牌，有时醉汉们呜咽不停。房间的地面曾用精美的大理石铺设而成（这些都在没人居住时期被盗走了。而今布阿兹正在铺设灰色水泥地板）。房间里曾放着柔软低矮的东方沙发，上面铺着绣花沙发垫。陌生人经常给孩子一大堆价格昂贵的复杂玩具。但都玩不长。要么送他糖果。他一向憎恨糖果（不过前天他让人从城里商店买了两块来宠赐你的女儿）。这是个诡计多端、好管闲事、难以捉摸的孩子，像影子一样出现，又像影子一样消失，总是在摆弄小把戏，既痛苦又骄傲，一个夏天接着一个夏天在住宅区空旷的小径上独自徘徊。没有母亲，没有兄弟，没有朋友，只有他的恒河猴，恒河猴让父亲给杀了，孩子在它的坟上建了某种过于狂烈的陵墓。现在陵墓也成了废墟，你女儿在上面养了只乌龟。乌龟是布阿兹给她找的。

夜晚：静谧。夜晚一点也不静谧。

房子孤独地矗立在那里。北面的窗子与小镇边上的建筑相隔有二里远。果园边上，有五六间工人住的小棚屋，棚屋是父亲用波纹铁和水泥砖造的，让那些他从黎巴嫩或者加利利带来的索卡西亚工人居住。夜晚，在幽暗与沉闷中，他们唱起只有两个音符的歌。狐狸在黑暗中吼叫。冰冷的旷野中蓟草林立，与蔓延到房子周围的乳香脂树木交织在一起，胡狼在那里悲哀地倾吐着心声。有一次，一只土狼在一个满月的夜晚出现在工具棚旁。父亲朝狼开枪把它杀了。早晨，狼的尸体在斜坡脚下给焚烧了。孩子的房间与父亲的隔着四个空房间，一道走廊，六级台阶。即便如此，他有时可以听到女人的呻吟。要么就听到温柔而爽朗的笑声。每天早晨他都是让乌鸦和鸽子的叫声吵醒。一只毫不妥协的布谷鸟习惯在每天早晨重复固定的持续不断的口号。现在它还在这里：重复。非常相同的口号。大概它的孙儿们已经回来教给布阿兹他父亲所忘却了的事情。野鸭偶尔箭头形排开从这里飞过。鹳鸟在这里宿营，而后又搬走了。索莫先生，你能说出鹳鸟和野鸭的区别吗？说出胡狼与狐狸的区别吗？说出罂粟与薰衣草的区别吗？或者是说出神圣与亵渎的区别，以及两份晚报的区别吗？没关系。大概你女儿说得出来。

这个孩子到四岁还不学说话。或许，他没有做出特别的努力。但是，他可以用石头把鸽子打死，用烟将鼹鼠呛死。给驴套上两轮车（要是布阿兹没有先行一步的话，我明天教会你的女儿）。

他坐在亚美尼亚仆人在花园里给他修的秋千上，独自一人一个小时接一个小时地飞往国外（亚特兰蒂斯，香格里拉，南美洲的黄金国）。七岁上，他借助绳梯在桉树顶上安装了一个瞭望哨。他经常在那里和他的恒河猴一起攀缘，俯瞰中国的万里长城，检查库布来可汗的旅行。（而今在我写信时，透过窗子还可以看见瞭望哨的遗迹。布阿兹的怪癖之一就是躺在那里，身上一丝不挂，头也剃了，吹口琴。那充满忧伤的乐曲片段不时传到我的耳畔。）

十年灾荒时节，那个比别人都高的孩子却像贝都因人一样瘦得皮包骨，在宰克龙马克维奇先生的班上上学。总是坐在最后一排。一丝不苟地履行各种义务，然而，他还是以一种持续的孤独感与之隔绝了。他独自一人一声不吭地读书。甚至休息的时候也在读书。将图表书上写的东西记住。有一次，一阵怒气涌来，他抄起一把椅子，打断了马克维奇先生的鼻梁骨。这样动怒的情况虽不多见，但却是充满血腥的暴力行径，让人觉得他身上有危险成分。这种危险成分伴随他整个人生。而他本人似乎总在强化自己以抵御普遍的愚昧。

九岁时，他按照父亲的命令，每星期到海法学两次拳击。十岁时，父亲教他拆卸手枪。很快他们便在院子边上进行枪击比赛。父亲还决定让他初步了解充满神秘色彩的短剑王国；那是曲形短剑的大荟萃——贝都因人的，德鲁兹人的，大马士革人的，波斯人的。索莫先生，你知道怎样使用短剑吗？也许我们会搞个小小的决斗？

还有那幢宽大、粗糙的房子，像醉汉打赌，表现出野蛮放肆的姿态。房子是用本地石头建的，接近黑色。周边用从希伯伦或者从寿夫山上运来的不同石头砌成。院墙高大，走势没有规则。走廊盘旋，螺旋状楼梯是从耶路撒冷的女修道院搬来的。仓库，秘密藏身之地，入口不是入口，而是通往另外一个入口的入口。还有一个个秘密通道，你可以猫腰从侧厅的地下室穿过秘密通道来到花园的凉亭（现在已经被土封死了）。

我死之后，有朝一日你到这里参观，我想布阿兹肯定会带你四处转转。你可以用自己的眼睛来看，做出最恰如其分的感恩祈祷。也许那时他们已经将通道打通了，就像现在清理错当水井的洞一样。顺便告诉你，我父亲在西藏给布阿兹买了一座山，以布阿兹·吉代恩峰命名。或许，我将和那家意大利坏蛋开的公司联系，给你女儿买座山。

我们将怎样解释：是什么样的冲动攫住我，给你写我童年的回忆录？你能给我找到出处吗？要么是一个小小的合适的训诫？要么是旧时拉比的传说？或许是我自己让你对你童年所做的描述给打动了。或者是让你对我的蔑视打动了。或者我又一次让自己寻求整齐的本能，将某种报告交到可信的人手里的动机所驱使？伊兰娜是否告诉过你我酷爱整齐？这总是让她津津乐道？她和你分享第一次婚姻中其他津津乐道的事情了吗，索莫先生——或许我可以叫你的名字，马塞尔，我相信会吧？米晒勒？

从童年时代起，我就坚持将所有的东西放到合适的位置。我所用的工具、螺丝刀、锯子、锉刀均错落有致地放在我房间里的一块软木板上，像个小小的博物馆。我的玩具按照其种类和生产国分类放好。直到现在，我在芝加哥的书桌也收拾得井井有条，可随时接受指挥官的检查。我的书按照高矮排列，像个荣誉保镖。我的论文做了完美的分档。在赎罪日战争期间，在两队埃及军队夹击下所进行的鏖战中，我是唯一在突击时刮脸、穿浆洗过的整洁衬衣的以色列军官。和伊兰娜结合之前与分手以后，我单身宿舍衣柜里的铺盖总是放得整整齐齐，好像瞄准器上的十字架，记录均按字母表的顺序排列。在部队，大家背地里经常叫我"直角"。看见我的鞋子一字排开放在架子上伊兰娜经常笑我。她跟你说过此事吗？她跟你讲过我们的夜晚吗？说过我在战争中受的伤吗？说过某个遗址的毁灭吗？在你眼里我是怎样一个人，马塞尔——是个恶棍，或者说是个可笑的恶棍？

但我又有什么可在乎的。我从什么时候开始在意准警察对我的看法。

不管怎么说，索莫先生，米晒勒，你应该小心了。就连一条老病蛇也能够最后咬上一口。我仍然还有毒腺。我为什么不干脆地告诉你，你那漂亮的妻子夜里上楼来看我呢？告诉你她在别人都熟睡之际身穿睡衣悄悄来到我的卧室呢？布阿兹巡夜时用的手电筒在她的手上瑟瑟发抖，斑驳的墙壁上的苍白气泡也在抖动。她掀开我身上的毯子。手掌滑向我的肚子。嘴唇在黑暗中蹭我胸脯上稀疏的汗毛。或许她正在试图从我身上提取令人疲乏的交媾。也许她成功了。我无法确切地予以禀告：醒着的我与梦中的我非常相似，我睡觉是在进行防御。也许所有这一切只在我的臆想世界中发生，在她的臆想世界里发生，还在你的臆想世界里发生，马塞尔。

干吗不让扎克海姆来攻击你？我仍然可以更改遗嘱。将整个财产在动物保护协会和与巴勒斯坦进行调停的委员会之间进行分配。要是魔鬼支配了我，朋友，我会毁了你。

但是魔鬼并不存在。我邪恶的力量正在随我稀疏的头发、塌陷的脸颊和我的嘴唇弃我而去，嘴唇正在缩进我的嘴里，只留下一道邪恶的裂缝。

现在那邪恶也已经走了。

我为什么要伤害你呢？

你已经遭受了足够的苦难。现在轮到我付出代价，你得到补偿的时候。你不会拒绝的，对吗？我自己将保证做你的弥赛亚。带你摆脱奴隶制的束缚，走向自由；带你摆脱贫困之累，走向巨大的财富。就像你的圣书中所说，你的子孙将会兴起，掌管敌人的大门。

放心吧，马塞尔：你的夫人对你是忠诚的。夜晚活动的绯闻是没有的，临终之床上的交媾也是不存在的。只有我们三个人在那里想象。坦克和救赎的火花均无法侵入。甚至你的小女儿也没有忘记你：她刚刚来到我的房间，决定将我的电动剃须刀提升为电话（我们这里没有电话），给你往耶路撒冷打半小时电话，向你汇报她和山羊、鹅和孔雀的交往情况。我说过布阿兹给她找到一只乌龟了吗？

我该搁笔了，亲爱的先生。不要害怕。该隐就要死了，亚伯将成为继承人。并非只有在夏威夷正义才能赢得最后胜利。你古老的理论问题，恶人能够欢乐到几时，这一点我们有了简单而具体的答案：直到 9 月或者 10 月。最晚——12 月。

而后，像你的圣经书中写的："人和牲畜均得到拯救，汝将使之畅饮欢乐之泉。"①

我在这座住宅里没有电话，所以，为确保你与此同时不会起身跑向夏威夷，我已经叫布阿兹骑上自行车到宰克龙叫辆出租车。四五十美元（现在用以色列货币折算成多少钱？）司机肯定同意将这封信直接送到耶路撒冷你家里，安息日一结束就交到你手上。我有点累了，米晒勒。有点疼。所以我就写到这里吧。够了。出租车司机将听从吩咐等你写完回信直接给我带回来。我想问你：你还坚持行使权利让她们二人立即回去吗？倘若那样，我明天早晨就把她们送回去，就这样。

另一方面，要是你同意她们在这里待一段时间，你将得到我一半财产。你还会因做了一流的好事而得到红利。尽快想想并做出决定。我今天夜里将通过出租车司机等你的答复。

朋友，保重身体。不要像我这样。

阿·吉

1976 年 9 月 4 日

于宰克龙雅考夫

宰克龙雅考夫

吉代恩先生

---

① 这两句为《圣经·诗篇》第 36 篇 6—8 节两句诗的改写。

由专门信使转交本人

吉代恩先生：

　　你派来的司机正善意地在我家里边喝咖啡边等待，我给你写几句话答复你今天早晨的来信。首先，我必须请你原谅并宽恕我两天前在信中对你所做的刺耳而多余的伤害，我不知道你不幸地得了绝症躺在病榻上。我们的圣书上写着："不要怪罪人的忧伤之词。"当我给你写信时，莫大的忧伤之情将我攫住。

　　现在，我们正站在赎罪日的门槛，悔悟与同情的大门敞开着。所以我建议伊兰娜和伊法特明天早晨回家里来，你本人也应毫不耽搁地立即来哈达萨医院接受合适的治疗。我建议你以客人的身份待在我们家里，亚历山大。布阿兹当然也要一起来，因为他现在的神圣职责是待在父亲身边，照顾病榻上的父亲。由于你的自责，由于你的苦难，由于你在我们所进行的已获上帝批准的战争中表现出的一种英雄主义，在神恩的帮助下，我相信你将会痊愈。在这之前你必须和我们待在一起。不要去找扎克海姆，不要去旅店，我一点也不在乎那些没犹太人心肝的人在背后怎么说。明天早晨，我将去找鲍斯吉拉拉比将一切原原本本地告诉他，他一定能够看到事情的本质。我将要求他尽快和你见面，他不会不给祝福的，他的祝福曾经对绝症产生过许多奇迹。此外，我给我嫂子的一个堂兄打了电话，他在哈达萨医院肿瘤科工作，我已经安排好了，你在那里将得到特别关照，他们会对你竭尽全力。

还有一件事情，亚历山大。司机喝完咖啡把信给你带回去后，我将到哭墙那里给你祈祷，往石墙上塞进一个纸条，祝愿你好起来。现在是怜悯的日子。请在今天晚上好心转告伊兰娜，也转告布阿兹我们已经原谅了对方，我原谅了伊兰娜，相信上帝将原谅我们大家。

致以新年的祝福，并祝愿健康痊愈，忘掉以前所有的不快。

米海尔（米晒勒·索莫）

5736年以禄月初九（1976年9月4日）

圣安息日结束之际

于耶路撒冷

耶路撒冷塔纳兹大街7号

米晒勒·索莫

我亲爱的米晒勒：

从夜里到现在一直在下雨。今天早晨，窗子上笼罩着灰蒙蒙的光。强烈的闪电在海平面上默默地闪烁，听不到雷声。昨天咕咕叫个不停的鸽子今天仿佛被吓呆了似的陷入了沉默。只听得偶尔几声狗叫，与淅淅沥沥的雨水交织在一起。偌大的住宅又一次陷入凄凉之中，了无生气，它的一个个入口，一个个房间，一个个地下室，一个个小阁楼再一次沦落到古老幽灵的手里。生命的气息退进了厨房：布阿兹今天早晨在那里用木头点燃了一大堆漂亮的篝火。他们在篝火四周，坐在或躺在床垫上，慵懒倦怠，一个小时接一个小时地弹吉他，接连不断地唱歌，使空荡荡的房子愈加沉郁。

布阿兹几乎不用语言便统治了他们。他披着自己做的羊皮披肩，坐在厨房的一个角落，双腿交叉，默不作声地缝口袋。不管干什么都不失身份。上星期，仿佛意识到雨季会早早到来，他把烟囱打扫干净，用水泥灌进裂缝。今天我整个上午都和他们在一起。他们弹吉他唱歌时，我削土豆，搅黄油，用醋、大蒜、香菜腌制小黄瓜。我身上穿着件宽大的黑色贝都因绣花裙，是个叫阿米的姑娘借给我的，头上围着花格手绢，像童年时代见过的波兰妇女。像她们那样光着脚。

现在已经是下午两点了。我把厨房里的活计料理完毕，回到那没有人住的房间，我和伊法特刚来这里的时候住在那里，后来你差人把她从我身边带走。我打开煤油加热器坐下来给你写下这些文字。我希望在雨季，你和伊法特铺上一个草垫。希望你别忘了在她法兰绒裤子里垫些塑料裤垫。希望你给你二人煎鸡蛋，将可可奶的奶皮去掉。希望你和她一起给她会哭的娃娃做飞机模型，或者是在我们放床上用品的矮凳上航行寻找飞龙。接着你给她洗澡，吹水泡，互相梳头，给她穿上暖烘烘的睡衣，给她唱《安息日新娘》。她会吃手指，你会亲她说小闹闹，小姐，闹闹，不停歇，现在不许下床了。你打开电视机，将晚报放在大腿上，先看阿拉伯语新闻，接着看喜剧片、希伯来语新闻、风光片、戏剧和《每日读经》，要不就穿着长筒袜在组合音响前睡着了。我不在场。我是罪人，你得服刑。你会把她交给你的嫂子吗？交给你堂姐和她的丈夫？你不是对她进行管教并开始新生了吗？大概你那令人惊讶的家庭已经给你找了个伴侣，一个虔诚的少言寡语、性格温顺的人，头上戴着帽子，脚上穿着厚厚的长筒毛袜？一个寡妇？或者是个离了婚的？你把我们家的房子卖掉住到你们的克亚特阿巴了吗？沉默。不让我知道。冷酷的米晒勒。可怜的米晒勒。你毛茸茸的黑手夜里在被子之间摸索，寻找我那并不存在的身体。你的嘴唇在梦中寻找我的乳房。你没有忘记我。

外面飘来一阵淡淡的作用于人感官的气味。那是雨滴打在让阳光炙烤了整整一个夏天的沉重土地上的气味。花园里的树叶飒飒作响。东面森林覆盖的山丘上云雾缭绕。这封信没有意义：你不会看的。即使看了你也不会答复我。要么就是通过你哥哥来答复我，他将再次执意要求我不要再折磨你，永远从你的生活里消失，我已经把你的生活弄得一团糟了。他会写下，由于我行为不端，丧失了对孩子的所有权利，有正义，有审判，世界并非没有王法。

很快，便会有个姑娘冒雨走过我的窗前，她猫着腰，用块帆布将头和肩膀遮住。是桑德拉，要么就是阿米或辛迪，去喂院子里的动物。几条狗跟在她的身后。此外，只有罩在窗子上的雨帘。院子里没有什么奇特的声音，只有湿漉漉的风触摸松树和棕榈树发出带有反叛色彩的唰唰声响。房子里也没有声音，因为厨房里的歌声和音乐声都已经停止了。一条小溪顺着布阿兹给伊法特做的那条滑梯流淌下来。楼上传来他富有节奏感的脚步声。传来他儿子给他做的那根手杖的敲击声。他用奇怪的步伐，在他的新住所——阁楼，一遍遍在墙与门之间那三码远的地方踱来踱去。三个星期以前，他突然让布阿兹把瓶子乐钟摘下来，将所有的东西搬到他母亲的旧卧室。在石灰已经剥落了的空墙壁上，他找到一只生锈的铁钉，将母亲拖鞋的残骸挂了上去，拖鞋是他在侧厅里一块松动了的地板下找到的。在地下室一个箱子里，他找到母亲一张带有污渍的深褐色照片。他把照片放在桌子上。没有烛台，没有假花，他父亲是在书房里的同一张照片周围放上烛台与假花的。

现在，她用那双富有梦幻色彩的俄罗斯眼睛注视着大家，发辫像花冠环绕着她忧郁的脸庞，嘴唇上似乎带着一丝笑影。阿里克用带有愠怒的童音和她说话，像个一刻也不满足的被宠坏了的孩子。我无法让他平静下来。我现在试图要解释的是，我也搬进了那里。只是为了在夜里照顾他：他经常一惊一乍地醒来。他坐在床上，开始咕哝一些模糊不清的命令，似乎在继续他的梦魇。我急忙从床垫上起来，我把床垫放在了他的床脚，从暖瓶里给他倒上一杯用草药泡的水，往他嘴里塞进两丸药，握着他的手，直到他倒下重新睡去，并发出痛苦而断断续续的鼾声。

你脸上流露出嫉妒的神情了吗？憎恨让你眼神黯淡了吗？不要向我扔石头。一定是在你的某种圣书中写过我在履行某种戒律，演示某种仁慈的举动吧？你不给我打开那些悔悟的大门吗？每天早晨我用电动剃须刀给他刮脸。我梳他脑袋上残存的头发。我给他穿衣服，穿鞋，系鞋带，接着轻轻扶他坐到桌旁。我给他围上围裙，用汤匙喂他一个煮得软软的鸡蛋和酸奶。要么就喂他吃玉米片粥。我擦干净他的下巴和嘴。白天，每当你喝完咖啡，折叠起早报，朝小床弯下腰身，惟妙惟肖地学公鸡打鸣，说："早上好，索莫小姐，起来了，让你自己像狮子一样清醒，为上帝服务。"她是否会问起我呢？我到很远很远的地方去旅行了吗？她是否想知道我什么时候回去吗？我什么时候回去，米晒勒？

白天天气不太冷的时候，我一般让他坐在布阿兹给他做的安乐椅里，在阳台上待半个小时，给他戴上墨镜，看着他在太阳底下打盹。有时他要听故事。我想起在你从图书馆里为我借的小说里读到的章节。他现在对听其他人的生活状况倒稍微有些漫不经心的好奇。还有就是听一向嗤之以鼻（这点像你）的故事：《高老头》、狄更斯、高尔斯华绥、毛姆。没准儿我会让布阿兹买一台电视。我们这里现在通电了。

布阿兹以某种服服帖帖的殷勤来照顾他：他在窗户上安装了百叶窗，换了一块玻璃，在厕所里铺了一条羊毛地毯；他负责从宰克龙的药店给他买药，每天拿来一束新鲜的薄荷驱除不健康的气味，全是默默地做。他固执地避免谈话，只说早上好，晚安。就像礼拜五和鲁滨逊的谈话。

有时，我们度过早晨最惬意的时光，他和我，一起无休无止地下棋。要么就玩牌：桥牌，拉米纸牌戏，凯纳斯特纸牌戏。赢了的时候他的脸上就露出孩子似的神采与笑容，像个受宠的孩子。我要是赢了，他就开始跺脚，向他妈妈的照片抱怨说我耍赖。我巧妙安排我们的游戏，这样他就几乎总可以是赢家了。要是他试图愚弄我，就将我已经抓走的一张牌扣过去，不然就多给自己抓一张牌。我拍拍他的手，站起来，样子像要离开房间。我让他做出解释，并保证从现在开始一定守规矩。有那么两次，他用一种奇怪的目光盯着我，微笑中含有默默的疯狂，让我把衣服脱下来。有一次，他让我叫布阿兹去宰克龙打公共电话找国防部部长和工作人员主管，他二人都是他的老相识，让他们赶紧过来，原因我不知道，但他不许耽搁。还有一次，他又用另外一种方式让我大吃一惊：他交出一篇错落有致、令人惊叹、才华横溢、极度清晰的演说词，谈及在九十年代阿拉伯军队将打败以色列。

但是多数情况下，他什么话也不说。只是在要我带他上厕所的时候才打破沉寂。这是件复杂而痛苦的事情，我什么都得帮他，就像给孩子换尿布。

快到中午时，他一般会感觉好些。他起来强迫自己在屋子里走动，把东西放回原位。他把我扔在椅子背上的衣服叠好。把纸牌放到盒子里。猛地抓起一张纸。将空玻璃杯从房间里拿出去，放到走廊里的长凳上。费劲地把毯子叠得有棱有角，好像这里是新兵基地。责骂我把梳子放在了书桌上。

中午，我喂他土豆泥或米饭布丁。让他喝一杯胡萝卜水。而后，我到厨房或者到某个储藏室干一两个小时的活，把走廊凳子上的脏盘子收走，把脏衣服收走。他开始例行每天的公事在墙和门之间走来走去，用拐杖敲来敲去，路线没有任何变化，像困在笼子里的野兽。到四五点钟暮霭开始降临，他用拐杖探路摸索着来到厨房。布阿兹给他做了某种日床，是用桉树树枝做框架制成的某种猫用摇篮。他蜷缩在里面，身边放着火，身上盖了三条毯子，静静地看着姑娘们准备晚饭。要么就看布阿兹学语法。有时他在摇篮里打盹，拇指放在嘴里，不惧痛苦地在那里睡觉，他脸上表情平静，呼吸缓慢均匀。这是他最舒服的时刻。他醒来时，外面漆黑一片，昏黄的电灯光和壁炉里的火光将厨房照亮。我喂他吃饭。用水喂他吃药。接着他坐在摇篮里，靠着布阿兹把海草装在口袋里做成的一堆垫子上休息，听人弹吉他。快半夜了，他们或单独，或成双成对，站起身，隔开一段距离向他告别，离开了房间。布阿兹朝他弯下身子，小心地将他抱起来，默默地将他抱到我们阁楼上的房间。他轻轻地把他放在床上，走出去把门关上。

他走后，我便来了。拿来夜间要用的暖瓶和一碟药。我打开煤油加热器。关上布阿兹为我们安装的百叶窗。我给他盖上毯子，唱几支摇篮曲。要是他觉得我唱得淡而无味，翻来覆去老唱那几首歌，或者是结束得太早了，就转身冲他妈妈抱怨。但有时候，他眼里闪出一道锐利的光，迅速而诡秘，倏忽一闪，而又倏然消逝，嘴唇上泛起转瞬即逝的残忍微笑。仿佛在向我暗示，即使发生了这么多的事情，他依旧在操纵游戏，出于自由意志他将选择扮演个小傻瓜，这样我便可以扮演看护。要是疼得他苍白的前额渗出汗珠，我就用手给擦去。我用手指碾过他的脸庞，碾过他残存的头发。接着他的手放到我手里，默不作声，打瞌睡，煤油时不时泛着气泡，从加热器槽里流进燃着蓝色火苗的灯芯。他打瞌睡的时候，有时会伤心地小声说："伊兰娜，搞错了。"

他用不着起来，我就可以给他换睡裤和身下的单子。我成了这方面的专家。我在床垫上铺了油布。凌晨一点钟，他醒了，起身坐在床上，要我记下他口授的话。我坐起来，拧亮电灯，掀开小赫尔墨斯的罩子。我等待着。他犹豫了一下，咳嗽，最后喃喃地说："去睡觉吧，妈妈。你也累了。"

他自己蜷缩到毯子里面。

黑夜静悄悄的，两个小时后，他用低沉的发自内心的声音说："你穿那条贝都因裙子很漂亮。"要么就说："那是屠杀，不是打仗。"不然就是："汉尼拔本应先赢得海军霸主地位的。"他终于睡着后，我得把墙上的壁灯开着。狗在吠叫，风狂扫着漆黑的花园，我坐在那里打毛衣，直到合上双眼。在过去的四个星期里，我给他织了一件毛衣，一顶帽子和一条围巾。给伊法特织了一副手套和一件开襟毛衣。我也要给你织点什么，米晒勒，织件毛衣吧。织件白毛衣，带条纹的。谁给你熨烫衬衣？是你嫂子吗？你堂姐？你那矮墩墩包办的配偶？大概你自己学会了洗熨你和伊法特的衣服？沉默。不答复。流放。仿佛我从来没有存在过。并不值得对你指控我的罪恶做出《圣经》上的所有宣判。要是明天下午出现在你门口的台阶上你怎么办？我右手拎着箱子，肩上背着塑料袋，带着给伊法特买的内衣，给你的一条领带和剃须水，我敲门，你把门打开，我说，我来了，回来了。你怎么办，米晒勒？你怎样发泄自己的耻辱？你朝我把门一关。往昔的日子一去不复返了，当初，我们在简易单元楼里度过的安息日上午，橄榄树枝上的麻雀透过敞开的窗子朝赖在床上的我们叽叽喳喳。伊法特穿着她那印有仙客来图案的睡衣，抱着她的洋娃娃爬到你我二人之间的毯子底下，用枕头搭了一个洞。你眼睛还没有睁开，迷迷瞪瞪中用那双温暖的手乱摸我的长发和她乱作一团的鬈发。我们三人对塑料秃头娃娃进行仪式性亲吻。安息日早晨，你习惯把一杯橘子水和一杯过滤了的可可给我们端到床上来。你习惯把伊法特放在卫生间洗脸池旁边的大理石架子上，让她坐好，用剃须液在她和你的脸颊上涂出泡沫，和她进行刷牙比赛，我做早饭，外面的麻雀叽叽喳喳，好像快乐得都不行了。我们在安息日步行到修道院脚下的谷地。在阳台上吃过饭后，三个索莫表演节目。大打枕头战，讲鸟和动物寓言，用积木重新建造圣殿，与之并置的还有多米诺骨牌搭起来的房间，从我针线笸箩里拿出来的彩色纽扣则充当神职人员。安息日下午，则在散落在床上、安乐椅里和垫子上的晚报中间休息。你表演巴黎人的故事，模仿钟楼上的钟声，逗得我们哭笑不得。有件事即使现在当我回忆并写下它时，眼睛仍不免湿润。一次，伊法特拿我的口红涂抹了挂在你书桌上面的以色列十大支派图，那是晚报送给其读者的礼物，你在盛怒之下，把她关在外面的阳台上，去"思过，修正邪路"，并用棉花球将耳朵堵住，免得听见她微弱的哭泣，你禁止我怜悯她，因为圣书上说宽恕乃是害其子。但是，当哭泣突然停止，奇怪的宁静降临时，你冲了出去，拥抱她，将她小小的身体深深地埋在你的毛衣里。仿佛她是你的身孕。你不也怜悯怜悯我吗，米晒勒？当我接受了所有的惩罚后，可以被抱进你衣衫下面那温暖的毛茸茸的子宫里吗？

　　一个多月前的新年前夜，你派你姐夫阿曼德开卡车来把伊法特接到你那里。你通过鲍斯吉拉拉比用书面形式通知我，说你已经开始办离婚了，说我是那种叛逆的妻子，说你已经开始贷款偿还"你们的不洁之钱"。本周初，拉亥尔和尤阿什来到此地：他们劝我找一个律师（不找扎克海姆），坚持索要你如何对待我女儿的知情权，要求看她，不要一味地将她放弃。尤阿什和布阿兹一起去看水泵，拉亥尔把胳膊搭在我的肩上说："律师不律师的，伊兰娜，你没有权利毁了自己的生活，把伊法特抛弃了。"她自告奋勇要到耶路撒冷去和你谈，让你同意接受调停。要求和阿里克斯面对面地谈。她建议让布阿兹也来协助她显然正在筹划的穿梭般的外交会话。我坐在她面前，像个发条已经失灵的机械玩偶，只会说"别管我了"。他们走后，我去阿里克斯那里看看他是否吃了药。我问他是否同意布阿兹把你和伊法特请到这里来。阿里克斯露出挖苦的微笑，问我是不是想在这里搞个小小的纵欲狂欢。他补充说："当然可以，亲爱的；相反，这里有的是房子，要是他同意我每天付给他一百美元。"第二天，他突然要我们让扎克海姆立即赶来。扎克海姆在两个小时后开着他的雪铁龙红头涨脸气喘吁吁地赶来了，遭到严厉指责，命令他立即将二万美元转到你的名下。你显然决定把钱收下了，不管洁与不洁：因为支票没有退回来。阿里克斯还告诉扎克海姆将房子和土地转到布阿兹的名下。多莉特·扎克海姆收到了耐斯杰用那[①]附近的一小块土地，扎克海姆本人第二天得到了两箱香槟酒。

"你是他的妻子，还是不是他的妻子？"

---

① 耐斯杰用那，以色列中部一小城名。

"是。也是你的妻子。"

"小孩子呢?"

"是他的。"

"去找他。穿上衣服去吧。这是命令。"

接着,充满忧伤地低声说:

"伊兰娜,搞错了。"

可怜的米晒勒:直到最后他依旧占了上风。我在他手心上,你的荣誉踩在他的脚下,甚至连环绕在牺牲者身上的那层光环也被从你那里偷走,套在了他自己的光头上,因为他就要死了。我看到了你那张崇高的满怀宽宏大量的便条,邀请我们和你待在一起,而不是哭泣,我突然止不住地放声大笑:"这是一种缓慢的吞并,阿里克。在他的印象中你是软弱的,正是将我们都并吞到他羽翼下的良好时机。"阿里克扭动嘴唇做个鬼脸微笑着。

每个星期天我陪他坐出租车去海法到医院去做化疗。与此同时,已经停止了做放疗。令人吃惊的是,他的身体状况竟然有了好转:他依然瘦弱疲倦,依然在白天的大部分时间里睡觉,夜晚半醒着躺在那里,他的脑子让药物搞得稀里糊涂,但不那么疼了。他现在设法在墙和门之间踱步两三个小时。今天晚上借助拐杖自己走到厨房。我允许他在那里待到半夜时分,他们散去,回自己的房间。我甚至鼓励他和他们交谈,分散其注意力。但有一次,是在上个星期,他小便失禁,在他们当中尿了裤子。他不该不想着让我带他上厕所。我让布阿兹直接把他送到我们的房间,我帮他弄干净,给他换了衣服,第二天,我罚他不许下楼。从那以后，他比较努力了。昨天，他在下雨之前甚至自己在花园里走了走。高大瘦削的他穿着打着补丁的牛仔裤和一件挺滑稽的汗衫。他不守规矩的时候我则毫不犹豫地打他。比如说，一天深夜，他从我身边溜走，登上房顶的观象台，下来时从绳梯上掉了下来，我找到他的时候，他晕乎乎地躺在客厅里。我像打小狗一样打他，现在他清楚自己没力量爬梯子了，每天晚上让布阿兹把他抱到我们的房间。我们大家都从你那里学到了怜悯。

你怎么样？你是否从你的赎罪工作中抽身，下午一点半去把伊法特从托儿所接出来？你用自己那副破锣嗓子给她唱歌《为你赐予我们的食物》《看你多美》《强有力的王者》吗？要么你也许把她安置到你哥哥家里，将她所有的衣服和玩具都放在那只棕色箱子里，动身到希伯伦的石头山里去了？要是你来这里，并且把她也给带来的话，我则宽恕你，米晒勒。我甚至将和你睡觉。我将满足你所有的要求。甚至满足你羞于启齿的要求。时间正在逝去，每个白天都在流逝，每个夜晚都是我们所失去的另一座山丘，另一个幽谷。它们将不复回归。你沉默，用极其严酷的沉默来报复、怨恨与惩罚。你怜悯整个以色列，怜悯古老的废墟，怜悯布阿兹，怜悯阿里克，但不怜悯你的妻子或女儿。即使办理离婚手续，你也采取让拉比告诉我的方式。他以你的名义告诉我，说我是个叛逆的妻子，从此以后拒绝我去看伊法特。我真的不配让你要求我做出解释吗？不配让你强迫我做出忏悔，并让你指出赎罪的道路吗？不配让你给我写一条《圣经》的诅咒吗？

布阿兹说:"伊兰娜,你最好是让他别在那里生气了。让他和他的宗教伙伴在一起,别把这事放在心上。然后他就会平静下来,你要怎么样他都会听你的。"

"你觉得我错待他了吗?"

"人比人强不了多少。"

"布阿兹。坦率地说。你认为我疯了吗?"

"人比人正常不了多少。你来挑种子怎么样?"

"告诉我,你给谁做的这个旋转木马?"

"给小家伙。我是说,等她来的时候。"

"你相信她会来吗?"

"不知道。或许来吧。干吗不?"

今天早晨我又打了他。因为他未经我允许便出去站在阳台上在雨中淋了个透湿。他那痛苦的脸上全然一副呆傻的模样。他是要自杀吗?他笑了笑。说雨水对田野非常有好处。我抓住他的衬衣,把他拽进房间,用手掌打他。我止不住自己。我用拳头打他的胸脯,把他按倒在床上,不住地打他,直到手都疼了,他还在微笑,仿佛他正在津津有味地让我欢喜。我躺在他身边,亲吻他的眼睛,亲吻他塌陷的胸脯,亲吻他由于脱发而向上扩展了的前额。我一直抚摩到他打了瞌睡。我自己起身走到阳台看雨水在对田野做些什么,冲走我对你、对你毛茸茸的身体的气味、对面包的气味、对哈尔瓦和大蒜的气味的思念痛楚,冲走对你因抽烟而沙哑了的喉咙、你轻微的歇顶的思念的痛楚。你来吗?你把伊法特也带来吗?我们都待在这里。这里很美。安静极了。

就拿毁坏了的鱼塘来说吧：已经用水泥修好了，里面现在又有了鱼。鲤鱼取代了金鱼。修复了的喷泉用自己的语言对雨作答：它没有喷水，而是在滴水。周围，果树和用于装饰的树木挺立在灰蒙蒙的沉静中，沐浴着一整天落到它们身上的轻柔细雨。我不希望什么，米晒勒。这封信没有意义。你一认出信封上我的笔迹，就会将它撕成碎片，放到马桶里冲走。你已经为我做过悲悼了。一切都失去了。剩下的只有让我痴迷地送他走向坟墓吗？

接着便无影无踪。不复存在。要是阿里克给我留下一笔钱，我就出国。在一个遥远的大城市里为自己租一间小屋。要是孤独裹挟着我，我就把自己交给一个陌生男人。我将紧紧闭上眼睛，在他们身上体会你和他的味道。我依然可以挑动三个古怪年轻人向我投来充满欲望的羞怯目光，在这里他们混迹在比我年轻二十岁的姑娘们当中。因为布阿兹的队伍在慢慢壮大：时不时就会有迷失的灵魂加入。花园现在已经翻耕，果园里的树木已经修剪，山坡上种了新树苗。房子里的鸽子被赶出来，安置在巨大的鸽子房里。只有孔雀有资格在卧室、走廊、楼梯上来回漫步。许多房间已经清理干净。电线重新修好。我们有大约二十个煤油加热器。买来的？或者偷来的？说不上来。塌陷的瓷砖地让新铺的水泥地面取代。厨房炉子里燃烧的木头散发着一股芳香。一辆小拖拉机放在波纹铁搭起的棚子下，周围是一些配件：喷雾器、割草机、松土锄草机、半圆形耙犁。没有白送布阿兹上农业学校。所有这些东西都是他用父亲给他的钱买的。还有蜂箱、羊圈、养驴的小马厩和鹅舍，我已经学会了照顾它们。纵然如此，母鸡依旧在院子周围溜溜达达，像在阿拉伯小村庄一样在植物中啄食，狗追随在它们身后。窗子对面，风将稻草人身上的破烂衣衫吹起，稻草人是你差人把伊法特从我身边夺走之前，她和我一起放在菜地里的。她有没有问她能不能回来？有没有问布阿兹？问孔雀？要是她再说耳朵疼，不要立即就给她吃抗生素。等一两天，米晒勒。

　　住宅里的九重葛和夹竹桃已经被清除干净。墙上的裂缝也已经修补。夜晚耗子不在地上跑来跑去了。布阿兹的朋友们自己烤制面包；那股热乎乎的呛人味道使我心中充满对你的思念。我们也用山羊奶做酸奶，甚至做奶酪。布阿兹做了两只木桶，明年夏天我们就可以有自己酿的酒了。房顶上设立了一个望远镜，赎罪日的夜晚，我被邀请爬上房顶，从望远镜里看见了延伸到月球表面的死海。

　　雨继续下着，声音低沉、顽固、没有生气，灌满了院子里的石头水洞，那是沃罗迪亚·古顿斯基挖的洞，他的孙子错将其当成了一口水井，对它做了清理修复。储藏室、棚屋和庇护所满是一袋袋种子、一袋袋有机化肥，一桶桶煤油、油和杀虫剂，一罐罐机油、水管、洒水器和其他一些灌溉设备。尤阿什月月给送《田野》杂志。他们四处收集旧家具、行军床、床垫、书架、衣柜、大量做家务和厨房用的器皿。在地下室刷新了的工作间里，他给父亲制作桌子、长凳、安乐椅。他是不是想用自己的两只巨手向阿里克说些什么呢？或者他也以自己的方式被迷惑了？在锅炉底下生了锈的壁龛里，他们挖掘出阿里克父亲藏的一个珠宝箱子，里面只剩下五枚土耳其金币。那是布阿兹给伊法特留着的。他给你留了个建筑师的位置，因为我和他说过，你刚来以色列的时候当过建筑工人。

瓶制乐钟在一楼叮当作响，因为阿里克的桌子、椅子、打字机被搬到了他母亲过去住的房间，房间里有个窗户，从小平台上可俯瞰海岸线和大海。他什么也没有写下来，也没有让我代他写。打字机上蒙上了一层灰尘。让布阿兹从宰克龙给他买的书籍像士兵一样按照高矮排列在架子上，可阿里克没有动过。我讲的故事就令他满足了。只有希伯来语字典和语法书摊在桌子上。因为在下午，他清醒的时候，布阿兹有时会上来：阿里克教他拼写和基本句法。就像礼拜五和鲁滨逊。

布阿兹离开的时候，佝偻着背站在门口，仿佛在向我们鞠躬。阿里克拿起他的拐杖，用富有节奏的步伐丈量房间。布阿兹给他用绳子绑的轮胎拖鞋啪嗒啪嗒。有时他停住脚步，露出惊愕的表情，咬他的空烟斗，弯腰调整椅子和桌子的角度，一丝不苟地把他的或者是我的毯子叠整齐，将我挂在门钩上的衣服摘下来放到作衣柜的集装箱里。一个略微有些驼背的秃顶男人，皮肤细腻；他的外表让我想起斯堪的纳维亚村庄里的牧羊人，他的脸上露出屈辱、冥想与讽刺混杂在一起的表情，他肩膀下斜，后背瘦削僵硬。只有那双灰眼睛显得有些惆怅与消沉，像个嗜酒成癖的酒鬼。四点钟，我给他端来草药浸泡的水，从炉子里拿出来的新鲜皮塔饼，一点我自己做的山羊奶酪。在同一个托盘里还放上了我自己的咖啡。多数情况下，我们沉默着坐在那里。有一次，他打破沉默说：

"伊兰娜，你在这里干什么？"

他替我做出了回答：

"死灰复燃。但又没有复燃的死灰。"

接着又说：

"迦太基被毁灭了。那又怎么样。要是没有毁灭，又有什么呢。烦恼截然不同。令人烦恼的是这里没有光。不管你走到哪里。"

我在他的箱子底下找到一把手枪。我把枪交给布阿兹让他收好。

剩下的时间不多了。已经到了冬天。下大雨的时候，望远镜得从房顶上拆掉搬下来。布阿兹被迫不再去卡麦尔山上进行孤独的漫步。他不会再消失三四天，去丈量丛林密布的山谷，去荒废的洞穴中探险，去惊起洞中的夜莺，在浓密的植物丛中忘我。他不会再去下海，在没有钉子的木筏上孤独地飘零。逃跑？追寻？寻求星际启示？在失去了某些挚爱后，一个巨大的不善言谈的孤儿在空旷的茫茫广袤之中摸索吗？

有朝一日，他会出去漫步，不再回来。他的朋友们会在这里等上他几个星期，而后耸耸肩膀一个接一个地消失。社团将会解体。生命再也不会存在。蜥蜴、狐狸、毒蛇将重新在住宅里安营扎寨，杂草将重新丛生。我独自一人留在这里观看死亡的痛苦。

这之后，我又去哪里呢？

当我还是个小女孩，一个新移民的女儿，正与她本人可笑的口音和奇异的行为举止进行较量时，我迷恋老拓荒者们的歌，你是不知道这些歌的，因为那时你还没有来。那曲调让我产生了某种朦胧的渴望，某种甚至在我成为女人之前就有的一种秘密的女性渴望。直到如今，当他们在收音机里播放《父亲爱着的土地》，或者《在加利利湖畔有个小姑娘》，或者《在小山上》时，我还免不了要颤抖。仿佛他们在遥远的地方提醒我想到忠诚的誓言。仿佛他们在说有那么一片土地，但是我们未能找到。戴面具的小丑潜行而至，引诱我们厌恶我们所找到的一切。将宝贵的东西毁坏，不再回归。用鬼火引导我们陷入沼泽深处，黑暗降临了。你在你的祈祷中将我遗忘了吗？请用我的名义说我在等候怜悯。为了我自己，为了他，也为了你。为了他的儿子。为了他的父亲。为了伊法特和我姐姐。在你祈祷时说啊，米晒勒，说我们已经忍受不了孤独、欲望和思念了。没有这些，我们将会毁灭。说我们试图得到并回报爱，但总是误入迷途。说他们不应将我们遗忘，我们仍然在黑暗中微微闪光。试图弄清楚我们从哪里出去。哪里是应许之地。

啊不。不要祈祷。

不要祈祷，和伊法特用积木搭建大卫塔。带她去动物园。去电影院。给她煎鸡蛋，把可可奶的奶皮拨掉，对她说："喝吧，小闹闹小姐。"别忘记给她买法兰绒的裤子过冬。买新鞋子。不要把她交给你的嫂子。有时想想布阿兹抱他父亲上楼时的样子。你出外归来后怎样度过夜晚的？你穿着长筒袜在电视机前坐到疲惫不堪吗？在安乐椅上和衣而睡？一根接一根地抽烟？不这样的话，就是你坐在你拉比的脚下含泪和他学《托拉》？给自己买一条暖和的围巾。以我的名义。不要感冒。不要生病。

　　我将等待你。我将让布阿兹做一张宽大的木板床，用海草装一个床垫。我们在黑暗中睁着眼睛，十分清醒，警觉。雨将会敲打窗棂。微风轻拂树梢。山那边传来雷声，滚滚向东而去，狗将叫个不停。要是那个就要死去的人发出呻吟，要是冻得发抖，我们可以拥抱他，你和我从两边拥抱他，直到将他的身体在我们之间温暖。当你希望得到我的时候，我将依附于你，他的手指将顺着我们的后背滑下。要么你可以依附于他，我将抚摩你们俩。像你一直所渴望的那样：与他和我在一起。你、他、我，你、我、他。我们三人合而为一。那时，从外面，从黑暗中，透过百叶窗的缝隙，风和雨，大海、云朵、星辰默默地向我们三人走近。早晨，我的一双儿女将拿着柳条筐出门到花园里挖萝卜。不要难过。

妈妈

1976 年 10 月 21 日星期四

宰克龙雅考夫吉代恩住宅
吉代恩先生和某夫人（复她给我的来信）和亲爱的布阿兹

问候大家！

　　《诗篇》中这样写道："我的心哪，你要称颂耶和华。"① "耶

---

① 《圣经·诗篇》第 103 章。

和华有怜悯，有恩典，不轻易发怒，且有丰盛的慈爱。他不长久责备，也不永远怀怒。他没有按我们的罪过待我们，也没有照我们的罪孽报应我们。天离地何等的高，他的慈爱向敬畏他的人也是何等的大；东离西有多远，他叫我们的过犯离我们也有多远。父亲怎样怜恤他的儿女，耶和华也怎样怜恤敬畏他的人。因为他知道我们的本体，思念我们不过是尘土。至于世人，他的年日如草一样，他发旺如野地的花；经风一吹，便归无有；他的原处，也不再认识他。但耶和华的慈爱归于敬畏他的人，从亘古到永远。"阿门。

米晒勒·索莫

5737 年马赫西弯月初四（1976 年 10 月 28 日）

于耶路撒冷

承蒙天恩

译后记

飞机失事后，人们往往通过分析黑匣子的内容，寻找酿成空难的原因。

而在发表于 1987 年的长篇小说《黑匣子：爱与往事》(以下简称《黑匣子》)一书中，当代最富有影响力的已故希伯来语作家阿摩司·奥兹（Amos Oz，1939—2018）让男女主人公在婚姻失败并中断了七年联系之后，坐下来通过书信分析他们人生中的黑匣子，一边破解家庭生活破裂的原因，一边将以色列的社会现实与政治论争拉出地表。

《黑匣子》是深受十八世纪法国启蒙思想家孟德斯鸠《波斯人信札》影响而创作的一部书信体长篇小说。这种文学样式早在十九世纪早期现代希伯来小说的发轫之际便被希伯来小说家所使用。奥兹在二十世纪八十年代沿用这种文体，意在"穿上不同人的鞋子与衣装"，用不同人的心声解说当代以色列的现实世界。

小说中的中心人物是以色列女子伊兰娜。伊兰娜出生于波兰，幼年时随父亲和姐姐移居以色列。父亲死于意外事故后，伊兰娜与姐姐相依为命,在艰辛中长大。小说始于她在耶路撒冷家中,在第二任丈夫米晒勒·索莫身边给自己前夫亚历山大·阿里克斯·吉代恩写第一封书信,结于她在前夫的病榻旁和现任丈夫米晒勒之间的书信往来。整部作品的主干由四十九封书信组成,其中包括伊兰娜的十三封书信,伊兰娜前夫阿里克斯·吉代恩的七封书信,伊兰娜的现任丈夫米晒勒·索莫的九封书信,伊兰娜与阿里克斯的儿子布阿兹的七封书信。此外还包括阿里克斯的律师曼弗雷德先生的书信,伊兰娜姐姐拉亥尔的书信,几个主要人物之间相互往来的电报,阿里克斯收集的哲理性卡片,以及私人侦探报告,等等。

在第一封书信中,伊兰娜因为儿子布阿兹在成长过程中遇到的诸多无法解决的问题向自己的前夫阿里克斯·吉代恩教授求助,打破了自己、丈夫和前夫的宁静生活,揭开了旧日创伤,引起新的生活波澜。读者透过字里行间得知,吉代恩曾是一位驰骋沙场的以色列军官,而今已然退役,成为美国芝加哥大学政治学系教授,国际知名学者。吉代恩和伊兰娜一起生活了九年后离婚,与伊兰娜和他们唯一的儿子布阿兹中断各种联系已达七年之久。也许,这在某种程度上暗合了《圣经》中历经七年束缚而获得自由的这一古代犹太传统。在这七年中,伊兰娜另嫁他人,并生有一个小女儿。而布阿兹由一个"认真仔细、听话讲理、几乎是胆小怕事的孩子",一个"能够用某种安静与执着的克制战胜屈辱"的孩子,变成一个"痛苦野蛮的孩子,恨与孤单使他拥有了惊人的体能,像颗定时炸弹"。根据学校女校长的警告:孩子有暴力倾向。孩子吵架,把学校守夜人的脑袋打开了瓢。孩子当夜失踪。警察局将孩子记录在案。孩子被狱外监管。[①] 孩子得离开学校。孩子是个怪物。围绕着孩子的拯救、教育与塑造等问题，各种各样的人物粉墨登场。而通过这些形形色色的人物之间的复杂交往，以色列社会政治中的诸多谜团得以揭开。

吉代恩出生在以色列，其父沃罗迪亚当年为躲避一桩刑事纠纷从俄国移民到巴勒斯坦（即当今的以色列），几经冒险，开创了一番事业，成为当地一个富足的种植园主。吉代恩的母亲不幸盛年早逝。他在缺少关爱的环境中成长起来，造就出单纯、孤僻、冷酷、酷爱探索的性格。作为一个本土以色列人，他在服役时能征惯战，所向披靡，但为人纯真、坦率、不谙世事，甚至到被伊兰娜"俘获"时还不解男女情事，是个童男子。因此，他对婚姻与家庭生活并没有很好的心理准备。婚后，儿子的出生曾令其感到困惑，而妻子与自己的上司、同事乃至陌生人通奸的背叛行为更令其无法容忍。他申请宗教法庭为他和伊兰娜办理离婚手续，而后只身到美国追求学术事业。他所从事的是狂热主义研究，显然对犹太复国主义深怀不敬，暗示出犹太复国主义与宗教狂热主义、法西斯主义、民族主义、种族主义、利他主义以及极端权力之间的某些共同特征："为了我们眼中'希望之乡'这样一个朦朦胧胧的虚假幻术，为了心目中某种'至高无上生活'这样一个海市蜃楼，愉快地

---

① 在以色列，对年龄未满十八岁的犯罪青年所施行的一种管教方式，犯罪人需要每天向警察或者社会工作者汇报自己的行动。

奉献我们的人生，心醉神迷地将他人灭绝。"但充满悖论的是，他在身患肾癌绝症之际回到以色列，希望死在故乡。

吉代恩的父亲沃罗迪亚去往巴勒斯坦，显然不是出于犹太复国主义理想，而是为了生存需要，这一主题曾经在奥兹发表于 2004 年的长篇小说《爱与黑暗的故事》中得以强化。沃罗迪亚的遭际与体验在老一代犹太移民中具有一定的代表性。在他眼里，"巴勒斯坦是——另一首歌。巴勒斯坦是什么？是现实？巴勒斯坦是一个梦。巴勒斯坦是一个噩梦，但还是一个梦……在梦里是没药树，是乳香，但在现实里是……"那里一片荒漠，到处是"墓地！恐惧！狐狸！先知！贝都因人！空气像火烤一样"。沃罗迪亚没有像犹太复国主义先驱者们所倡导的那样用双手在土地上建造家园，而是通过做生意积累财富，把自己置身于国家与民族建造事业之外，甚至对犹太国家属性与未来表示怀疑："犹太人为他们自己建造了一块国土。它不是正确的国土，但不管怎样是建起来了！现在我们等着瞧上帝对这一切怎么说？"

如果说，奥兹在对吉代恩和其父亲沃罗迪亚的描写中，已经对犹太复国主义信仰进行反驳的话，那么他在表现书中最为复杂的人物，即伊兰娜的第二任丈夫米晒勒·索莫时，则更进一步无情地揭示出一些犹太复国主义者在追求所谓的信仰时走向极端，对他们为达到目的而不择手段的行径予以揶揄、嘲讽与鞭挞。

索莫的性格、出身、文化背景与吉代恩形成强烈反差，尤其在宗教信仰上与吉代恩迥然不同。索莫出生在北非的阿尔及利亚，十四岁时随家人迁往巴黎，在那里求学，寄人篱下，尝尽世态炎凉，后来参加了青年犹太复国主义组织。二十岁时移居以色列，当过建筑工人、巡夜人、电影院售票员、军事警察，用他自己的话形容为"狐狸尾巴"。在信仰上，他显然是宗教复国主义者，说话时经常引经据典，认为吉代恩的学术研究为以色列招致了坏名声，对其《犹太复国主义的困扰》一文大加讨伐。在政治上，他属于极右营垒，竭力主张通过金钱诱导与和平占领土地等方式，鼓励阿拉伯人离开以色列国家。身为右翼人士，他寻找各种借口向吉代恩索要金钱，以实现购买希伯伦土地，在约旦河西岸建立定居点的梦想。

奥兹虽然肯定了索莫身上的诸多优点，如善良、忠诚、懂得关心与爱护家人，但对他的宗教狂热与狭隘心胸进行了无情的讽刺。借吉代恩、吉代恩的律师曼弗雷德、布阿兹等人之口，将索莫描述成"伪善的家伙"、"本意还好但令人讨厌"、"狡猾而雄心勃勃的狂热之徒"、具有"梦游者般的自信"、"靠一点点地蚕食将圣地收回"、"靠蛊惑和诅咒和吉代恩的钱将所有的外国人统统赶了出去"，甚至决定放弃自己的教师生涯，用索取来的吉代恩的钱为自己购买轿车和气派的住宅。至此，第一代以色列作家讴歌的励精图治的犹太复国主义者变成了见利忘义的势利小人。更为尖锐的是，奥兹借吉代恩之口质问以索莫为代表的宗教复国主义者："出卖以色列来购买占领地的做法是否值得？"

吉代恩与索莫的对立不仅体现出一个爱情三角关系中两个男性情敌之间的矛盾，而且透视出温和的左翼人士与极端右翼人士在占领地和对待以色列和巴勒斯坦阿拉伯人之间截然对立的态度，同时凸显出以色列社会内部阿什肯纳兹（Ashkenazi Jews）与塞法尔迪（Sephardic Jews）两个族群之间的冲突。阿什肯纳兹和塞法尔迪是犹太人中两个最为基本的族群。阿什肯纳兹犹太人说的是从十四世纪开始居住在德国、与塞法尔迪具有不同生活习俗的犹太人，专指居住在西欧、北欧和东欧（如法国、德国、波兰、立陶宛、俄国等地）的犹太人及其后裔。塞法尔迪（字面意思为"西班牙人"）犹太人指1492年之前居住在西班牙或葡萄牙的犹太人的后裔。犹太人于1492年在西班牙、1497年在葡萄牙相继遭到驱逐后，散居到北非、东欧和南欧（从今天的意大利到土耳其）、黎凡特①，或地中海东岸。塞法尔迪这一术语也经常被大量用于非阿什肯纳兹血统的犹太人，包括在伊拉克、叙利亚和也门居住了数百年乃至千年的东方犹太人。这是一个值得重视的学术话题，限于篇幅，不再赘述。

以色列建国后，以色列人成了国家领袖和文化精英。何况，以色列国家的创建者们在教育、经济、选举等政策方面都体现出阿什肯纳兹犹太人的优越之处，而从东到伊朗、西到摩洛哥等地移居到巴勒斯坦的塞法尔迪犹太人却形成了一个游离于阿什肯纳兹犹太人之外的独特群体，在议会、内阁、政府阶层、工会、经济和军事机构中得不到应有的表现，在经济、教

---

① 黎凡特，指地中海东部诸国及岛屿，即包括叙利亚、黎巴嫩等在内的自希腊至埃及的地区。

育领域缺乏话语权，在对国家的文化归属上感到压抑。

在《黑匣子》中，吉代恩、他的律师曼弗雷德，包括伊兰娜均属于阿什肯纳兹犹太人，在这个国家内具有一种优越感。吉代恩教授的一个越洋电话，便轻而易举地使女校长撤销开除布阿兹的决定，而伊兰娜和她的现任丈夫对此则无能为力。索莫可以说是塞法尔迪犹太人的代言人，经常不平则鸣，抱怨自己受到的不公正待遇。这种怨艾，通过他写给吉代恩的信可见一斑：

> 你们是大地之盐，拥有财富与强权，拥有智慧与审判权，我们是你们脚下的尘土。你们是祭司是利未人，而我们是抽水的。你们是以色列的光荣，而我们却是乌合之众。你们是选民，被奉献给神，成了神子，而我们则是后娘养的。赋予你们显赫的声名、迷人的魅力以及堂堂的仪表——整个世界为你们惊愕不已——而赋予我们的则是卑微的精神、猥琐的外表，和阿拉伯人只有一点点区别。

而透过这些文字，读者在破解以色列家庭生活之谜的同时，又不约而同地在解析以色列社会政治的神话。我想这是在阅读《黑匣子》过程中，留给我们的一个深刻的印象。

钟志清

图书在版编目（CIP）数据

黑匣子：爱与往事 ／（以）阿摩司·奥兹
（Amos Oz）著；钟志清译. —南京：译林出版社，
2023.5

（阿摩司·奥兹作品）

ISBN 978-7-5447-9565-4

Ⅰ.①黑… Ⅱ.①阿…②钟… Ⅲ.①长篇小说－以
色列－现代 Ⅳ.①I382.45

中国国家版本馆CIP数据核字（2023）第 001591 号

Black Box by Amos Oz
Copyright © 1987, by Amos Oz
Simplified Chinese edition copyright © 2023 by Yilin Press, Ltd
All rights reserved.

著作权合同登记号　图字：10-2019-587 号

黑匣子：爱与往事　　[以色列] 阿摩司·奥兹 ／ 著　钟志清 ／ 译

责任编辑　　宗育忍
装帧设计　　韦　枫
校　　对　　戴小娥　梅　娟
责任印制　　颜　亮

原文出版　　Am Oved, 1987
出版发行　　译林出版社
地　　址　　南京市湖南路 1 号 A 楼
邮　　箱　　yilin@yilin.com
网　　址　　www.yilin.com
市场热线　　025-86633278
排　　版　　南京展望文化发展有限公司
印　　刷　　江苏凤凰通达印刷有限公司
开　　本　　850 毫米 ×1168 毫米　1/32
印　　张　　9.625
插　　页　　2
版　　次　　2023 年 5 月第 1 版
印　　次　　2023 年 5 月第 1 次印刷
书　　号　　ISBN 978-7-5447-9565-4
定　　价　　59.00 元